K. HANKE / C. KRÖGER

Mordheide

K. HANKE / C. KRÖGER

Mordheide

Der 6. Fall für Katharina von Hagemann

Bisherige Veröffentlichungen im Gmeiner-Verlag:
Mörderische Lüneburger Heide (2017), Heidezorn (2017),
Wermutstropfen (2016), Heideglut (2016),
Eisheide (2015), Heidegrab (2014), Blutheide (2013)
Kathrin Hanke: Die Giftmörderin Grete Beier (2017)

*Personen und Handlung sind frei erfunden.
Ähnlichkeiten mit lebenden oder toten Personen
sind rein zufällig und nicht beabsichtigt.*

Besuchen Sie uns im Internet:
www.gmeiner-verlag.de

Im Ehnried 5, 88605 Meßkirch
Telefon 07575/2095-0
info@gmeiner-verlag.de

1. Auflage 2018

Lektorat: Claudia Senghaas, Kirchardt
Herstellung: Mirjam Hecht
Umschlaggestaltung: U.O.R.G. Lutz Eberle, Stuttgart
unter Verwendung eines Fotos von: © krottorfer/pixabay.com
und © pencake/photocase.de
Druck: GGP Media GmbH, Pößneck
Printed in Germany
ISBN 978-3-8392-2235-5

Für Amelie
Kathrin Hanke

Für Constanze und Carsten
Claudia Kröger

Guten Abend, gut' Nacht,
mit Rosen bedacht,
mit Näglein besteckt,
schlupf unter die Deck:
Morgen früh, wenn Gott will,
wirst du wieder geweckt.

(1. Strophe des Wiegenlieds von Johannes Brahms,
ursprünglicher Text von Clemens Brentano)

PROLOG:

MONTAG, 07.08.2017

19.03 Uhr

Im Gegensatz zu den Bergen, Wäldern oder auch dem Meer liebte er die Heidelandschaft. Nicht aus den Gründen, aus denen es die meisten Leute taten – weil sie die Heideblüte so hübsch fanden, weil sie hier aufgewachsen waren oder weil sie den perfekten Boden für allerlei Aktivitäten bot. Er liebte die Heide, weil sie nicht so war, wie andere Landschaften. Berge schauten entweder auf einen herab oder stießen einen gar vom Gipfel, Wälder ließen kaum Licht zu, und das Meer zeigte sich gern sanft, bevor es sich mit einer Welle nahm, was es wollte. Die Heide war nicht so bedrohlich und unberechenbar. Die flache, weit überschaubare Landschaft mit ihren Wacholderbüschen, den Birken und natürlich der Besenheide, die ihr ihren Namen gegeben hat, war für ihn das Sinnbild an Stärke, ohne ihre Macht demonstrieren zu müssen. Sie ließ sich einfach nicht bezwingen. Von niemandem, obwohl vor allem Wind und Wetter sie immer wieder zum Opfer machen wollten. Doch das, was sie hervorbrachte, blieb standhaft, indem es sich den Bedingungen beugte. Er wollte so sein wie sie, wie die blühende Heidelandschaft, die er gerade wehmütig durchwanderte.

Auch jetzt bogen sich wieder die Birken im Wind, oder, wie er es empfand, mit dem Wind, und so konnte dieser ihnen nichts anhaben. Und die Pflanzen der Heide, die es nicht geschafft hatten und nur noch als toter Stumpf aus dem Boden lugten oder gar entwurzelt ihr Terrain wie ein Mahnmal schmückten, waren für ihn diejenigen, die sich in ihrer natürlichen Reinheit wie Helden dem Bösen hingegeben hatten, um die Landschaft in ihrer Gänze zu retten. Hier, in dieser Landschaft, fühlte er sich verstanden und nicht so bedrängt wie von den Bäumen in dem Wald, in dem er noch vor gut einer Stunde gewesen war und den Jungen schlafen gelegt hatte. Der Wald war heute für seine Zwecke notwendig gewesen, da er es nicht noch einmal hatte riskieren wollen, dass er beim Spiel mit dem Kleinen gestört wurde. Und genau das war sein Fehler gewesen – in dem Bewusstsein, sich in Ruhe hingeben zu können, hatte er seinen Kopf verloren. Er wischte sich eine Träne aus dem Augenwinkel. Wie immer hatte er dem Jungen einen Heidekranz um den Kopf gelegt, doch dieses Mal hatte er ihn ihm gelassen und nicht wieder abgenommen. Das war sein größtes und letztes Geschenk an ihn gewesen und nur eine kleine Geste des Dankes, denn der Junge hatte ihm so viel mehr gegeben – der Kleine hatte ihn zumindest für eine Weile vor seinen inneren Dämonen gerettet.

Inzwischen liefen ihm die Tränen über die Wangen – aus Trauer um den Jungen, aber auch vor Glück, denn er fühlte sich für den Moment frei. Er hoffte, dieses Gefühl würde lange anhalten. Sein Tun war der Liebe entsprungen und hatte sich im Rausch Bahn gebrochen. Wer sollte das besser wissen als er? Doch sicher würde niemand sonst es verstehen.

Als er die ersten Häuser des Dorfes sehen konnte, versiegte sein Tränenfluss wie auf Kommando. Sein Gesicht erstarrte zu einer Maske. Der Maske, die er den Menschen zeigte, seit das Schreckliche geschehen war.

Ein kleiner Schelm bist du
ja weißt du was ich tu,
ich steck dich in den Habersack
und bind ihn oben zu.

Und wenn du dann auch schreist,
ach bitte, lass mich raus,
dann bind ich ihn noch fester zu
und setz mich oben drauf.

(Kinderlied, Verfasser unbekannt)

1. KAPITEL:

DIENSTAG, 08.08.2017

10.05 Uhr

Katharina sah in den Rückspiegel. Er stand noch immer am Parkplatz und winkte ihr hinterher. Ein Lächeln umspielte ihre Lippen, als sie an die vergangenen Tage dachte. Bereits am Freitagnachmittag war sie in St. Peter-Ording angekommen und hatte ihr Zimmer im »Beach Motel« bezogen. Es war reines Glück gewesen, dass sie zu dieser Zeit überhaupt noch ein Zimmer in dem beliebten Urlaubsort an der Nordsee bekommen hatte, noch dazu in dem Hotel, das ihr bei der Onlinesuche als Erstes ins Auge gesprungen war. Nur fünf Minuten vor ihrem Anruf war eine Buchung in dem ansonsten voll besetzten Hotel storniert worden.

Katharina musste daran denken, wie es überhaupt zu ihrem Kurztrip gekommen war. Es war ein ziemlich spontaner Entschluss gewesen, und er war entstanden, als sie am Wochenende vor ihrer Reise bei Bene gewesen war. Nach einem köstlichen Essen, das er für sie beide zubereitet hatte, war er direkt auf den Punkt gekommen.

»Ich würde gern mit dir zusammenziehen«, waren seine ebenso liebevollen wie klaren Worte gewesen, die

Katharina noch immer im Ohr klangen. Natürlich hatte sie sich im ersten Moment darüber gefreut, und es war ja auch nicht das erste Mal, dass dieses Thema auf den Tisch gekommen war. Doch zuvor waren es immer eher Andeutungen und Überlegungen für die Zukunft gewesen. Der konkrete Wunsch von Bene hatte sie an jenem Abend überfordert. Zwar war es bereits ein Dreivierteljahr her, dass ihre Mutter wieder bei ihr ausgezogen war und seitdem in einer süßen kleinen Zweizimmerwohnung im Lüneburger Hanseviertel wohnte, doch Katharina kam es vor, als sei es erst letzte Woche gewesen. Seitdem hatte sie ihre wiedergewonnene Freiheit mehr als genossen. Vor allem das Alleinsein, denn während der unfreiwilligen und über eineinhalb Jahre andauernden Tochter-Mutter-Wohngemeinschaft hatte sie sehr viel mehr Zeit bei Bene verbracht als in ihrer eigenen Wohnung. Das hatte sich seit Anne von Hagemanns Auszug wieder geändert. Katharina wusste, dass Bene darüber nicht unbedingt glücklich war, aber sie brauchte das einfach. Genauso wie das Gefühl, niemandem Rechenschaft darüber ablegen zu müssen, wohin sie ging oder wann sie nach Hause kam. Ein ums andere Mal fragte Katharina sich, ob sie ihre dahingehende Freiheit wirklich aufgeben wollte. Sie war sich da alles andere als sicher. Natürlich war es eine ganz andere Sache, mit seinem Freund zusammenzuwohnen, als die eigene Mutter bei sich zu beherbergen, doch in ihrer Unabhängigkeit, die der Kommissarin so immens wichtig war, würde sie auch dann eingeschränkt sein. So hatte sie Bene um ein bisschen Bedenkzeit gebeten. Begeistert war er nicht gewesen, doch er kannte Katharina inzwischen lange genug, und ihre Antwort hatte ihn nicht wirklich überrascht. Sie war ihm dankbar für sein Verständnis und schämte sich ein bisschen für ihre Unentschlossenheit, die ein anderer Mann vermutlich als Zeichen dafür gewertet hätte, dass ihre Liebe nicht ausreichend war. Als sie Bene dann jedoch mitgeteilt hatte, dass sie spontan ein paar Tage ans Meer fahren würde, um sich in Ruhe – und allein – Gedanken zu machen, hatte sie auch seine Geduld auf die Probe gestellt. Er hatte es zwar nicht gesagt, doch sein enttäuschter Blick hatte für sich gesprochen. Mit zwei dicken Büchern, luftigen Strandklamotten und der Entschlossenheit, für sich zu einem Ergebnis zu kommen, war sie dann an der Nordsee angekommen. Nun waren die Tage vorbei, und sie machte sich wieder auf den Rückweg nach Lüneburg und zu Bene – nur eine Entscheidung hatte sie noch immer nicht getroffen. Schuld daran war sie ganz allein, doch der Mann, der da hinten am Parkplatz stand und ihrem kleinen Sportwagen hinterher sah, war zumindest nicht ganz unbeteiligt.

Katharina hatte Ole bereits an ihrem ersten Tag am Meer getroffen. Sie hatte direkt nach ihrer Ankunft ihre Sachen nur kurz im Hotelzimmer verstaut, Shorts und ein ärmelloses Top übergestreift und war angesichts des schönen Wetters an den Strand gegangen. Nicht, um sich für Stunden in die Sonne zu legen, das war ihr zu langweilig und angesichts ihres eher blassen Teints obendrein nicht ratsam, sondern um einen ausgiebigen Spaziergang zu machen – sie liebte das Gefühl, wenn das Meerwasser ihre Füße umtanzte. Dabei, so hatte sie gehofft, würde sie den Kopf freibekommen, um sich darüber klar zu werden, was sie wollte. Weit war Katharina mit diesem Plan nicht gekommen. Sie war noch nicht einmal eine Stunde unterwegs gewesen, als ein paar Kitesurfer ihre Aufmerksamkeit erregt hatten. Die Kiter waren eindeutig keine Anfänger, das hatte Katharina sofort erkannt. So hatte sie sich bäuchlings in den Sand gelegt, um dem Treiben eine Weile zuzusehen. Sie bewunderte nicht zum ersten Mal das Können und die Eleganz von Menschen, die auf diese Weise mit der Kraft des Meeres spielten. Sie selbst hatte nie auf einem Brett gestanden. Als Kind hatte sie auf Drängen ihrer Eltern eine Segelschule besucht und war mit anderen Gleichaltrigen auf der Alster herum geschippert, aber wirklich Spaß hatte sie nicht daran gefunden. Irgendwann hatten ihre Eltern ein Einsehen gehabt und sie wieder abgemeldet. Inzwischen bereute sie, dass sie damals keinen längeren Atem gehabt hatte, und nahm sich immer wieder vor, ihre Segelkenntnisse von damals aufzufrischen. Über diese Gedanken musste Katharina am Strand offensichtlich eingeschlafen sein, denn als plötzlich ein paar dicke Wassertropfen auf ihren nackten Schultern gelandet waren, war sie erschrocken hochgefahren. Sie hatte nicht mitbekommen, dass die Kitesurfer inzwischen aus dem Wasser gekommen waren und bereits ihre Sachen zusammenpackten. Als sie dann hochgesehen hatte, die Augen gegen die Sonne mit einer Hand abgeschirmt, hatte sie direkt in ein grinsendes Gesicht gesehen, in dem ihr vor allem die graublauen Augen aufgefallen waren.

»Hi! Normalerweise schlafen die Leute nicht ein, wenn sie uns auf dem Wasser sehen«, hatte der Surfer, zu dem die graublauen Augen gehörten, lächelnd gesagt und sich dabei das nasse dunkle Haar aus der Stirn gestrichen. Ohne eine Antwort von Katharina abzuwarten, hatte er sich neben sie in den Sand fallen lassen. Katharina hatte nicht vermeiden können, dass ihr Blick über die muskulösen Arme glitt, die aus dem ärmellosen Neoprenanzug ragten und ebenso gebräunt waren wie das sympathische Gesicht des fremden Mannes.

Entspannt hatte sie ihn angelacht: »Das hat nicht an euch gelegen. Ich hab mich ja sogar extra hierher gelegt, um euch zuzusehen, aber offenbar hab ich ein paar freie Tage nötiger, als ich dachte.«

»Na, dann bin ich ja beruhigt. Ich bin übrigens Ole.«

»Katharina – hallo«, hatte sie geantwortet. Seine spontane und unkomplizierte Art hatte ihr sofort gefallen.

»Kitest du auch?«, hatte Ole gefragt.

»Ich? Um Gottes willen, nein. Das sehe ich mir lieber aus der Ferne an«, hatte Katharina erwidert.

»Warum? Unsportlich siehst du nicht gerade aus, und es macht echt Spaß, glaub mir.«

»Glaub ich dir sofort«, hatte Katharina bestätigt, »aber … ich denke, damit hätte ich früher anfangen sollen.« Fast hatte ihr auf der Zunge gelegen, dass sie sich dafür zu alt fand, doch das hatte sie dann doch nicht zugeben wollen.

»Dafür ist es nie zu spät!« Oles Augen hatten vor Begeisterung für seinen Sport geleuchtet. »Ich bringe es dir gern bei – da drüben ist unsere Surf- & Kiteschule.«

»Ach, daher weht der Wind«, hatte Katharina belustigt erwidert, »du versuchst, neue Kursteilnehmer zu gewinnen!«

Ole hatte eine gespielt beleidigte Miene aufgesetzt: »Wo denkst du hin? Das wäre höchstens ein … sagen wir mal, praktischer Nebeneffekt.«

Er hatte Katharina direkt in die Augen gesehen und erneut gegrinst. Wie alt mochte er sein?, hatte Katharina überlegt. Mindestens wohl zehn Jahre jünger als sie.

»Hast du Lust auf einen Kaffee?«, hatte Ole in ihre Überlegung hinein gefragt. »Oder lieber ein Bier, einen Prosecco oder Hugo?«

»Eigentlich wollte ich …« Katharina war nicht dazu gekommen, ihren Satz zu beenden, denn Ole war ihr ins Wort gefallen: »Ich denke, du hast Urlaub? Wo ist denn da die Spontaneität?«

Drei Stunden später hatte Katharina noch immer mit Ole in der gemütlichen Strandbar gesessen. Sie hatten über Gott und die Welt geredet, auffallend viel gelacht und dabei komplett die Zeit vergessen. Als Katharina sich dann endlich aufgemacht hatte, um anstelle des Strandspaziergangs wenigstens noch ein wenig durch den Ort zu bummeln, hatte sie Ole das Versprechen gegeben, ihn am nächsten Vormittag an der Surfschule zu treffen.

»Ich hab eine Idee, das wird dir garantiert gefallen. Es geht auch nicht aufs Wasser, versprochen!«, hatte er erklärt, und Katharina hatte keinen Moment gezögert zuzusagen.

13.03 Uhr

Hauptkommissar Benjamin Rehder tigerte in seinem Büro auf und ab. Wo blieb Katharina bloß? Als sie sich letzte Woche kurzfristig Urlaub genommen hatte, hatte nichts dagegen gesprochen, und er hatte ihn gern bewilligt, doch jetzt brauchte er seine beste Ermittlerin hier in Lüneburg. Katharina war für ein paar Tage an die See gefahren und hatte sich bis heute Mittag freigenommen. Sie hatte gesagt, sie würde dann um halb eins wieder hier sein. Jetzt war es schon nach 13 Uhr, und was ihn zusätzlich fuchste, war die Tatsache, dass er sie auf ihrem Handy nicht erreichen konnte. Es sprang ständig nur die Mailbox an, auf die er innerhalb der letzten halben Stunde bereits dreimal gesprochen hatte. Jetzt drückte Ben ein weiteres Mal auf Wiederwahl an dem Telefon in seiner Hand und führte es an sein Ohr. Genau in diesem Moment sah er durch die Glasscheibe, die sein Büro vom Gemeinschaftsbüro seines Teams trennte, wie Katharina ihm zuwinkte. Erleichtert beendete er die noch nicht aufgebaute Verbindung, stellte das Telefon zurück in die Station auf seinem Schreibtisch und ging auf Katharina zu.

»Hi, Ben«, strahlte sie ihm entgegen und sprudelte los. »Da bin ich wieder. Ich muss als Erstes gleich mal meinen Akku aufladen, mein Handy macht keinen Mucks mehr – ich hoffe, du hast nicht versucht, mich zu erreichen? Stell dir vor, ich hatte mein Ladekabel zu Hause vergessen. Das ist mir noch nie passiert! Na ja, so schlimm war es auch nicht. Nur ungewohnt. Wo ist Tobi? Ach, ich kenne die Antwort. Mittagessen, richtig?«

»Er ist in St. Dionys«, antwortete Ben, während er seine Kollegin musterte. Sie wirkte erholt. Und sie war für die kurze Zeit erstaunlich braun geworden. Nicht tiefbraun, schließlich war sie rothaarig und musste mit der Sonne aufpassen, sondern eher karamellfarben, und das stand ihr ziemlich gut, wie er nicht zum ersten Mal feststellte. Genauso wie die Sommersprossen, die ihrem

Gesicht einen jugendlichen Charme verliehen, der zu ihrer offensichtlich blendenden Stimmung passte. Wie die rote Zora, dachte Ben bei sich, doch dann waren seine Gedanken wieder in St. Dionys, dem sonst so ruhigen und recht wohlhabenden Bilderbuchdorf mit seinen knapp 400 Einwohnern.

»In St. Dionys? Gibt es da jetzt eine ganz besondere Würstchenbude, oder was?«, fragte Katharina amüsiert – ihr Teamkollege Tobias Schneider war bekannt dafür, dass er gern aß.

»Das weiß ich nicht«, sagte Ben ernst. Er wollte Katharina nur ungern die gute Laune verderben, doch er hatte keine Wahl: »Tobi ist dort, weil ein Junge verschwunden ist. Leon Guntram. Seine Pflegemutter hat ihn gestern Abend als vermisst gemeldet, nachdem er nicht da war, als sie von einem Besuch bei ihrer Mutter im Pflegeheim nach Hause gekommen ist. Als sie wie verabredet gegen 18 Uhr nach Hause gekommen ist, war Leon nicht da. Zuerst dachte sie, er sei zu einem Schulfreund, der in der Nähe wohnt, gegangen und hätte bloß vergessen, einen Zettel hinzulegen. Als er um 19 Uhr noch nicht da war, hat sie sich Sorgen gemacht und dort angerufen, ebenso bei seinen anderen Freunden. Fehlanzeige. Dann hat sie die Polizei angerufen.«

Für einen Moment herrschte Stille zwischen den beiden. Katharinas Gesicht wurde ebenso ernst wie das von Ben. Vorbei war jeglicher Gedanke an ihren Kurztrip. Die Kommissarin ging langsam zu ihrem Schreibtisch und stellte dort ihre Tasche ab.

»Wie alt?«, fragte sie tonlos.

»Zehn«, kam es von Ben.

13.36 Uhr

Das Schrillen der Türklingel durchschnitt die Stille im Haus, und Anja Buse ließ vor Schreck die mit heißem Tee gefüllte Tasse fallen, die sie eben gerade von der Arbeitsfläche in ihrer Küche genommen hatte. Ihr Blick huschte zu dem Kommissar, der auf der Bank am Küchentisch saß. Auch er schien für einen kurzen Augenblick wie erstarrt, dann erhob er sich langsam und sagte: »Das werden meine Kollegen sein. Ich gehe schon, bleiben Sie am besten hier.«

Nachdem der Kommissar die Küche verlassen hatte, begann Anja Buse am ganzen Leib zu zittern. Was, wenn es nicht die Kollegen von diesem Kommissar Schneider waren, die ihn einfach nur ablösen wollten? Was, wenn es einer vom Suchtrupp war, der sie informieren wollte, dass sie Leon gefunden hatten? Anja Buse mochte diesen Gedanken nicht weiterverfolgen, denn jedes Mal, wenn sie an Leon dachte, dachte sie auch an das Wort »tot«. Aber das durfte sie nicht denken. Sie musste ganz fest daran glauben, dass Leon noch am Leben war, dann würde es auch so sein. Ein weiterer Gedanke schoss ihr in den Kopf. Vielleicht gab ja auch jemand an der Tür eine Nachricht von den Entführern ab! Sie hatten zwar keinen Anhaltspunkt dafür, dass ihr Pflegesohn entführt worden war, aber für sie war das ein Strohhalm, an den sie sich klammerte. Im Fall einer Entführung standen zumindest die Chancen gut, dass Leon wirklich noch am Leben war. Dass er weggelaufen war, glaubte Anja Buse keine Sekunde, auch wenn die Polizei sie nach dieser Möglichkeit sofort gefragt hatte, als sie ihn als vermisst gemeldet hatte. Nein, er würde nicht weglaufen. Dafür waren sie und Leon ein viel zu gutes Team. Sie liebte ihn, und er war glücklich bei ihr. Das wusste sie einfach. Es war das Einzige, das sie gerade mit Gewissheit wusste. Das Zittern hatte aufgehört, und mechanisch griff Anja Buse nach der Küchenpapierrolle, von der sie einige Blätter abriss. Sie ging in die Knie und nahm mit dem Papier in ihrer Hand die größten Scherben der zersprungenen Teetasse auf. Wie gern hätte sie jetzt gerufen »Vorsicht, Leon, komm' mal einen Augenblick nicht in die Küche, hier liegen überall Scherben herum«, doch das brauchte sie nicht. Leon war nicht da. Ob sie ihn jemals wiedersehen würde? Anja Buse kamen die Tränen, während sie mit einem weiteren Papiertuch nun die kleinen Scherbensplitter zusammen mit dem Teewasser aufwischte. Plötzlich fühlte sie einen Stich in ihrem Zeigefinger. Sie öffnete automatisch ihre Hand und ließ das Papier achtlos fallen, dann führte sie sich ihre Hand mit gespreizten Fingern vor die Augen. Ein kleiner Splitter hatte sich in die Kuppe ihres rechten Zeigefingers gebohrt. Mit spitzen Fingern zog sie den Splitter heraus, und ein einzelner Blutstropfen folgte ihm. Anja Buse richtete sich langsam wieder auf und steckte den Zeigefinger in den Mund. Der eisenhaltige Geschmack des Blutes ließ ein Bild in ihr hochsteigen: Leon lag rücklings in einer riesigen Blutlache, mit bereits toten Augen, doch sein rechter Arm bewegte sich unrhythmisch in Wellen, denn seine Finger, aus denen das Blut strömte, schrieben in seiner noch unfertigen Jungenhandschrift auf den weiß gefliesten Untergrund »Mama, hilf mir!« Die Frau, die ihn geboren hatte, nannte er beim Vornamen. Mama war sie. Anja Buse wollte sich erheben, doch ihre Beine versagten ihr den Dienst. Ihr wurde schwarz vor Augen, und noch bevor sie mit dem Kopf auf den Küchenfliesen aufschlug, dachte sie: Aber wie, Leon? Wie kann ich dir helfen?

13.41 Uhr

»Was war das?«, fragte Katharina alarmiert. Sie stand mit Ben und Tobi zusammen im großzügigen Eingangsbereich der Buse-Villa. Wie die äußere Form des Hauses war er kreisförmig und durch eine breite Glastür, die jetzt offenstand, von einer weiteren Halle getrennt. Tobi hatte sie eben ins Haus gelassen, und sie hatten sich noch am Eingang gegenseitig leise auf den neuesten Stand der Ermittlungen gebracht. Das war schnell gegangen, denn sowohl Tobi als auch Katharina und Ben hatten keinerlei neue Ergebnisse. Sie wollten gerade in die Küche gehen, als ein dumpfes Geräusch aus dem Inneren des Hauses zu hören gewesen war. Nun herrschte wieder absolute Stille.

»Frau Buse?«, rief Tobi und eilte den anderen voraus in die Küche, deren Tür von der zweiten Halle abging. Die Küche war ein langer Raum mit allerlei modernen Geräten und einer halbmondförmigen Sitzecke am hinteren Ende, wie Katharina mit einem Blick feststellte – hier mochte jemand runde Formen. Mitten im Raum, auf Höhe der Spüle, lag eine Frau auf dem Boden. Sie schien nicht bei Bewusstsein zu sein, um ihren Kopf herum hatte sich eine kleine Blutlache gebildet. Tobi ging sofort in die Knie und legte seinen Zeige- und Mittelfinger an die Halsschlagader der Frau.

»Sie atmet, aber ich fühle nur einen schwachen Puls«, erklärte er, während Katharina bereits eines der Zierkissen von der Sitzbank gegriffen hatte und Ben den Notarzt rief. Katharina hockte sich neben Tobi.

»Woher kommt das Blut?«, fragte sie ihn.

»Ich schätze vom Sturz, sie wird gegen die Schubladenkante gefallen sein, und der Aufprall auf den Steinfliesen hat dann den Rest erledigt«, meinte ihr Kollege und deutete auf die leicht geöffnete Schublade gleich unter der Arbeitsplatte. Dann hob er den Kopf der bewusstlosen Frau behutsam an, sodass Katharina das Kissen darunter platzieren konnte. Dabei sahen sie, dass Tobi recht hatte: Anja Buse hatte eine etwa zwei Zentimeter lange Platzwunde an der rechten hinteren Seite ihres Kopfes. Die beiden Kommissare tauschten einen erfahrenen Blick und brachten die Frau, ohne sich weiter absprechen zu müssen, in die linksgerichtete stabile Seitenlage.

»Frau Buse, hören Sie mich?«, fragte Katharina jetzt sanft. Sie kniete nach wie vor neben der Frau. Tobi war inzwischen mit Ben nach vorn zum Hauseingang gegangen, um dort auf den Rettungswagen zu warten. Katharina lauschte. Hatte sie da nicht gerade ein schwaches Stöhnen gehört? Die Kommissarin hielt den Atem an und lauschte. Nein, sie musste sich geirrt haben. Sie betrachtete die bewusstlose Frau vor sich. Anja Buse war eine überaus attraktive Person. Sie war nicht gerade groß und schien dabei eine Top-Figur zu haben, wie Katharina neidlos feststellte. Die kinnlangen brünetten Haare waren leicht gewellt, und ihre Haut zeigte keinerlei Makel. Katharina schätzte sie in etwa auf ihr eigenes Alter – oder ein paar Jahre jünger, aber nicht viel. Gekleidet war sie wie die Kommissarin: Sie trug Jeans und ein schlichtes T-Shirt. Ben hatte auf der Herfahrt erzählt, dass Anja Buse als selbstständige Architektin arbeitete, und als Katharina jetzt daran dachte, machte es plötzlich Klick in ihrem Kopf. Natürlich, sie kannte Anja Buse. Nicht persönlich, aber aus der Presse. Anja Buses Geschichte hatte es damals sogar bis in die überregionalen Zeitungen geschafft, und Katharina hatte in München, wo sie zu der Zeit noch gelebt hatte, davon gelesen. Die Kommissarin rechnete zurück. Es musste ungefähr neun Jahre her sein. Eigentlich war es ein Bericht über den Hamburger Star-Architekten André Picu gewesen. Ein Nachruf, denn Picu war kurz davor bei einem Segelunfall umgekommen. Katharina hatte den Bericht damals interessiert gelesen, weil sie Picu Jahre zuvor ein paar Mal im Haus ihrer Eltern begegnet war. Der Architekt mit den wirren längeren Haaren war nur unwesentlich jünger als Katharinas Vater gewesen und hatte immer, wenn sie auf ihn getroffen war, einen weiten, zerknitterten Leinenanzug getragen. Dem Bericht hatte sie entnommen, dass Picu damals auf dem Land im Speckgürtel von Hamburg ein feudales Haus errichtet hatte, und dass nicht er es entworfen hatte, sondern seine um 30 Jahre jüngere Frau – Anja Buse, eine ehemalige Praktikantin aus Picus Architekturbüro. Die Zeitung hatte weiter zu berichten gewusst, dass Picu neben seiner Ehefrau einen Pflegesohn sowie ein beträchtliches Vermögen hinterließ. Der Journalist hatte damals die Frage gestellt, ob Anja Buse nun als Witwe und damit Alleinerziehende die Pflegschaft behalten dürfe. Scheinbar war es so gekommen, gab Katharina sich jetzt die Antwort, und das Vermögen hatte sie wohl ebenfalls geerbt. Katharina bemerkte durch die Fenster das Blaulicht des Rettungswagens – keine Sirenen, die musste die Ambulanz hier bei dem geringen Verkehrsaufkommen nicht anstellen. Stattdessen hörte Katharina erneut ein leises Stöhnen, und dieses Mal kam es eindeutig aus dem Mund von Anja Buse, deren Lider einen Moment lang flackerten, bevor sie sie aufschlug.

»Leon? Wo bist du, Leon? Ich komme … Ich helfe dir …«, kam es schwer aus dem Mund der Frau, die Katharina erst allmählich wahrzunehmen schien.

»Wer … wer sind Sie? Was ist passiert?«, fragte Anja Buse jetzt mit brüchiger Stimme, und ihre Augen waren dabei angsterfüllt. Sie versuchte sich aufzurichten, doch Katharina hielt sie sanft in ihrer Position auf dem Boden.

»Mein Name ist Katharina von Hagemann, Kripo Lüneburg. Bitte bleiben Sie ruhig liegen, Frau Buse. Sie haben für eine kurze Weile das Bewusstsein verloren. Der Notarzt wird jeden Moment da sein und nach Ihnen sehen.«

Die anscheinend noch immer leicht verwirrte Frau wollte etwas erwidern, doch im selben Moment betraten bereits zwei Rettungssanitäter die Küche. Katharina stand auf und trat zur Seite, um ihnen Platz zu machen. Momentan konnte sie hier nichts ausrichten, außer zu hoffen, dass es gelang, Anja Buse wieder einigermaßen auf die Beine zu bringen. Vor allem, wenn es sich tatsächlich um eine Entführung handeln sollte – wovon sie angesichts des stattlichen Vermögens ausgingen – brauchten sie die Frau, falls sich die Kidnapper melden sollten. Sie trat aus der Küche heraus in den angrenzenden Raum, der Esszimmer und eine großzügige Sofalandschaft vereinte und dazwischen noch so viel Platz bot, dass locker drei Paare dort Rock 'n Roll tanzen konnten. Katharina schmunzelte selbst über diesen Gedanken. Dass ihr ausgerechnet Rock 'n Roll in den Sinn gekommen war, kam nicht von ungefähr. Das Lächeln hielt sich noch in ihrem Gesicht, während sie an den Grund dafür dachte, als Ben an sie herantrat: »Die Technik ist jetzt soweit eingerichtet, dass wir alle eingehenden Anrufe, sowohl aufs Festnetz als auch auf das Handy von Frau Buse mitschneiden und zurückverfolgen können, sofern die Anrufer lange genug in der Leitung bleiben – na ja, du kennst das ja«, erklärte er. »Ich möchte gern, dass du die erste Schicht übernimmst und bis morgen früh hier im Haus bleibst. Dann wirst du wieder von Tobi abgelöst. Sollte sich in der Zwischenzeit etwas ergeben, sind wir natürlich mit dem gesamten Team sofort bereit. Okay für dich?«

»Natürlich«, bejahte Katharina. »Gibt es noch irgendetwas über Frau Buse oder ihren Pflegesohn, was ich wissen sollte?«

»Das ist eigentlich der Grund, warum ich möchte, dass du am Anfang hier bist. Ich denke, einer Frau gegenüber wird sie aufgeschlossener sein und zumindest ein wenig entspannter. Bisher wissen wir so gut wie gar nichts über die Lebensumstände, außer …«

»… außer, dass hier sicher einiges zu holen ist«, unterbrach Katharina ihn und ließ ihren Blick durch den Raum schweifen.

»Freunde, Verwandtschaft, mögliche Feindschaften … alles, was wir in Erfahrung bringen, könnte wichtig sein. Wobei bei einer Entführung natürlich auch völlig Fremde infrage kommen. Wenn es sich tatsächlich um eine handeln sollte, dürfen wir das nicht außer Acht lassen.«

»Gehst du inzwischen denn nicht mehr davon aus?«, wunderte sich Katharina.

»Doch, irgendwie schon«, sagte Ben. »Aber vielleicht ist es auch nur meine Hoffnung. Eine Entführung mit Lösegeldforderung würde zumindest die Chance erhöhen, dass der Junge noch am Leben ist.«

»Was ist mit den Suchtrupps?«, wollte Katharina wissen.

»Die sind noch unterwegs und werden es auch bis zum Anbruch der Dunkelheit bleiben. Tobi wird gleich losfahren und sich nach dem aktuellen Stand vor Ort erkundigen. Ich bleibe erst mal noch hier, bis wir uns ein Bild von Frau Buses Verfassung gemacht haben. Sollte sie ins Krankenhaus müssen, stünden wir wieder vor einer neuen Situation.«

Als hätte er es gehört, trat in diesem Moment der Notarzt, der kurz nach den Sanitätern eingetroffen war, zu den beiden Kommissaren. »Die Frau ist wieder stabil, ich habe ihr ein leichtes Beruhigungsmittel gespritzt.«

»Was ist mit der Kopfwunde?«, fragte Katharina.

»Das ist nichts Ernstes«, erwiderte der Arzt. »Wenn überhaupt, könnte eine sehr leichte Gehirnerschütterung vorliegen. Da Frau Buse aber nicht ins Krankenhaus will, um sich noch einmal gründlich untersuchen zu lassen, bleibt das abzuwarten.«

Katharina sah, dass er die Weigerung der Patientin nicht guthieß, doch insgeheim war sie froh über deren Entscheidung. Abgesehen davon konnte sie Anja Buse nur zu gut verstehen. Sie selbst hätte in einer solchen Situation nicht anders gehandelt.

»Wir werden auf sie achten«, versprach sie dem Notarzt. »Wenn es Anzeichen für eine Verschlechterung ihres Zustands gibt, bringen wir sie umgehend in die Klinik.«

»Gut«, antwortete er knapp. »Sie braucht Ruhe.«

Nachdem der Notarzt gemeinsam mit den Sanitätern das Haus verlassen hatte, ging Katharina zurück in die Küche, wo Anja Buse sehr blass und etwas zittrig an der großen Kochinsel lehnte, die die komplette Mitte des Raumes einnahm.

»Frau Buse? Wie fühlen Sie sich?«, fragte Katharina vorsichtig. Erschrocken blickte die Frau auf. »Warum? Haben Sie Leon gefunden? Was ist mit ihm?«

»Nein, Frau Buse, bitte bleiben Sie ruhig«, versuchte Katharina zu beschwichtigen und trat an die Architektin heran. »Es gibt noch keine neuen Erkenntnisse. Aber mein Kollege, Hauptkommissar Rehder, und ich möchten gern ein paar Dinge mit Ihnen besprechen. Fühlen Sie sich dazu in der Lage?«

»Sicher«, antwortete Anja Buse. »Ich würde mich allerdings gern hinsetzen.«

»Natürlich«, stimmte Katharina zu. »Kommen Sie, wir gehen nach nebenan.«

Während Leons Pflegemutter auf immer noch wackligen Beinen zu Ben in den Wohnraum ging, winkte Tobi seine Kollegin zu sich.

»Ich wollte dir nur sagen, dass ich jetzt hier verschwinde«, erklärte er.

»Ja, Ben hat mich schon informiert«, erwiderte Katharina. »Du fährst zum Suchtrupp?«

»Ja. Und ich hoffe inständig, so blöd es klingt, dass die Kollegen bisher keinen Erfolg hatten. Zumindest keinen, der den Jungen … ach du weißt schon.«

»Ja, ich weiß, und das klingt gar nicht blöd«, antwortete Katharina. »Mir geht es nicht anders. Im allerbesten Fall ist er nur abgehauen oder hat sich verirrt. Aber selbst eine Entführung würde mir noch Hoffnung lassen.« Dann setzte sie noch leise hinzu: »So denkt wohl jeder momentan.«

»Wär ja auch schlimm, wenn nicht!«, entfuhr es Tobi entgegen seiner sonstigen Art ungewöhnlich heftig, was Katharina veranlasste, ihn zu fragen: »Ist alles okay mit dir?«

»Ja, aber, es ist nur …« Er zögerte einen Moment und blickte um sich, ob es weitere Zuhörer in der Nähe gab. Als er sicher war, dass niemand außer Katharina ihn hören würde, sprach er weiter: »Weißt du, seit ich selbst Vater bin, ticke ich schon irgendwie anders, was ich ziemlich erschreckend finde. Ich kann sogar bestimmte Filme, in denen es um Kinder geht, nicht mehr angucken. Und das hier geht mir einfach viel mehr an die Nieren als früher.«

Katharina strich ihm freundschaftlich über den Arm. »Das ist doch völlig natürlich. Ich brauch nur daran zu denken, dass so etwas mit Leonie passieren könnte … Wie es da sein muss, wenn man selbst ein Kind hat, kann ich mir vorstellen.«

Tobi ballte eine Faust: »Wenn jemand meiner Kleinen etwas antun würde …«

Katharina sah ihn fragend an: »Möchtest du lieber, dass jemand anderes für dich einspringt? Soll ich mit Ben sprechen?«

»Natürlich nicht! Ich war schon lange nicht mehr so motiviert. Aber es fühlt sich irgendwie scheußlich an. Also, ich meine, wir sind die Mordkommission. Normalerweise finden wir eine Leiche und suchen dann nach dem Mörder. Jetzt suchen wir nach einem Kind, um hoffentlich das Schlimmste zu vermeiden.« Er schüttelte den Kopf. »Genau deshalb fahre ich jetzt auch los. Ich hoffe, ihr könnt noch ein paar Sachen in Erfahrung bringen, die uns bei der Suche helfen. Ich bin auf Bereitschaft, auch die ganze Nacht, wenn also was ist, ruf mich an. Ansonsten bin ich morgen früh um sieben hier und löse dich ab.«

»Okay, aber versuch trotzdem, ein wenig zu schlafen, ja?«, riet Katharina und blickte dem jüngeren Kollegen nach, der zu ihren letzten Worten nur genickt hatte, bevor er durch die breite Haustür die Villa verließ.

Unglaublich, wie sehr sich ein Mensch verändern kann, wenn er ein Kind hat, dachte sie bei sich, während sie zurück zu Ben und Anja Buse ging. Es war immer wieder schön zu sehen, mit welcher Begeisterung Tobi von seiner kleinen Mia sprach – in diesen Momenten war er wie früher der große Junge, der immer zu Späßen aufgelegt und eher unbedarft war. Ansonsten hatte er seit seiner Vaterschaft tatsächlich ein bisschen was von seiner früheren Leichtigkeit verloren. Aber so war das eben, wenn man plötzlich nicht mehr nur für sich allein die Verantwortung trug. Katharina kam ein Gedanke, der sie zum Schmunzeln brachte: Tobi war tatsächlich erwachsen geworden, wer hätte das gedacht.

Der Hahn ist tot, der Hahn ist tot,
der Hahn ist tot, der Hahn ist tot.
Er kann nicht mehr krähn, kokodi, kokoda,
er kann nicht mehr krähn, kokodi, kokoda,
koko koko koko kokodi, kokoda.

(Kanon aus Frankreich, Verfasser unbekannt)

2. KAPITEL:

MITTWOCH, 09.08.2017

07.11 Uhr

Katharina hatte ihre große Sporttasche auf ihren Futon gestellt. Sie war noch immer voll mit den Sachen von ihrem Nordsee-Trip, die die Kommissarin jetzt herausnahm und in ihren Wäschekorb neben dem Schrank warf. Nur die Kulturtasche ließ sie direkt darin. Dann ging sie an ihren Schrank, griff sich ein paar schlichte T-Shirts, Jeans und Wäsche und legte alles dazu. Das würde für ein paar Tage reichen, obwohl sie hoffte, dass es nicht nötig sein würde. Ben hatte heute Morgen entschieden, die Zuständigkeiten doch anders zu besetzen, als ursprünglich gedacht. Tobi würde ab sofort die Koordination der Suchtrupps übernehmen, während Katharina komplett bei Anja Buse im Haus blieb. Als Fallanalytikerin und Verhörspezialistin war sie am ehesten auch für einen möglichen Kontakt zu den Entführern geschult und auf diese Weise wäre sie in jedem Fall vor Ort, falls es einen Anruf oder eine Lösegeldforderung geben sollte. Für Katharina war diese Entscheidung völlig in Ordnung, zumal sie davon ausging, dass Tobi bei der Suchaktion besser aufgehoben war als bei der Pflegemutter. Dort konnte er aktiv sein und organisieren, was ihm beides eher lag, als einfach nur abzuwarten. Die Suchaktion war groß ausgelegt. Neben den Ausbildungs-Hundertschaften war die Feuerwehr mit zahlreichen Leuten dabei, und auch das DRK nahm mit einigen Mantrailer-Hunden teil, die aufgrund ihres extrem feinen Geruchssinns bei derartigen Aktionen schon oft hilfreich gewesen waren. Bei Anja Buse waren andere Fähigkeiten gefragt, zumal es für die Frau sicher auch angenehmer war, eine Kripobeamtin im Haus zu haben und keinen Mann. Die Architektin hatte gestern zunächst kaum ein Wort gesprochen, und Katharina hatte sie nicht übermäßig drängen wollen. Dennoch war es wichtig gewesen, so viel wie möglich über Leons Umfeld, seine Gewohnheiten und mögliche Schwierigkeiten zu erfahren, und deswegen hatte Katharina sie in ein Gespräch verwickelt. Tatsächlich hatte Anja Buse sich allmählich ein wenig entspannt, sodass die Kommissarin ihr ein paar konkrete Fragen hatte stellen können. Es fiel Katharina auch jetzt mit etwas Abstand schwer, die Frau einzuschätzen. Natürlich befand diese sich momentan in einer Ausnahmesituation, aber das war es nicht allein. Anja Buse strahlte eine Distanz aus, die Katharina nicht mit der aktuellen Lage verband, sondern für einen generellen Charakterzug hielt. Die wichtigsten Informationen über Leon hatte Katharina jedoch von seiner Pflegemutter gestern Abend in Erfahrung bringen können. Alles schien ganz normal – der Junge hatte viele Freunde in der Schule, war aufgeschlossen und ein guter Schüler. Anja Buse hatte ihn als stets fröhliches und glückliches Kind beschrieben. Natürlich hatte Katharina sich gefragt, ob das möglicherweise mehr die verklärte Wahrnehmung einer Mutter als die Realität war, doch vorerst musste sie sich mit dieser Antwort begnügen. Irgendwann hatte sie sich in das Gästezimmer zurückgezogen, das Anja Buse ihr angeboten hatte. Ausreichend geschlafen hatte sie nicht. Sie war lediglich zu einer Art Halbschlaf in der Lage gewesen. Auch wenn es nur darum gegangen war, in der Villa Buse auf ein Zeichen möglicher Entführer zu warten – die Kommissarin hatte sich für Anja Buse verantwortlich gefühlt und war unterschwellig die ganze Zeit in Alarmbereitschaft gewesen. Das würde heute nicht anders sein, dachte sie bei sich und verschloss ihre Tasche, als ihr Handy einen Ton von sich gab, der den Eingang einer SMS verkündete. Sie zog das Telefon aus der Jackentasche und las: »Hey – geht's dir gut? Meld dich mal. Ole«

Die Kommissarin stöhnte innerlich. Was hatte sie da nur angezettelt? Ole hatte gestern Abend schon eine Nachricht geschickt, als sie bereits im Gästezimmer von Anja Buse gelegen hatte. Sie hatte ihm nicht geantwortet. Vielleicht war das nicht ganz fair gewesen, doch sie hatte sich nicht die Finger verbrennen wollen. Ohnehin dachte sie viel zu oft an den smarten Surflehrer. Immer wieder schlich er sich unversehens in ihre Gedanken, dabei war gar nichts Großartiges zwischen ihnen beiden passiert. Klar, sie hatten während ihrer kurzen Zeit in St. Peter-Ording Spaß zusammen gehabt und vielleicht ein bisschen geflirtet, aber das war es auch schon gewesen. Und so sollte es auch bleiben.

Katharina schob die Gedanken an Ole zur Seite, griff nach ihrer Tasche und verließ die Wohnung. Als sie in ihrem Auto saß, sah sie auf die Uhr. Bene würde vermutlich schon wach sein. Kurzentschlossen stieg sie wieder aus dem Auto aus, schloss es ab und ging mit schnellen Schritten zu Benes Wohnung, die nur wenige Minuten Fußweg von ihrer eigenen entfernt lag, in deren direkter Nähe man jedoch nicht parken konnte. Sie überlegte einen winzigen Moment, ob sie klingeln sollte, zog dann jedoch den Schlüssel hervor, den Bene ihr bereits vor längerer Zeit gegeben hatte. Noch immer hatte sie sich nicht ganz daran gewöhnt, ihn einfach so zu benutzen als wäre es eine Selbstverständlichkeit. Bene war aber jedes Mal enttäuscht, wenn sie ihn nicht gebrauchte. Sie öffnete die Haustür, stieg die Treppenstufen hinauf bis ins Dachgeschoss und schloss die Wohnungstür auf. In dem geräumigen Loft von Bene war alles still. Vorsichtig ging Katharina zum Schlafbereich und lächelte, als sie sah, wie Bene bäuchlings quer über dem Bett lag und noch tief und fest zu schlafen schien. Bemüht, kein Geräusch von sich zu geben, drehte sie sich um und wollte gerade wieder aus der Wohnung huschen, als sie seine noch etwas kratzige Stimme hörte: »Katharina? Hey, nicht weglaufen!«

Sie trat an sein Bett und setzte sich. Wie ein großer Junge sah er aus, so verwuschelt und noch nicht ganz wach.

»Guten Morgen«, grinste sie und küsste ihn auf den Mund.

»Hmm, mehr davon«, forderte Bene lächelnd, doch Katharina schüttelte den Kopf. »Ich würde jetzt gern zu dir unter die Decke kriechen, aber ich muss los. Eigentlich war ich nur kurz bei mir, um ein paar Klamotten zu holen, und da hab ich mir gedacht, ich komme schnell vorbei und sag dir Guten Morgen.«

»Das war eine sehr gute Idee«, sagte Bene. »Ist es wegen des neuen Falls? Da wo du gestern schon direkt nach deiner Ankunft aus St. Peter warst, als du mich angerufen hast?«

»Ja, genau. St. Dionys. Und ich weiß nicht, wie lange ich dort bleiben muss.«

Fragend blickte Bene seine Freundin an. »Musst du da noch länger übernachten?«

Katharina nickte: »Der kleine Junge ist noch immer nicht aufgetaucht. Wir wissen noch nichts Genaues, halten aber eine Entführung für möglich, darum werde ich bei der Mutter bleiben, bis sich die Entführer melden oder wir …«, sie stockte kurz, »… oder wir neue Informationen haben.« Sie wollte nicht aussprechen, dass vor allem das Auffinden der Leiche eine solche Information sein könnte. »Ich weiß also nicht, wann wir uns das nächste Mal sehen können, aber ich melde mich, okay?«

»Okay, Frau Kommissarin«, sagte Bene und stutzte dann. »Moment, was habt ihr als Mordkommission denn damit zu tun?«

»Das war die Entscheidung von Kriminalrat Mausner. Er hat eine SOKO unter der Leitung von Ben zusammengestellt, um den Kleinen zu finden. Tobi koordiniert die Suchaktion, und ich bin im Falle einer Entführung die Kontaktstelle.«

»Verstehe«, antwortete Bene. »Dann hoffe ich, ihr findet den Jungen bald. Pass auf dich auf – ich hab noch eine Menge mit dir vor!«, ergänzte er liebevoll.

»Oh, jetzt bin ich aber neugierig«, lachte Katharina.

»Solltest du auch.« Bene setzte sich im Bett auf und gab ihr einen Kuss. »Schön, dass du extra vorher noch einmal hergekommen bist.« Dann wurde sein Gesicht etwas ernster, als er fragte: »Hast du dir Gedanken über uns und das Zusammenziehen gemacht?«

»Ja, ähm, hab ich.« Katharina stockte. Selbst wenn sie bereits so weit wäre, Bene eine klare Antwort geben zu können – jetzt war nicht der passende Zeitpunkt dafür. Zärtlich strich sie ihm über die Wange. »Lass uns später darüber reden. Ich muss wirklich los, okay?«, sagte sie, wobei sie ihren Worten einen weichen Ton gab und Bene beim Hinausgehen aus dem Zimmer eine Kusshand zuwarf.

Zwei Minuten später war Katharina wieder auf dem Weg zu ihrem Auto. Sie fühlte eine angenehme Wärme in sich und war froh, den kurzen Abstecher gemacht zu haben, obwohl sie bei der Verabschiedung etwas geschwindelt hatte. Was wollte sie eigentlich mehr? Bene war ein toller Mann, und er liebte sie. Alles könnte ganz einfach sein, aber Katharina hatte in Sachen Beziehungen und Familie so ihre Probleme. Über die Jahre hatte sie sich zunehmend zu einer Einzelgängerin entwickelt. Sie glaubte, dass der Ursprung in dem unterkühlten Verhältnis zu ihren Eltern zu suchen war. Nachdem sie ihre Mutter vor zwei Jahren für längere Zeit bei sich aufgenommen hatte, weil diese sich völlig unerwartet von Katharinas Vater getrennt hatte, war die Beziehung zwischen Mutter und Tochter zwar auf eine harte Probe gestellt worden, hatte sich insgesamt aber verbessert. Seit Anne von Hagemann dann irgendwann – und keine Sekunde zu früh aus Katharinas Sicht – eine eigene kleine Wohnung bezogen hatte, trafen sich und telefonierten die beiden häufiger als zu früheren Zeiten. Doch auch der Trennungsgrund ihrer Eltern hatte die Kommissarin in ihren Grundfesten erschüttert: Ihr Vater, der sich während ihres ganzen Lebens stets als ehrbarer und nahezu unfehlbarer Rechtsanwalt mit höchsten Moralvorstellungen präsentiert hatte, hatte aus einer Liaison mit seiner ehemaligen Sekretärin einen Sohn, von dem er weder Katharina noch seiner Frau jemals etwas gesagt hatte. Dieser Sohn – Katharinas Halbbruder – war nur einige Jahre jünger als sie. Während ihre Mutter noch bei ihr logierte, hatte Katharina mehrere Versuche unternommen, mit ihrem Vater ein Gespräch darüber zu führen, doch das hatte er ihr konsequent verweigert, bis sie es aufgegeben und den Kontakt zu ihm gänzlich abgebrochen hatte. Glücklich machte diese Entscheidung sie nicht – er war und blieb ihr Vater – doch sie hatte sich damit arrangiert, dass er es offensichtlich nicht anders wollte. Der Umstand, dass ihr unbekannter Halbbruder den Weg beschritten hatte, den Katharina dem Wunsch ihres Vaters nach hätte gehen sollen, und Anwalt geworden war, hatte die Situation nicht gerade erleichtert. Eines Tages hatte dann das Telefon geklingelt, und Markus Wiechmann, der bis dahin anonyme Halbbruder, hatte Kontakt zu ihr aufgenommen. Katharina wusste, dass ihm nichts vorzuwerfen war. Ganz sicher war er als Kind in der schlechteren Position gewesen, schließlich hatte Henning von Hagemann ihn nach außen hin verleugnet. Wenigstens hatte der Vater dafür gesorgt, dass Markus und seine Mutter finanziell versorgt waren und sein unehelicher Sohn eine passable Ausbildung genießen konnte. Zu sehen bekommen hatte Markus seinen Vater nur selten. Offensichtlich trug er es Henning von Hagemann aber nicht nach, wie er Katharina am Telefon erklärt hatte. Er meinte, er habe es nicht anders gekannt, sei nun aber froh, dass es kein Geheimnis mehr war, und darum wolle er Katharina gern kennenlernen. Bis heute hatte sie es allerdings nicht zu einem persönlichen Treffen kommen lassen. Sie scheute sich davor, obwohl Markus bei den wenigen bisherigen Telefonaten, die dem ersten gefolgt waren, einen mehr als sympathischen Eindruck auf sie gemacht hatte.

Katharina wusste, dass sie sich auch dieser Begegnung irgendwann stellen musste, um nicht nur mit ihrem Vater, der schließlich auch nicht jünger wurde, sondern auch mit sich selbst ins Reine zu kommen. Aber nicht jetzt. Eines nach dem anderen. Ihre Entscheidung für ein gemeinsames Leben mit Bene war nach den fatalen Erlebnissen mit Maximilian ein großer Schritt in Sachen Vertrauen für sie. Und auch wenn sie sicher war, dass dieser Schritt richtig war, fühlte sie sich nicht in der Lage, im Moment noch mehr persönliche Bindungen enger zu schnüren. Die familiären Bande würden warten müssen.

10.13 Uhr

Kriminalkommissar Tobias Schneider hatte in der vergangenen Nacht kaum ein Auge zugetan. Immer wieder hatte er an den verschwundenen Jungen denken müssen, und ein paar Mal war er aufgestanden, um an das Bettchen seiner kleinen Tochter zu gehen und sie im Schlaf zu betrachten. Allein die Vorstellung, seine süße Mia könnte plötzlich verschwinden, machte ihn schon verrückt. Auch waren seine Gedanken immer wieder zu Leons Pflegemutter gewandert. Wie sehr musste sie leiden! Als er allein mit ihr in ihrem großen Haus in St. Dionys gewesen war, um auf Nachrichten möglicher Entführer zu warten, hatte er fast vergessen, dass sie nicht die leibliche Mutter von Leon war. Sie hatte sich vor Sorgen um den Jungen so sehr gegrämt und sich dermaßen große Selbstvorwürfe gemacht, Leon allein gelassen zu haben, dass er dabei nur hilflos hatte zusehen können. Natürlich war Anja Buse bereits seine Pflegemutter gewesen, als Leon noch im Säuglingsalter war, aber nach Tobis bisheriger Meinung konnten auf diese Art nur Frauen fühlen, die ein Kind auch ausgetragen und geboren hatten – inzwischen hatte er dieses Vorurteil jedoch revidiert.

Noch immer beschäftigte Tobi der Gedanke, dass er einfach nicht gewusst hatte, was er der Frau zum Trost hätte sagen können, doch selbst wenn: Anja Buse hatte ihn kaum an sich herangelassen und jeglichen Versuch von ihm, ein Gespräch aufzubauen, im Keim erstickt. Darum war er sehr froh gewesen, als Katharina ihn gestern abgelöst hatte. Ähnlich erleichtert hatte es ihn, als Ben ihn heute Morgen in aller Herrgottsfrühe angerufen hatte, um ihm zu sagen, dass Katharina bei Anja Buse bleiben würde und Tobi den Suchtrupp leiten sollte. Er hatte keine Erfahrungen mit Entführungen, ihm war es aber sehr viel lieber, aktiv sein zu können, als in der Buseschen Villa auf eine Nachricht der möglichen Entführer zu warten, wenn sie denn überhaupt kommen sollte. Nachdem Tobi mit Ben gesprochen hatte, war er sofort aufgestanden, hatte sich fertiggemacht, seiner schlafenden Tochter einen Kuss gegeben und seine Freundin Jana vorsichtig geweckt, um ihr zu sagen, dass er früher als erwartet los müsse. Dann hatte er ihre Wohnung in Bardowick, die sie vor nicht allzu langer Zeit bezogen hatten, weil die alte zu klein für drei Personen gewesen war, verlassen, ohne zu frühstücken. Er hatte einfach keinen Appetit gehabt, was ihn selbst wunderte, denn in der Regel konnte er immer essen. Der aktuelle Fall war ihm jedoch auf den Magen geschlagen. Er war seit ungefähr 6.00 Uhr mit den Leuten vom Suchtrupp unterwegs. Auch die Feuerwehr hatte sich heute Morgen am Treffpunkt eingefunden und sogar noch ein paar freiwillige Helfer mitgebracht, die nicht bei der Feuerwehr waren. Tobi hätte sie gern abgewiesen, denn im Zweifelsfall zertrampelten sie auf ihrer Suche wichtige Spuren, andererseits konnte er in dieser Situation auf niemanden verzichten. Je mehr Leute suchten, desto größer war ihre Chance auf Erfolg. Darüber hinaus wusste er, dass sich, gerade wenn es um ein vermisstes Kind ging, die Leute zusammenscharten und gern private Suchtrupps auf die Beine stellten, dann hätte er sie jedoch nicht unter Kontrolle. So hatte er einen Uniformierten beauftragt, die Freiwilligen einzuweisen und auf die einzelnen Suchtrupps zu verteilen. Außerdem hatte der Kommissar ihre Personalien aufnehmen lassen. Es wäre nicht das erste Mal, dass ein Täter sich unter die Suchenden mischt, und falls sie es tatsächlich im Falle von Leon mit einer Straftat zu tun hatten, konnte er die Freiwilligen später überprüfen lassen.

Inzwischen war es bereits nach 10.00 Uhr – in gut einer Stunde würden zwei Hubschrauber die Gegend abfliegen, falls sie bis dahin nichts entdeckt hatten. Über die

Sozialen Netzwerke lief eine Suchanzeige nach Leon, und die Presse hatte bereits gestern über den verschwundenen Jungen berichtet und dazu aufgefordert, sich bei der Lüneburger Polizei zu melden, wenn man etwas »über den Verbleib des Jungen« wüsste, wie es immer so neutral wie möglich hieß. Bisher hatte sich noch niemand gemeldet. Tobi hatte das gleich heute Morgen bei der Zentrale abgefragt. Das hätte er nicht tun müssen, da er oder auf jeden Fall Ben über einen glaubhaften Hinweis sofort informiert werden würde, aber er hatte nicht anders gekonnt. Doppelt hielt bekanntlich besser.

Als Einsatzleiter war er am Treffpunkt geblieben und hatte die Suchgruppen in die verschiedenen Richtungen losgeschickt. In Tobis rechtem Ohr, dort, wo er den Ohrstöpsel stecken hatte, schnarrte es, dann hörte er die Meldung: »KK Schneider, PHM Yildiz hier. Wir haben ihn gefunden.«

Tobi schluckte und fragte in das Gerät: »Lebt er?«

Für einen Moment herrschte Stille, dann schnarrte es wieder, und Tobi hörte die Stimme von Yildiz, der nur ein Wort sagte: »Nein.«

Tobi schluckte ein weiteres Mal. »Welche Koordinaten?«, fragte er dann.

Der Mann am anderen Ende gab ihm die Geodaten durch, und er tippte sie wiederum in sein Handy ein. Das Ziel befand sich im Waldgebiet bei St. Dionys.

»Ich bin in 15 Minuten da«, informierte Tobi Polizeihauptmeister Yildiz und setzte überflüssigerweise hinzu: »Sperren Sie inzwischen den Fundort ab.«

Aus dem Auto benachrichtigte Kommissar Schneider die anderen beiden Suchtrupps, damit sie die Suche nach dem Jungen einstellten, und danach rief er Ben an. Ben nahm Tobis Information mit einem leisen »Danke, Tobi« entgegen und sagte ihm, dass er die Gerichtsmedizin und die Spurensicherung schicken würde. Außerdem wollte er es übernehmen, Katharina und vor allem Frau Buse zu informieren, aber erst, wenn Tobi am Fundort der Leiche eingetroffen sei und sich selbst ein Bild gemacht habe, ob es sich tatsächlich um Leon handelte. Ben selbst war gerade auf dem Weg zu Bianca Guntram, Leons leiblicher Mutter, und wollte sie dennoch nach dem Verschwinden von Leon befragen. Der Hauptkommissar bat Tobi, ihn ein weiteres Mal anzurufen, wenn er bei der aufgefundenen Leiche war und bestätigen konnte, dass es sich um den gesuchten Jungen handelte.

Nach dem Telefonat mit Ben schaltete Tobi das Autoradio ein, doch die Musik, die sie zu dieser Uhrzeit auf Antenne Niedersachsen spielten, war ihm zu soft. Er brauchte jetzt was Härteres. Er zog eine selbst gebrannte CD aus seiner Tasche, die auf dem Beifahrersitz stand, und schob sie in den CD-Schlitz – jetzt nach einem Sender zu suchen, der die Musik spielte, nach der ihm aktuell der Sinn stand, war ihm zu kompliziert. Er spulte ein paar Titel vor, stellte die Boxen auf volle Lautstärke, und keine Sekunde später dröhnte »Pour Some Sugar On Me« von Def Leppard durch den Wagen und füllte ihn aus, genauso wie Tobis Kopf, in dem auf diese Weise nun zumindest für ein paar Minuten kein Platz mehr für trübsinnige Gedanken blieb.

10.25 Uhr

Ob sie seinen Kleinen schon gefunden hatten? Heute stand nichts Neues in der Presse. Sie gingen wohl davon aus, dass es sich um eine Entführung handelte. Irgendwie hoffte er, dass sie Leon schnell finden würden, damit der Junge noch hübsch aussah, wenn er zur letzten Ruhe gebettet werden würde. Ihm ging es nach wie vor schlecht damit, dass er mit Leon zu übermütig geworden war und ihn für immer in den Schlaf hatte wiegen müssen. Vor allem deswegen, weil er nun nie mehr mit seinem Kleinen zusammen sein konnte. Zum Glück hatte er Fotos von ihm. Er legte die Landeszeitung zur Seite. Später würde er den Bericht über Leon ausschneiden. Genauso wie bereits gestern. Er schenkte sich noch einen Tee nach und überlegte, ob er sich bei ihr melden sollte, sah dann aber keinen Grund. Darüber hinaus war es noch zu riskant. Er stützte seine Arme auf der Tischplatte auf und vergrub seinen Kopf in den Händen. Dann kamen die Tränen.

10.38 Uhr

Tobias Schneider parkte seinen Wagen auf dem Parkplatz am Waldrand – die restliche Distanz würde er zu Fuß zurücklegen müssen. Er stieg aus und machte sich auf den Weg. Fünf Minuten später sah er von Weitem einen Holzschuppen auf einer kleinen Lichtung, vor dem einige Uniformierte standen. Zwei davon hielten Hunde an ihren Leinen. Ein dunkelhaariger Polizist löste sich aus der Gruppe und kam Tobi entgegen. Schnell erkannte er in ihm Polizeihauptmeister Yildiz. Als sie auf gleicher Höhe waren, blieben sie für einen Moment stehen, und Tobi richtete ohne weitere Begrüßung das Wort an den Mann: »Sieht es sehr schlimm aus?«

Yildiz zuckte betroffen mit den Schultern: »Einer unserer Spürhunde hat ihn entdeckt. Am besten, Sie machen sich selbst ein Bild. Ich …«

Der Uniformierte stockte, und Tobi nickte, dann ging er gemeinsam mit Yildiz zum Holzschuppen. Als sie dort ankamen, blickten die Umstehenden auf, sagten jedoch kein Wort, und Tobi sah nur erschütterte Gesichter.

»Wo?«, fragte er an Yildiz gewandt, der daraufhin mit seinem Kinn auf die Tür des Schuppens wies: »Da drin.«

»Bleiben Sie hier draußen bei Ihren Leuten, ich geh erst einmal allein rein«, entgegnete Tobi, hob das weiß-rote Absperrband an, das den Schuppen und einen Teil des umliegenden Geländes umgab, und ging mit schleppenden Schritten auf den Schuppen zu, von dem er annahm, dass hier das Futter für die Waldtiere gelagert wurde. Bevor er die nur angelehnte Tür aufdrückte, atmete er tief ein und wieder aus. Dann straffte er die Schultern und trat ein. Seine Augen mussten sich erst an das schummerige Licht gewöhnen, aber der Geruch verriet ihm sofort, dass er hier auf den Tod gestoßen war. Automatisch bedeckte der Kommissar seine Nase mit dem Handrücken. Durch die Ritzen in den Holzwänden drang etwas Sonnenlicht, in dem kleine Staubflocken tanzten und Fliegen umher sirrten. Der Schuppen bestand aus einem einzigen Raum, der bis auf das Futter, einen kleinen Holzschemel und eine Futterkrippe leer war. Zunächst sah Tobi nur die etwas herausragenden Füße und beim Nähertreten dann den Rest des Jungen in der Krippe liegen. Darüber hinaus hatten sich hier die Fliegen zusammengerottet. Einige umflogen den Körper auf der Suche nach einer freien Stelle, auf der sich noch keiner ihrer Artverwandten niedergelassen hatte. Tobi schluckte schwer, wie schon so häufig seit gestern. Er schaltete die Taschenlampe seines Handys an und beleuchtete die Krippe. Dann verscheuchte er die Fliegen mit einer wedelnden Handbewegung. Ein paar blieben hartnäckig sitzen, doch die meisten stoben auf und umschwirrten nun den Kommissar. Der Oberkörper des Jungen war mit einem grünen T-Shirt, auf dem ein großer Smiley abgebildet war, bekleidet. Außerdem trug er schwarze Jeans und blaue Sneakers. Hatte Tobias Schneider vorher noch einen Moment gezweifelt, ob es sich wirklich um Leon handelte, war der Kommissar sich jetzt sicher: Anja Buse hatte genau dies als Bekleidung ihres Pflegesohnes angegeben. Um den Kopf des Jungen war ein Kranz aus Heideblüten gewunden, und Tobi musste sofort an Jesus mit seinem Dornenkranz denken. Der Junge hatte die Augen geschlossen und sah aus, als würde er tief schlafen. Seine Gesichtszüge waren entspannt, und trotz des Leichengeruchs im Schuppen schien Leon zumindest im Schein der Taschenlampe eine relativ gesunde Gesichtsfarbe zu haben. Seine Wangen waren rosig, ebenso wie der Mund. Tobis Herz begann zu hämmern. Lebte Leon doch noch? Hatten Yildiz und seine Leute sich geirrt? Aber warum lag dann dieser Geruch in der Luft? Stammte er vielleicht von einem toten Tier, das hier irgendwo in einer Ecke lag? Doch dann wäre die Fliegenschar dort zugange und nicht hier … dennoch …

Aufgeregt legte Tobi seine Finger an die Halsschlagader des Jungen. Nichts. Er beugte sich über ihn und hielt sein Ohr dicht an dessen Mund. Wieder nichts. Kein einziges Atemgeräusch, aber Tobis Hoffnung war geweckt. Er wollte einfach, dass der Junge noch lebte. Der Kommissar stürzte aus dem Schuppen nach draußen, wo ihn das Sonnenlicht des Sommers sofort schmerzend in den Augen blendete. Tränen schossen ihm in die Augen, und er wusste selbst nicht genau, ob es wegen des Jungen war oder vom hellen Licht herrührte.

»Ich glaube, er lebt noch! Schnell, ich brauche Hilfe!«, schrie er aus voller Kehle und sah fast im selben Moment Frauke Bostel auf sich zu rennen. Als sie bei ihm angekommen war, fragte die Gerichtsmedizinerin ähnlich wie er selbst kurz zuvor: »Wo genau?« Kaum hatte er ihr geantwortet, eilte sie bereits weiter. Tobi lief ihr hinterher, doch vorher rief er noch in die Gruppe von Uniformierten: »Wir brauchen eine starke Taschenlampe.«

Im Schuppen beugte Frauke Bostel sich über den Jungen in der Krippe. Tobi leuchtete ihr mit seiner Handytaschenlampe. Er wollte nicht auf den Jungen blicken und musterte die Gerichtsmedizinerin von der Seite. Die kleine Frau mit den etwas struppigen Haaren und dem gutmütigen Gesicht verzog keine Miene, während sie Leon fachmännisch auf Lebenszeichen untersuchte. In dem Moment, als Yildiz die Hütte mit einer großen Stabtaschenlampe betrat, richtete sie sich auf, blickte Tobi fest in die Augen und sagte: »Es tut mir leid, der Junge ist tot – ich schätze bereits seit über 40 Stunden, die Leichenstarre hat schon begonnen, sich wieder aufzulösen.«

11.03 Uhr

»Verschwunden? Sie meinen, niemand weiß, wo er ist? Und jetzt denken Sie, ich verstecke Leon bei mir? Wahrscheinlich hat Ihnen das diese Buse eingeredet. Sie hasst mich, weil Leon mich lieber mag als sie. Aber ich bin ja auch seine Mutter. Seine echte Mutter!«

Bianca Guntram zog erregt an ihrer Zigarette und blickte Hauptkommissar Benjamin Rehder wütend an. Ben fragte sich, ob es echte Wut war oder eher eine auf Angst gründende Abwehrhaltung, die sich in Aggression niederschlug. So wie ein Hund wild um sich biss, wenn er nicht weiter wusste. Seit dem Tag seines Verschwindens hatten sie versucht, Leons leibliche Mutter zu kontaktieren. Sie war ihre erste Anlaufstelle, doch nirgends aufzutreiben gewesen. Bis heute. Ben war nach seinem kurzen Aufenthalt in der Villa von Anja Buse zurück ins Kommissariat gefahren, um Kriminalrat Mausner über den Fortgang der Ermittlungen Bericht zu erstatten. Da er nicht viel mitzuteilen hatte, war es schnell gegangen. Danach war er noch einmal Am Sande bei dem zuständigen Redakteur von der Landeszeitung gewesen, um mit ihm die weitere Zusammenarbeit im Fall des Jungen zu besprechen – die LZ würde noch einmal sowohl in ihrer Printausgabe als auch auf ihrem Video-Portal ihre Leser auffordern, sich zu melden, falls sie etwas über den Verbleib des Jungen wüssten. Im Anschluss an dieses Treffen war der Kommissar auf gut Glück zu der Meldeadresse von Bianca Guntram in Barendorf gefahren. Auf seinem Weg dorthin hatte Tobi ihn dann angerufen und von dem Fund eines Jungen im Wald berichtet, bei dem es sich vermutlich um Leon handelte. Für einen Augenblick hatte Ben überlegt, wieder kehrt zu machen, sich dann jedoch dagegen entschieden. Würde er Leons leibliche Mutter antreffen, wollte er nicht die Pferde scheu machen und sie einzig über dessen Verschwinden befragen. Wenn sie dann sicher waren, dass Leon der tote Junge war, könnte er Bianca Guntram immer noch darüber aufklären und ihre Reaktion darauf abwarten. Und so war er weitergefahren.

Gleich auf sein erstes Klingeln hin hatte er Glück gehabt. Seit nun etwa zehn Minuten saß er Bianca Guntram gegenüber auf einem ziemlich durchgesessenen Sessel. Gerade hatte er ihr von dem Verschwinden ihres Sohnes erzählt, woraufhin sie sofort losgepoltert hatte. Jetzt fragte er sie auf ihre Worte hin: »Und, haben Sie?«

»Habe ich was?«, echote Bianca Guntram irritiert zurück.

»Haben Sie Leon versteckt?«

»Das ist doch …«, wurde die Frau abermals laut, brach dann aber ab und drückte stattdessen ihre bis fast zum Filter herunter gerauchte Zigarette in einem überfüllten Aschenbecher so vehement aus, dass alte Kippen dabei herausfielen. Ben kam es fast vor, als würde die Frau ihre Wut auf ihn als Fragesteller am Aschenbecher auslassen. Oder war das eher ein Ausdruck von Sorge? Und wenn ja, war es die Sorge um ihren Sohn oder um sich selbst? Ben verdrängte, so gut es ging, den Gedanken daran, dass Leon wahrscheinlich bereits tot aufgefunden worden war, und sagte mit besänftigender Stimme: »Frau Guntram, ich muss Ihnen diese Frage stellen. Sie haben doch sicher auch ein Interesse daran, dass wir Leon schnell finden. Und da wir sowohl von Frau Buse als auch vom Jugendamt erfahren haben, dass Sie und Leon sich in letzter Zeit wieder angenähert und inzwischen allein getroffen haben, ist meine Frage nicht so abwegig. Niemand will Ihnen etwas unterstellen. Das werden Sie doch einsehen?«

»Ja natürlich, aber …«, begann Bianca Guntram tatsächlich etwas ruhiger, doch dann erfasste sie wieder die Wut: »Haben Sie das denn die werte Frau Buse auch gefragt? Vielleicht hat sie Leon ja irgendwo untergebracht, wo ihn keiner findet. Mit ihrer ganzen Kohle hat sie doch genug Möglichkeiten, und wundern würde mich das nicht. Sie will ihn nämlich adoptieren, aber das werde ich nie zulassen, und das weiß sie! Ich bin jetzt seit fast zwei Jahren clean. Bald hole ich Leon wieder ganz zu mir, und dann wird sich die ach so tolle Frau Buse schön umgucken!«

Ben speicherte die Information in seinem Kopf ab und sagte jetzt im Beamtenton: »Bitte beantworten Sie einfach meine Frage: Verbergen Sie Leon irgendwo oder haben Sie mit seinem Verschwinden irgendetwas zu tun?«

»Nein«, kam es umgehend zurück, und Ben war froh, dass keine weitere Tirade folgte.

»Und wo waren Sie am 7. August ab sagen wir mal 12.00 Uhr?«, fragte der Hauptkommissar weiter.

»Ich habe Ihnen doch gesagt, ich habe mit Leons Verschwinden nichts zu tun!«, erwiderte Bianca Guntram bestimmt.

Obwohl ihn die Art der Frau persönlich nervte, wiederholte Ben sachlich: »Wie gesagt: Bitte beantworten Sie einfach meine Frage.«

»Ich war von Samstag bis gestern Abend auf einer Erotikmesse«, erwiderte Bianca Guntram, setzte sich kerzengerade auf und blickte Ben provokant in die Augen.

Der Hauptkommissar hielt ihrem Blick stand und hoffte, dass sie ihm seine kurze Überraschung nicht angemerkt hatte. Er wusste aus den Akten, die er umgehend vom Jugendamt erhalten hatte, dass Bianca Guntram drogenabhängig gewesen war und auch während ihrer Schwangerschaft mit Leon nicht von diesem Teufelszeug hatte lassen können. Glücklicherweise hatte der Junge keine bleibenden Schäden davongetragen, dennoch war ihr von den Behörden unter anderem aus diesem Grund die Fürsorge für ihren Sohn entzogen worden. Er wusste auch, dass sie sich zumindest früher gelegentlich prostituiert hatte, aber weshalb war sie auf die Erotikmesse gefahren? Ben war noch nie auf einer gewesen und stellte sich eine solche Messe recht skurril vor.

»Kann das jemand bezeugen?«, wollte er jetzt wissen.

»Ja natürlich, die ganzen Leute auf der Messe und natürlich mein Manager«, sagte sie, nicht ohne einen gewissen Stolz in der Stimme.

»Ihr Manager?«, wunderte sich der Kommissar.

»Ja, ich verdiene mein Geld als Cam-Girl, und Steffen, also Herr Giesing, managed mich da so ein bisschen.«

»Aha«, sagte Ben und dachte bei sich, dass sie wahrscheinlich nicht Cam-Girl, sondern Cam-Whore meinte, da bei Bianca Guntrams Hintergrund wahrscheinlich eine sexuelle Dienstleistung mitspielte. Er hatte in seinem letzten großen Fall gelernt, dass Cam-Whore in der Fachsprache entsprechend des englischen Wortes Kamerahure bedeutete. Ein Cam-Girl war hingegen ein Mädchen, das sich einfach nur im Internet präsentierte, allerdings wurde dies in der Umgangssprache gern vermischt. Doch das tat jetzt nichts zur Sache. So fragte er nur: »Und wo finde ich diesen Herrn Giesing?«

»Er müsste eigentlich gleich kommen. Er ist nur schnell etwas einkaufen gegangen, weil wir nichts mehr im Kühlschrank haben. Er ist nämlich außerdem auch mein Freund«, informierte Bianca Guntram ihn unaufgefordert.

»Ist er der Vater von Leon?«, fragte Ben.

»Nein – ich kenne Steffen erst seit einem halben Jahr«, erwiderte Bianca Guntram und senkte dabei ihre Augen.

Ben wusste vom Jugendamt, dass in der Geburtsurkunde von Leon der Vater als unbekannt angegeben war, dennoch bohrte er nach: »Können Sie mir dann bitte den Namen von Leons Vater geben? Es ist wichtig. Wir müssen im Zusammenhang mit der Suche nach Leon alle Leute befragen, die in irgendeiner Beziehung zu ihm stehen.«

Fahrig steckte Bianca Guntram sich eine weitere Zigarette an. Dann erst antwortete sie, und es klang in Bens Ohren irgendwie gehetzt: »Ich weiß es nicht. Das kann Ihnen das Jugendamt bestä…«

Die Worte der Frau wurden von einem Klingeln unterbrochen. Es war Bens Handy. Er zog es aus seiner Hosentasche und schaute auf das Display. Der Anruf kam von Tobi. Ben stand auf und sagte an Leons Mutter gewandt: »Entschuldigen Sie bitte, da muss ich rangehen.«

Der Kommissar ging hinaus in den kleinen Flur, dann erst nahm er das Gespräch an: »Hallo, Tobi, gibt es was Neues?«

Ben sagte kein Wort, als Tobi ihn mit belegter Stimme informierte, dass es sich bei dem Leichenfund tatsächlich um Leon handelte. Nachdem er aufgelegt hatte, blieb Ben noch für ein paar Sekunden im Flur stehen. Dann straffte er die Schultern und ging ins Wohnzimmer zurück, wo Bianca Guntram noch immer auf dem Sofa saß und ihm erwartungsvoll entgegenblickte.

»Frau Guntram, ich muss los. Bitte richten Sie Herrn Giesing aus, dass er mich anrufen soll«, sagte er und legte seine Visitenkarte neben den vollen Aschenbecher auf dem Couchtisch.

»Haben Sie Leon gefunden?«, fragte die Frau, ohne sich zu erheben.

Ben zögerte. Er wollte so schnell wie möglich zum Fundort von Leon, doch andererseits saß hier die leibliche Mutter des Jungen, und es war ihr gutes Recht zu erfahren, dass ihr Sohn tot war – falls sie es nicht bereits wusste, weil sie damit zu tun hatte. In diesem Fall war es umso wichtiger für ihn, zu sehen, wie sie auf seine Antwort reagierte. So setzte der Hauptkommissar sich wieder und schaute Bianca Guntram in die Augen, während er sagte: »Ja. Es tut mir leid, Frau Guntram. Ihr Sohn ist tot.«

17.24 Uhr

Sie standen alle um den Stahltisch herum, der für den kleinen Körper, der unter einem grünen Leinentuch verborgen war, viel zu groß erschien. Unwillkürlich musste Katharina an den kleinen Prinzen denken. Sie hatte das Buch von Antoine de Saint-Exupéry seit einer Ewigkeit nicht mehr in der Hand gehabt, und doch war sie schon als Kind vor allem von einer Illustration darin fasziniert gewesen: Der Hut, der vielleicht keiner war, sondern auch eine Riesenschlange sein könnte, die gerade einen Elefanten verdaute. Auch das Tuch vor ihr könnte etwas anderes verbergen, und sie hätte sich genau das in diesem Moment mehr als alles andere gewünscht. Aber die Kommissarin wusste, dass ein totes Kind darunter lag. Leon.

»Okay, dann wollen wir mal«, durchbrach die Stimme der Gerichtsmedizinerin die Stille, und Frauke Bostel machte Anstalten, das Tuch von dem Leichnam herab zu falten.

»Ich … ich kann das nicht, ich hab ihn ja bereits gesehen. Ich warte draußen im Gang auf die Mut… auf Anja Buse. Und ihr berichtet mir dann später«, wurde Frauke Bostel von Tobi in ihrer Bewegung aufgehalten. Katharina musterte ihren Kollegen. Er war kalkweiß, als er sich jetzt wegdrehte und auf den Ausgang des Untersuchungssaales zustrebte. Als sie sich wieder dem Stahltisch zuwenden wollte, begegnete sie Bens Blick. Er schaute besorgt. War es wegen Tobi oder wegen des Kindes? Katharina konnte den Blick nicht deuten, aber im Grunde war es auch nicht von Belang. Ihnen allen ging dieser Fall nahe. Schließlich hatten sie bis heute Vormittag noch alle gehofft, dass sie Leon lebend finden würden. Ein totes Kind war einfach etwas anderes. Ein Kind hatte sein Leben noch vor sich. Es war wehrlos und unschuldig der Welt ausgesetzt. Obwohl die Kommissarin selbst keine Kinder hatte, kannte sie dennoch die immer wieder aufkeimenden Diskussionen zu den sogenannten Helikopter-Eltern, die sich ständig überfürsorglich in der Nähe ihrer Kinder aufhalten, um alles für sie zu regeln, sie zu überwachen und zu behüten. Katharina schätzte Anja Buse ähnlich ein, und auch wenn sie generell nichts davon hielt, Kinder dermaßen einzuengen – im Angesicht des toten Jungen konnte sie eine solche Handlungsweise nachvollziehen. Gleichzeitig war es aber auch die Bestätigung, dass Eltern noch so sehr aufpassen und bewachen konnten – irgendwo fand das Böse immer eine Lücke, und hier, bei Leon, hatte es wieder einmal zugeschlagen.

Frauke Bostel schnalzte mit der Zunge. Das war ihre ganz eigene Art des Schulterzuckens.

»Leon ist seit mindestens zwei Tagen tot«, informierte Frauke Bostel Ben und Katharina jetzt.

»Das heißt, er ist am Tag seines Verschwindens getötet worden, am 7., dann ist er wenigstens nicht über Tage gequält worden«, sagte Ben und verstummte, denn in diesem Moment hob die Gerichtsmedizinerin das Tuch von Leons Gesicht.

»Er ist ja geschminkt!«, entfuhr es Katharina überrascht.

»Damit hatte ich jetzt nicht gerechnet«, sagte Ben verwundert. Auch er sah die Leiche des Jungen in diesem Moment zum ersten Mal. Nachdem er Bianca Guntram mitgeteilt hatte, dass man einen toten Jungen gefunden hatte, bei dem es sich aller Wahrscheinlichkeit nach um Leon handelte, hatte die Frau hysterisch zu schreien begonnen und sich nicht beruhigen lassen. Auch nicht von ihrem Freund, der kurze Zeit später in die Wohnung gekommen war und dem Ben knapp die Umstände geschildert hatte. Ben kam das Verhalten von Bianca Guntram nicht gespielt vor, und so hatte er den psychologischen Dienst angerufen. Nachdem die Psychologin eingetroffen war und der Hauptkommissar ihr in kurzen

Worten die Situation erklärt hatte, war er zum Fundort gefahren. Genau im Moment seiner Ankunft war die Leiche in einem kleinen Zinksarg abtransportiert worden. Frauke Bostel war zum selben Zeitpunkt zurück in die Gerichtsmedizin gefahren, für einen Hinweis auf etwaige Besonderheiten war zuvor also noch keine Gelegenheit gewesen.

»Sieh mal«, zeigte Katharina auf das Jungengesicht. »Er hat ganz rosige Wangen, und auch seine Wimpern scheinen getuscht zu sein.« Fragend sah sie zu der Gerichtsmedizinerin, die ihre Annahme bestätigte: »Ja, das ist richtig. Er ist geschminkt, und zwar auf eine Art, die darauf schließen lässt, dass er es nicht selbst gemacht hat. Ich meine, er war zehn Jahre alt, richtig? Wenn ein Kind in dem Alter sich schminkt, dann höchstens zum Fasching oder so. Aber dieser Junge hier trägt eine Art … wie soll ich es nennen – Alltags-Make-up. So wie wir Frauen, wenn wir nicht stark geschminkt, sondern nur frisch und gesund aussehen wollen.«

»Du sagst, Leon war es nicht selbst. Meinst du, der Täter hat ihn geschminkt? Hat Leon da noch gelebt oder ist er erst nach seinem Tod so zurechtgemacht worden? Vielleicht hat der Täter bei Leon ein Ritual ausgeführt oder irgendeinen Fetisch an ihm ausgelebt. Ist er … ist er auch missbraucht worden?«, fragte Ben.

»Nicht so hastig, alles der Reihe nach«, stoppte Frauke Bostel den Kommissar. »Außerdem ist das jetzt hier nur ein Schulterblick. Ich habe meine Untersuchungen noch nicht abgeschlossen.«

Ben nickte zum Zeichen, dass er Frauke verstanden hatte und presste seine Lippen fest aufeinander.

»Also, dann wollen wir mal«, begann die Gerichtsmedizinerin und deutete auf runde Flecken am Hals des toten Jungen. »Der Kleine ist erwürgt worden. Seht ihr hier an den Seiten die leichten Prellungen? Das rührt von den Fingerspitzen des Täters. Eindeutig sind auch die beiden Daumenabdrücke hier an der Luftröhre. Und hier sind zwei kleine Schrammen. Ich nehme an, sie stammen von den Fingernägeln des Täters. Wenn ihr also einen möglichen Täter bereits im Auge habt, sollten wir schnellstmöglich seine Fingernägel auf die DNA von Leon hin untersuchen.«

»Haben wir leider nicht. Wie lange hält sich die DNA darunter?«, fragte Katharina leise.

»Na ja, das kommt ganz drauf an, wie reinlich der Täter ist. Wenn er sich die Hände bereits mit einer Nagelbürste geschrubbt hat, würden wir schon jetzt nichts mehr finden«, antwortete Frauke Bostel mit einem gewissen Bedauern. Dann fuhr sie fort: »Außerdem habe ich bei der Autopsie festgestellt, dass die Halsmuskulatur des Kleinen verletzt ist. Ihr könnt also davon ausgehen, dass der Täter recht viel Kraft an den Tag gelegt hat – definitiv mehr, als notwendig wäre, um ein Kind zu erwürgen.«

»Das heißt also, dass Leon in jedem Fall vorsätzlich getötet worden ist und es, so abwegig das auch wäre, kein Unfall war«, stellte Benjamin Rehder fest.

»Nicht unbedingt, Ben«, sagte Frauke Bostel, was sowohl Katharina als auch ihren Chef aufhorchen ließ.

»Wie meinst du das?«, fragten dann auch beide wie aus einem Mund.

Frauke Bostel lachte auf: »Ihr seid wie Dick und Doof oder Pat und Patachon oder was gibt es da noch für Pärchen? Bonny und Clyde? Ach nee, die lieber nicht. Besser Emma Peel und John Steed.«

»Wer soll das denn sein?«, fragte Ben. Natürlich war weder ihm noch den Kollegen im Moment zum Scherzen zumute, doch er ging gern auf die Abschweifung der Gerichtsmedizinerin ein. Der Kommissar wusste, dass sie gerade in ernsten Situation wie dieser häufiger einen lockeren Spruch brachte, um sich und alle anderen zumindest für einen kurzen Moment abzulenken, und war ihr dafür schon manches Mal dankbar gewesen.

»Sag bloß, du hast als Kind nicht ›Mit Schirm, Charme und Melone‹ geguckt?«, fragte die Gerichtsmedizinerin verblüfft zurück.

»Ich schon«, sagte Katharina, »und Emma Peel fand ich immer klasse.«

»Ach, und diesen Steed nicht? Ich weiß jetzt nämlich doch, welche Serie ihr meint«, sagte Ben und schwelgte für Sekunden tatsächlich in Erinnerungen: »Ich fand allerdings ›Columbo‹ besser. Oder auch ›Ein Colt für alle Fälle‹, da habe ich immer mit meinem Bruder …« Er unterbrach sich selbst, wurde schlagartig ernst und sagte leise: »Genug der Kindheitserinnerungen … wir haben hier weitaus Wichtigeres zu tun. Also Frauke, wieso könnte es auch ein Unfall gewesen sein?«

Sofort war Frauke wieder ganz die Gerichtsmedizinerin, und der kurze Moment der Entspannung war vorüber: »Der Junge ist kurz vor seinem Tod missbraucht worden. Ich habe Sperma und ein paar Hautpartikel sicherstellen können – falls der Täter sich also die Finger gewaschen hat, könntet ihr ihn dennoch mithilfe seiner DNA festnageln. Ich hab auch bereits in der Datenbank einen Abgleich gemacht, aber leider nichts gefunden. Übrigens bin ich relativ sicher, dass das nicht der erste Missbrauch an dem Jungen war. Ich habe ältere Verletzungen gefunden, die ebenfalls darauf hindeuten. Mehr kann ich euch dazu noch nicht sagen. Ich muss das erst noch genauer untersuchen.«

Katharina hatte die Stirn gerunzelt. Nachdenklich sagte sie: »Du meinst, der Täter hat Leon eventuell schon öfter … benutzt und dieses Mal sein … sein Vergehen übertrieben?«

»Das wäre zumindest eine Möglichkeit. Vielleicht hat der Täter im Rausch seiner Lust den Hals zu stark zugedrückt«, nickte Frauke Bostel zu Katharinas ausgesprochenen Gedanken. »Aber das herauszufinden, ist euer Part. Ich kann euch nur die Fakten nennen.«

Ben räusperte sich: »Der Missbrauch könnte auch die Schminke im Gesicht des Jungen erklären. Sieht ja schon irgendwie aus wie diese Porzellanpuppengesichter. Vielleicht hat der Täter dazu einen speziellen Bezug und braucht das, um angetörnt zu werden …«

»Hui, jetzt wird es aber psychologisch. Ist das nicht normalerweise dein Part, Mrs. Peel?« Frauke Bostel warf Katharina einen verschmitzten Blick zu, bevor sie sich wieder an den Hauptkommissar wandte: »Aber du hast recht. Es könnte so sein. Ihr werdet das wohl erst mit Gewissheit wissen, wenn ihr den Täter habt. Und ich möchte außerdem betonen, dass ich noch nicht weiß, ob Leon vor oder nach seinem Tod geschminkt worden ist.«

Gerade als Katharina zu einer Antwort ansetzen wollte, betrat Tobi den Raum und sagte mit versteinerter Miene: »Frau Buse ist jetzt da.«

Ben nickte in die Runde. »Dann sollten wir ihr die Möglichkeit geben, sich von Leon zu verabschieden.«

»Ich dachte, sie kommt, um ihn zu identifizieren?«, fragte Frauke.

»Sicher«, bestätigte Ben. »Aber ich habe keinerlei Zweifel daran, dass es sich um Leon handelt. Somit …«

»Okay, schon klar«, erwiderte die Gerichtsmedizinerin und deckte das Gesicht des toten Kindes sorgsam wieder zu. »Ich bleibe bei ihr, wenn du willst.«

»Gut. Katharina – du hast am ehesten einen Draht zu Anja Buse, wenn man davon überhaupt sprechen kann.« Ben sah die Kommissarin an. »Bleibst du bitte auch hier? Ich gehe mit Tobi schon mal zurück ins Büro, wir müssen nicht alle um sie herum sein.«

»Natürlich«, antwortete Katharina. »Ich komme dann nach.«

Sie blickte in Tobis Richtung, um ihm ein Zeichen zu geben, dass er Anja Buse hereinholen könne, doch er war schon wieder nach draußen verschwunden.

18.17 Uhr

Ben befestigte erste Fotos vom Fundort der Leiche an der Glasscheibe seines Büros, während Tobias am Besprechungstisch saß und stumm auf die Tischplatte starrte. Auch dem Hauptkommissar war nicht entgangen, dass sein Mitarbeiter ungewohnt mitgenommen aussah. Normalerweise war Tobias derjenige von ihnen, der einen Fall nicht so nah an sich heranließ.

»Alles okay mit dir, Tobi?«, fragte Ben jetzt und setzte sich zu dem jüngeren Kollegen.

»Ehrlich gesagt, nicht wirklich«, gab Tobi zu. »Ich bekomme die Bilder einfach nicht aus dem Kopf. Und ständig muss ich mir vorstellen, dass so etwas auch mit Mia passieren könnte.«

»So darfst du nicht denken. Ich kann natürlich nachvollziehen, dass das für dich als frischgebackener Vater besonders schlimm ist. Ich würde dich ja aus dem Fall rauslassen, aber ich fürchte …«

»Auf gar keinen Fall!«, fuhr Tobias dazwischen. »Ich will dieses Schwein finden, das einem Kind so etwas antut.«

»Das wollen wir alle«, sagte Ben ruhig. »Aber wenn du zu emotional an die Sache rangehst, ist das weder gut für dich noch für die Ermittlungen.«

»Keine Sorge, ich war selten so motiviert wie in diesem Fall.«

»Genau das meine ich, Tobi. Ich kann dich absolut verstehen, aber ich brauche deinen kühlen Kopf und nicht den von Wut getriebenen Vater in dir«, erklärte Ben und sah Tobi prüfend an.

Fast entschuldigend blickte der jüngere Kollege den älteren an. »Schon klar, Chef. Sorry! Ich hab mich im Griff, versprochen. Es ist nur gerade alles noch so … frisch.«

Benjamin Rehder betrachtete seinen Mitarbeiter. »Versuch, das nicht mit nach Hause zu nehmen«, sagte er. »Ich weiß, das ist kaum möglich, aber das ist nicht nur für dich wichtig, sondern auch für deine Familie. Die Kleine würde es zwar noch nicht unbedingt mitbekommen, aber Jana in jedem Fall, und dann wäre es auch für sie eine Belastung.«

Ben wusste, dass diese Aufforderung nur schwer umsetzbar war. Auch er konnte selten einen Fall aus dem Kopf bekommen, nur weil er Feierabend hatte. Und bei diesem Mord würde er schon gar nicht abschalten können. Das kannte er aus eigener leidvoller Erfahrung. Glücklicherweise waren es erst wenige Kindesmordfälle gewesen, die er im Laufe seiner Zeit bei der Kripo hatte erleben müssen, die Hintergründe waren jedoch nicht sexueller Natur gewesen. Dieser Umstand, den Frauke gerade erst bestätigt hatte, machte das Ganze noch unerträglicher.

Der Kommissar wurde in seinem Gedankengang unterbrochen, als Katharina den Raum betrat. Auch sie sah bedrückt aus.

»Und?«, fragte Ben.

»Wie erwartet. Anja Buse hat den Jungen identifiziert. Es ist Leon«, sagte die Kommissarin leise und setzte sich mit an den Besprechungstisch.

»Wie hat sie reagiert?«, wollte Ben wissen.

»Merkwürdig, und doch wieder nicht«, erwiderte Katharina. Als sie die fragenden Blicke von Ben und Tobi registrierte, ergänzte sie: »Na ja, sie war erstaunlich gefasst, finde ich. Aber sie war ja auch vorher anders drauf, als man es vielleicht erwarten würde – bis auf ihren kleinen Zusammenbruch. Doch auch danach hat sie kaum Emotionen gezeigt. Vermutlich ist es einfach ihre Art, damit umzugehen. Ich habe ihr angeboten, sie nach Hause zu bringen oder einen Psychologen zu organisieren, aber beides hat sie strikt abgelehnt.«

»Vergiss nicht, dass Leon nicht ihr leiblicher Sohn war«, wandte Tobi ein. »Möglicherweise hat es auch damit zu tun.«

»Das glaube ich eigentlich nicht«, widersprach Katharina. »Ich bin sicher, dass sie den Jungen wie ein eigenes Kind geliebt hat.«

»Das sehe ich auch so«, bestätigte Ben. »Er ist ja schon als Säugling zu ihr gekommen, und von Leons leiblicher Mutter weiß ich, dass Anja Buse vorhatte, Leon zu adoptieren.«

»Ach«, wunderte sich Katharina. »Hätte sie denn eine Chance gehabt? Also, ich meine, seine leibliche Mutter lebt ja schließlich noch.«

»Ja richtig«, antwortete Ben. »Bianca Guntram hat auch keinerlei Zweifel daran gelassen, dass sie einer Adoption niemals zustimmen würde. Wir müssen auf jeden Fall diesbezüglich noch einmal mit dem Jugendamt sprechen.«

»Das kann ich übernehmen, wenn du willst«, bot Katharina an. Ben nickte darauf nur und sah nachdenklich vor sich hin. Dann sagte er: »Ich denke, es ist besser, wenn wir für heute Schluss machen. Morgen früh haben wir alle wieder einen klareren Kopf, dann überlegen wir, wie wir weiter vorgehen sollen.« Er erhob sich. »Seid bitte um 8.00 Uhr wieder hier. Ich werde versuchen, Mausner jetzt gleich noch zu erreichen, um ihn auf den aktuellen Stand zu bringen.«

»Eines noch«, sagte Katharina, während auch sie und Tobi sich anschickten, das Büro zu verlassen. »Nachdem wir nun wissen, dass die Tat offensichtlich einen sexuellen Hintergrund hatte, sollten wir auch mal beim Dezernat für Sexualdelikte anfragen. Vielleicht haben die jemanden auf ihrer Liste, der als Täter in unserem Fall infrage kommen könnte. Noch hab ich keine genaue Ahnung, wie wir da vielleicht filtern können, aber möglicherweise sehen die Kollegen ja irgendeinen Zusammenhang oder eine Ähnlichkeit zu einem ihrer bisherigen Fälle.«

»Guter Hinweis«, bestätigte Ben. »Ich würde sogar noch einen Schritt weitergehen und mir wieder Vivien ins Team holen wollen. Immerhin hat Mausner bei Leons Verschwinden eine SOKO mit mir als Leiter ins Leben gerufen, und die wird er jetzt kaum aufheben. Es sollte also nicht schwierig sein, ihn davon zu überzeugen, dass Vivien eine sinnvolle Ergänzung des Teams wäre. Ihre Sicht auf die Dinge kann uns eventuell weiterhelfen. Es wäre nicht das erste Mal. Ich werde das gleich mal mit unserem Kriminalrat klären.«

Zehn Minuten später saß Ben alleine in seinem Büro und versuchte zum wiederholten Male, seinen Vorgesetzten telefonisch zu erreichen. Auf dem Handyanschluss hatte er schließlich Glück, nach dem zweiten Klingeln hörte er ein knappes »Mausner«.

»Hallo, Stephan, Ben hier. Wir haben den Jungen gefunden, er ist tot.«

Ruhig und sachlich beantwortete er die Fragen von Stephan Mausner, der sich diesmal ungewöhnlich viel Zeit nahm. Offensichtlich war der Tod eines Kindes auch für ihn ein Fall, dem er mehr Aufmerksamkeit schenkte, als es sonst seine Art war. Oder lag es an der gewissen Prominenz, die die Pflegemutter oder zumindest ihr verstorbener Mann in der Region darstellten? Der Kriminalrat war bekannt dafür, sich gern mit einflussreichen

Menschen zu umgeben. Meist kannte er sie aus seinem Golfclub oder aus dem Umfeld seiner Frau, doch wenn er Anja Buse in der Vergangenheit tatsächlich schon persönlich begegnet wäre, hätte er das sicher erwähnt. Ben schalt sich innerlich für seine vorschnelle Vermutung und nahm sich vor, erst einmal abzuwarten.

Als er 20 Minuten später den Hörer auflegte, waren seine Fragen alle geklärt, und er war froh, dass Mausner ihm diesmal ohne Weiteres seine Bitten erfüllt hatte. Er schrieb eine kurze Mail an Malte Brückner, den Leiter des Dezernats für Sexualdelikte, damit dieser spätestens am nächsten Morgen informiert war und zur Teambesprechung dazu stoßen konnte – er wollte ihn nicht übergehen, indem er Vivien einfach für sich beanspruchte. Schließlich konnte es sein, dass Brückner ihnen für die *SOKO Leon* lieber einen anderen Kollegen abstellte. Ben hatte den Termin auf 9.00 Uhr festgelegt, dann würde auch Mausner eintreffen, der ebenfalls dabei sein wollte. So würde Ben davor noch eine Stunde Zeit haben, ein paar Dinge nur mit seinem Team zu besprechen und sich ein Bild zu machen, wie Katharina und vor allem Tobi bis dahin mit diesem besonderen Fall klargekommen waren.

Ich wohne tief im Walde ganz mittendrin.
Ach wüsste meinen Namen die Königin.
Ach, wie gut, dass niemand weiß,
dass ich Rumpelstilzchen heiß,
dass ich Rumpelstilzchen heiß.

Heute back ich Kuchen und das ist fein.
Und übermorgen hol ich das Königskindelein.
Ach, wie gut, dass niemand weiß,
dass ich Rumpelstilzchen heiß,
dass ich Rumpelstilzchen heiß.

(Kinderlied, Verfasser unbekannt)

3. KAPITEL:

DONNERSTAG, 10.08.2017

07.56 Uhr

Katharina stand an den Besprechungstisch gelehnt vor der Glasscheibe in Bens Büro und betrachtete das Foto des toten Jungen. Der Anblick war nach wie vor schwer zu ertragen, doch die Nacht hatte ihr zumindest etwas mehr Abstand verschafft, und sie hoffte, dass es Tobi ebenso ging. Tatsächlich waren ihre Gedanken gestern Abend nicht nur um den Fall, sondern immer wieder auch zu ihrem Kollegen abgeschweift. So wie gestern hatte sie ihn noch nie gesehen. Auch wenn ihr klar war, dass er einfach anders tickte, seit er selbst ein Kind hatte, war ihr sein Verhalten ungewöhnlich emotional vorgekommen. Kurz hatte sie überlegt, Ben darauf anzusprechen, der wie sie selbst schon gegen 7.30 Uhr im Büro gewesen war, doch dann hatte sie sich dagegen entschieden. Sie würde erst einmal abwarten, wie Tobi heute drauf war. Vielleicht war es der Schock gewesen, immerhin hatte er den Kleinen als Erster und Einziger von ihnen noch am Fundort liegend gesehen.

»Ich hab gestern Abend noch ein paar Überlegungen angestellt«, sagte sie jetzt zu Ben, der hinter ihrem Rücken an seinem Schreibtisch saß und seine Mails checkte.

»Davon bin ich ausgegangen …«, antwortete er, ohne aufzusehen, doch sie konnte ein leichtes Lächeln auf seinem Gesicht ausmachen, als sie sich zu ihm umdrehte.

»Als ob das bei dir anders wäre«, erwiderte sie schmunzelnd, wurde dann jedoch sofort wieder ernst. »Ich habe versucht, mir ein paar erste Gedanken zum Täter zu machen. Für ein aussagekräftiges Profil reicht es noch nicht, aber die Ansätze dafür sehe ich schon.«

»Lass uns das gleich besprechen, wenn Tobi da ist«, schlug Ben vor, als der junge Kommissar just in diesem Moment in den Raum trat und entgegen seiner sonst fröhlichen Art nur ein knappes »Hi« in die Runde warf.

»Hi«, erwiderte Ben, nicht ohne Tobi einen aufmerksamen Blick zuzuwerfen, was Katharina nicht entging. Während der Hauptkommissar seine Unterlagen zusammensuchte, rückte Tobi sich einen Stuhl zurecht und setzte sich. Katharina tat es ihm gleich.

»Wie geht es dir heute?«, fragte sie so neutral wie möglich.

»Ich hab schlecht geschlafen, aber ansonsten bin ich okay«, antwortete Tobi.

»Gut«, begann Ben und setzte sich dazu. »Um 9.00 Uhr kommt Mausner dazu und Malte Brückner ebenfalls. Vorher möchte ich mit euch allein aber noch mal durchgehen, was wir bisher haben, damit wir im besten Fall nachher nur Ergebnisse präsentieren und nicht lange diskutieren müssen. Katharina, du hast gesagt, du hast dir schon Gedanken zum Täter gemacht, willst du anfangen?«

»Sicher«, nickte sie. »Auffällig ist ja ganz klar die Art, wie der Junge zurechtgemacht war. Das geschminkte

Gesicht ist eines, aber die fast schon liebevolle Aufbahrung …«

»Liebevoll, dass ich nicht lache«, fiel Tobi ihr leise ins Wort, doch die Kommissarin ließ sich davon nur kurz ablenken.

»Die Aufbahrung in der Futterkrippe, der Heidekranz, von dem ich mir irgendwie nicht vorstellen kann, dass Leon ihn sich selbst gebunden und aufgesetzt hat, sowie die Tatsache, dass der Täter den Jungen wieder angezogen hat, nachdem er ihn missbraucht hat, spricht meines Erachtens dafür, dass er den Jungen gekannt hat. Möglicherweise war der Mord nicht geplant, sondern eine Art Unfall. Das hat Frauke ja auch schon für möglich gehalten. Und die liebevolle Aufbahrung, entschuldige Tobi, aber so sehe ich das, könnte ein Zeichen dafür sein, dass er seine Tat bereut. Dass sie ihm leidtut.«

»Vielleicht war es aus Tätersicht auch eine Notlage, weil er den sexuellen Missbrauch vertuschen wollte und befürchtete, dass der Junge reden würde, wenn er ihn am Leben lässt«, ergänzte Ben.

»Oder das, ganz genau«, bestätigte Katharina, warf dann jedoch ein: »Wobei Frauke ja auch angedeutet hat, dass der Junge vermutlich nicht zum ersten Mal missbraucht worden ist. Dann würde sich die Frage stellen, warum er ihn erst jetzt getötet hat.«

»Der ältere Missbrauch könnte auch von jemand anderem vorgenommen worden sein«, gab Ben zu bedenken. »Wir sollten hier nicht vorschnell nur in eine Richtung denken. Lasst uns das offen halten.«

»Hast recht. Es könnte sogar so sein, dass der Junge von jemand anderem missbraucht und getötet worden ist, und dass derjenige, nach dem wir gerade suchen, ihn nur zurechtgemacht, angezogen und in die Krippe gelegt hat«, fiel Katharina dazu ein.

»Das glaube ich nicht. Warum hat sich der- oder diejenige dann nicht bei uns gemeldet? Ich glaube, wir müssen einen einzigen Täter suchen, und für mich stellt sich hier eher die Frage, ob es sein erster Mord war«, meinte Tobi ruhig.

»Keine Ahnung, das müssen wir herausfinden«, gab Ben zu, »aber frag doch nachher bitte die Datenbanken ab, ob ähnliche Fälle zu finden sind. Und eventuell können uns die Kollegen vom Dezernat für Sexualdelikte ja auch gleich spontan etwas dazu sagen. Allerdings gebe ich Katharina recht. Vielleicht hat eine zweite Person den Jungen zurechtgemacht. Jemand, der nichts mit dem Missbrauch und dem Tod des Jungen zu tun hat, dem Täter jedoch nahesteht und ihn deswegen schützen will. Wir sollten auch diese Möglichkeit im Hinterkopf behalten.«

09.45 Uhr

Bens Telefon läutete. Der Klingelton verriet allen Anwesenden, die um den Besprechungstisch herumsaßen, dass es sich um einen internen Anruf handelte. Wortlos stand der Hauptkommissar auf, ging zu seinem Schreibtisch und nahm das Telefonat an: »Rehder.«

Ben lauschte in den Hörer und sagte nach nur ein paar Sekunden: »Bringen Sie den Mann her, ich bin an meinem Platz.«

Er legte wieder auf und wandte sich an seine anwesenden Kollegen – Katharina und Tobi sowie Malte Brückner, den Leiter des Dezernats für Sexualdelikte, und Kriminalrat Stephan Mausner: »Gleich kommt jemand, den ich zu unserem Fall befragen muss. Aber ich denke, das ist in Ordnung, wir sind ja eh erst einmal durch. Stephan, wir werden dich natürlich weiterhin auf dem Laufenden halten, wenn es etwas Neues gibt. Und Malte, klasse, dass dein Dezernat uns unterstützt.«

»Ja natürlich gern«, antwortete Kommissar Brückner. »Ich werde gleich mal schauen, ob ich tatsächlich Vivien für euch abstellen kann oder es doch ein anderer Kollege wird. Auf jeden Fall werde ich euch aber niemanden rund um die Uhr schicken können. Derjenige, der es macht, muss weitestgehend an seinem Schreibtisch bleiben und kann nicht hier bei euch sitzen. Dafür ist im Moment leider auch bei uns zu viel los. Ich schätze aber trotzdem, dass meine Wahl auf Vivien fallen wird. Die Vergangenheit hat schließlich gezeigt, dass ihr gut zusammenarbeitet, und abgesehen von eurem konkreten Wunsch nach ihrer Person kennt sie inzwischen auch eure Teamgepflogenheiten, was die Sache ja für alle erleichtert. Aber wie gesagt, auch Vivien kann ich nicht komplett an die SOKO abtreten. Unsere Abteilung ist aktuell gemeinsam mit anderen Bundesländern an einem Kinderpornoring dran, der scheinbar auch aus dem Kreis Lüneburg heraus agiert«, erklärte Brückner. »Wir haben aber noch keine Hintermänner, und gerade Vivien ist einfach zu gut im Recherchieren, als dass wir ganz auf sie verzichten könnten.« Malte Brückner nahm den letzten Schluck aus seinem Kaffeebecher, bevor er sich zögerlich von seinem Stuhl erhob.

»Frau Rimkus schafft das ganz sicher, so ehrgeizig, wie sie ist«, stimmte nun auch Stephan Mausner ein. »Und diese SOKO braucht nun einmal Verstärkung. Das steht außer Frage. Außerdem ist sie doch alleinstehend, oder? Da werden ihr Überstunden kaum etwas ausmachen«, erklärte der Kriminalrat in seiner typisch taktlosen Art. Auch er stand auf, klopfte Ben unbeholfen auf die Schulter und setzte hinzu: »Seht zu, dass ihr diesen Kindesmörder schnell dingfest macht, die Presse sitzt mir wie immer im Nacken.«

»Wir alle wollen ihn schnell haben, Stephan, nicht nur, um die Presse ruhig zu stellen«, lächelte Ben verkrampft. Er hatte sich diesen Kommentar nicht verkneifen zu können, auch wenn er sicher war, dass der Kriminalrat an diesem Fall nicht nur wegen der Presse größeren Anteil nahm als sonst. Mehr wollte er jedoch jetzt nicht dazu sagen, obwohl er auch Mausners Anmerkung zu Viviens privaten Angelegenheiten und den Überstunden ziemlich überflüssig fand. Schließlich machte niemand hier Dienst nach Vorschrift außer im Zweifel Stephan Mausner selbst. Es wäre allerdings wenig konstruktiv, den Vorgesetzten vor versammelter Mannschaft zu kritisieren. Wären sie beide allein, hätte Benjamin Rehder sich bestimmt nicht so zurückgehalten. Ihn und Stephan Mausner verband eine ganz besondere Beziehung, die sich selbst Ben kaum erklären konnte. Er war der Einzige im Kommissariat, der den Kriminalrat duzen durfte und auf den dieser zumindest manchmal hörte, doch das bedurfte dann stets einer besonders diplomatischen Gesprächsführung von Bens Seite. Stephan Mausner war ein Mensch, der das Gefühl haben musste, selbst auf bestimmte Ideen gekommen zu sein, auch wenn es nicht so war. Um an seine Ziele zu kommen, ließ Ben den schlaksigen, fast schon als dürr zu bezeichnenden Mann, der oft launisch war, gern in dem Glauben. Der Kriminalrat war ein typisches Beispiel für jemanden, dessen äußere Wirkung dem eigentlichen Kern widersprach. Vor etlichen Jahren hatte er Ben unerwartet und sehr vorbehaltlos den Rücken gestärkt, das würde der Kommissar ihm nie vergessen. Doch nur wenige erkannten Mausners Loyalität hinter der oft etwas arroganten und oberflächlichen Art, die Ben für einen Schutzschild eigentlicher Unsicherheit hielt. Aber er sah es nicht als seine Aufgabe an, andere darüber aufzuklären. Es war zwar oft ein wenig nervig und nicht immer einfach mit seinem Vorgesetzten, doch dafür ließ Stephan ihm auch viele Freiheiten in seiner Ermittlungsweise. Offensichtlich auch diesmal, denn der Kriminalrat wollte nicht einmal wissen, wen Ben da gleich zum aktuellen Fall befragen würde, obwohl es sein gutes Recht gewesen wäre. Stattdessen brummelte Mausner nur ein kurzes »Ich verlass mich auf dich«, bevor er aus dem Zimmer trat und gefolgt von Malte Brückner durch das Gemeinschaftsbüro auf die geschlossene Tür zusteuerte. Gerade, als er die Klinke heruntergedrückt und die Tür einen Spaltbreit aufgezogen hatte, wurde sie ihm mit einem Ruck entgegen gedrückt. Von der anderen Seite hatte im selben Augenblick ein Uniformierter die Tür geöffnet und war ebenso überrascht wie Mausner, dem er jetzt Auge in Auge gegenüberstand.

»Passen Sie doch auf!«, herrschte er den Polizisten an, der sofort eine entschuldigende Haltung einnahm und Platz machte, um den Kriminalrat vorbeizulassen.

»Na, der hat ja wieder einmal beste Laune«, raunte Katharina Tobi ins Ohr. Sie standen beide noch in Bens Büro, hatten die kleine Szene jedoch mitbekommen, da die Scheiben zum Gemeinschaftsbüro hin verglast waren und zudem die Tür offen stand, aus deren Rahmen Ben sich jetzt löste, um auf den Uniformierten zuzutreten und ein paar leise Worte mit ihm zu wechseln.

»Ja, aber das kennen wir schließlich schon«, meinte Tobi lapidar und begutachtete neugierig den Mann, der jetzt auf einen Wink von Ben in den Kommissariatsflur ebenfalls den Raum betrat, während der Uniformierte sich abwendete und wieder ging.

»Das ist bestimmt Steffen Giesing, der Freund von Bianca Guntram. Ben hat doch vorhin kurz erwähnt, dass er ihn gestern herbestellt hat, oder?«, fragte Tobias bei Katharina nach, obwohl er sich seiner Sache nahezu sicher war. Der Mann sah aus wie die Parodie eines Halbseidenen aus den 80er-Jahren – alles ein wenig zu überzogen: Er hatte einen fransigen Haarschnitt, wobei die langen Spitzen hinten sowie die kurzen auf seinem Kopf blond gefärbt waren. Außerdem trug er eine schwere Goldkette, die unter seinem engen Langarmshirt mit dem V-Ausschnitt und der zudem geöffneten Knopfleiste auffällig hervor blitzte. Mehrere Ringe zierten seine grobschlächtigen Finger, und ein schwarzer Gürtel mit einer Schnalle, die aus zwei ineinander verbissenen Schlangen bestand, hielt seine Jeans. Nur die Sneakers passten nicht recht. Sie waren einfach zu normal, und Tobi hätte an den Füßen schiefgelaufene Cowboystiefel oder sowas wie Slipper aus Schlangenleder erwartet. Zumindest hätte ein derartiges Schuhwerk dem ohnehin schon mehr als erfüllten Klischee den Rest gegeben.

»Puh«, flüstert Katharina, die offenbar ganz ähnliche Gedanken im Kopf hatte. »Ich dachte, solche Typen gibt es, wenn überhaupt, nur noch im Fernsehen, aber nicht in echt. Ist ja abgefahren ...«

Tobi musste für einen Moment grinsen, wurde jedoch umgehend wieder ernst, als Ben mit dem Fremden auf sie zukam.

»Ich gehe mit Herrn Giesing an den Besprechungstisch – ihr wisst ja, was ihr zu tun habt«, sagte der Hauptkommissar im Vorbeigehen und verschwand kurz darauf mit dem Mann in seinem Büro, wo er die Jalousien an der Glaswand herunterließ. Nicht um seinen Kollegen den Blick in den Raum zu verwehren, sondern um die Fotos von dem toten Jungen, die an der Scheibe klebten, vor dem Lebensgefährten von Leons leiblicher Mutter zu verdecken. Das wussten Katharina und Tobi und waren somit nicht verwundert, dennoch runzelte Katharina die Stirn und fragte: »Wissen wir, was wir zu tun haben?«

Tobi zuckte die Schultern: »Ich werde die Freiwilligen, die bei der Suche nach Leon geholfen haben, überprüfen und durch den Computer laufen lassen. Dann werde ich mir auch noch die Datenbanken vornehmen und nach einem ähnlichen Fall schauen.«

»Okay, dann rede ich noch einmal mit dem Jugendamt und fahre anschließend zu Anja Buse. Vielleicht ist ihr ja noch etwas oder jemand eingefallen«, entschied Katharina spontan, schnappte sich ihre Jacke sowie den Schlüssel für den Dienstwagen, winkte Tobi kurz lächelnd zu und verschwand aus der Tür.

11.07 Uhr

Zum gefühlt ersten Mal in all den Jahren, in denen er in diesem Team und vor allem mit Katharina zusammenarbeitete, war Tobias dankbar dafür, ein wenig Zeit allein im Büro zu haben. Das hatte absolut nichts mit seiner Kollegin zu tun, sondern einzig und allein mit seiner Laune, die er selbst so von sich nicht kannte. Seit er Leon in der Futterkrippe gesehen und vor allem im ersten Moment gehofft hatte, der Junge könnte noch am Leben sein, ließ ihn das Bild nicht mehr los, und er fühlte sich innerlich erschreckend leer. Selbst zu Hause bei Jana und seinem kleinen Engel Mia war die gedrückte Stimmung nicht verflogen. Im Gegenteil hatte sie in Gegenwart der liebsten Menschen in seinem Leben noch zugenommen, sodass er sich gestern von ihnen zurückgezogen und früh ins Bett verkrochen hatte. Trotzdem war er heute Morgen kaum hochgekommen, was vielleicht auch daran gelegen hatte, dass er in der Nacht immer wieder aufgewacht war.

Tobi atmete einmal tief durch und wandte sich dann seinem Computer zu. Er hatte ihn bereits angeschmissen, direkt, nachdem Katharina das Büro verlassen hatte, doch dann hatte er nur auf den sich langsam aufbauenden Bildschirm gestarrt und war in seine Grübeleien verfallen. Nun straffte er die Schultern und versuchte, sich zu konzentrieren. Er würde diesen Kerl schnappen, der dem Jungen das angetan hatte, das war sein oberstes Ziel. Zum ersten Mal in seiner Zeit als Kommissar betrachtete Tobias, dessen Ehrgeiz eigentlich nicht stark ausgeprägt war, einen Fall als *seinen* Fall. Doch dafür musste er jetzt loslegen und etwas tun.

Er griff nach der Maus und stellte fest, dass der Rechner noch immer nicht komplett hochgefahren war, es hakte mal wieder irgendwie, und er musste das Gerät neu starten. Genervt stöhnte er auf und war froh, dass Ben noch immer mit diesem schmierigen Typen in seinem Büro saß. Sie könnten in ihrer Abteilung wirklich endlich mal bessere Computer gebrauchen. Diese Dinger der vorletzten Generation waren total veraltet und zwangen einem durch ihre Langsamkeit, im Gegensatz zu den aktuellen Rechnern, Wartezeiten auf, die man oft nicht hatte. Und gerade jetzt hatte Tobias das Gefühl, er dürfe keine einzige Sekunde verschwenden, weil dann Leons Mörder möglicherweise längst über alle Berge wäre.

Als der Computer endlich komplett hochgefahren war, beschloss Tobi entgegen seinem ursprünglichen Plan, dass die Überprüfung der Freiwilligen warten könne, und rief stattdessen NIVADIS auf, das Vorgangsbearbeitungssystem der Polizei Niedersachsen. Er gab einige Keywords ein, die den Fall von Leon beschrieben, und startete einen Abgleich. Tatsächlich spuckte das System zwei vergangene Fälle aus – auch bei ihnen handelte es sich um zehn Jahre alte Jungen, die schon länger missbraucht und schließlich getötet worden waren. Auch damals hatte der Täter – es handelte sich in beiden Fällen um denselben – seine Opfer in einsam gelegenen Hütten oder Schuppen getötet. Nur hatte die in Leons Fall spezielle Art, wie das Opfer zurechtgemacht war und auch der Kranz aus Heidekraut, dort keine Rolle gespielt oder waren im System zumindest nicht konkret benannt. Doch dann wurde seine Hoffnung auf eine Parallele im Keim erstickte: Der Mörder dieser beiden Jungen war vor drei Jahren in der Maßregelvollzugsanstalt Moringen bei Göttingen gestorben. Der vermeintliche Treffer war eine Sackgasse. Wäre ja auch zu schön gewesen, dachte Tobi und loggte sich bei INPOL ein, dem bundesländerübergreifenden Informationssystem der deutschen Polizei. Doch auch hier kam er zu keinem Ergebnis, das ihn weiterbrachte. Zwar schockierte ihn die Anzahl der dort gelisteten Tötungsdelikte an Kindern, doch klare Übereinstimmungen zu den bisher bekannten Todesumständen von Leon gab der Abgleich auch hier nicht her. Nun gab Tobi doch noch die Liste der freiwilligen Sucher ein. Er beschränkte sich hier auf die männlichen Namen, die immerhin eine Anzahl von 38 zu überprüfenden Personen umfasste. Auch hier blieb er ergebnislos. Keiner der Männer war bisher in die polizeiliche Datenbank aufgenommen worden. Alle schienen eine lupenreine Weste zu haben. Frustriert schob der Kommissar die Maus von sich und lehnte sich zurück. Im selben Moment wurde die Tür von Bens Büro geöffnet, und der Hauptkommissar trat gemeinsam mit Steffen Giesing in den Raum. Giesing wirkte angeschlagen. Unsicher blieb der Mann stehen, während Ben an Tobias' Schreibtisch trat und leise sagte: »Ich bringe ihn eben raus und bin dann kurz noch mal bei Mausner. So in einer halben Stunde bin ich wieder da.«

Tobi nickte und sah den beiden Männern hinterher, als sie das Büro verließen. Was für ein unangenehmer Typ! Aber nach dem, was Ben von Leons leiblicher Mutter berichtet hatte, passten die beiden perfekt zusammen. Wie gut, dass Leon ein Leben bei diesen Leuten erspart ge… Mitten in diesem Gedanken zuckte Tobi zusammen, weil ihm dazu noch etwas Weiteres in den Sinn gekommen war. Wieso war er nicht schon vorher darauf gekommen? Er griff wieder zu seiner Maus, öffnete die Suchmaschine und gab den Namen Steffen Giesing ein. Nichts. Zumindest nichts, was sofort ins Auge sprang und irgendwie passend oder auffällig schien. Natürlich warf das Suchfenster unzählige Einträge aus sozialen Netzwerken, Business-Portalen oder Ähnlichem aus, doch bereits beim ersten Querlesen erkannte Tobi, dass es hier nicht um den Partner von Bianca Guntram ging. Es waren Banker dabei, Handwerker oder Männer dieses Namens, die irgendwelche Urlaubserlebnisse schilderten. Das Übliche halt. Nach der dritten Seite der Suchergebnisse brach der Kommissar ab. Dann tippte er einen neuen Namen in die Suchmaske und atmete laut auf, als er die ersten Treffer angezeigt bekam. Bei Bianca Guntram verhielt es sich mit den Suchergebnissen ganz anders, das erkannte er auf den ersten Blick. Spontan klickte er auf die Bilderansicht zum Suchbegriff und konnte sich ein vernehmliches »Puh« nicht verkneifen. Die Fotos waren eindeutig, dazu musste er sie nicht einmal größer aufziehen. Dennoch rückte er etwas näher an den Bildschirm und scrollte sich durch die Vielzahl an Bildern, auf denen Leons leibliche Mutter nur knapp verhüllt oder sogar ganz nackt zu sehen war. Offensichtlich hatte sie es nicht einmal für nötig gehalten, ihren realen Namen durch ein Pseudonym zu ersetzen oder sich für ihre Branche eine Art Künstlernamen zuzulegen. Und diese Frau hatte ihren Sohn zurückhaben wollen! Tobi schüttelte entrüstet den Kopf. Auf einigen Fotos entdeckte er einen Video-Button. Gerade als er einen anklicken wollte, erklang Bens Stimme: »Was ist los Tobi, gibt es irgendetwas Neues? Du guckst, als hättest du was entdeckt.«

Erstaunt blickte Tobi erst zu Ben, der bereits an seinen Schreibtisch herantrat, und dann auf seine Armbanduhr. Ohne dass er fragen musste, erklärte sein Chef: »Mausner war nicht da, deswegen bin ich schon zurück.«

Wortlos drehte Tobi seinen Bildschirm ein Stück zur Seite, sodass auch Benjamin Rehder erkennen konnte, worauf er gestoßen war.

»Oha«, war das Einzige, was der Hauptkommissar daraufhin spontan von sich gab, bevor er einen Stuhl heranzog und sich neben seinen Mitarbeiter setzte.

11.13 Uhr

Die roten geschwollenen Augen verrieten Katharina sofort, dass Anja Buse in den letzten Stunden viel geweint haben musste. Und so war sie nicht weiter überrascht, als die Frau sie in der geöffneten Tür stehen ließ, sich knapp entschuldigte, ohne vorher ein »Hallo« hervorgebracht zu haben, und durch eine weitere Tür huschte, von der die Kommissarin wusste, dass sie ins Gäste-WC führte. Keine Sekunde später hörte sie Anja Buse laut aufschluchzen. Offensichtlich ließ die Frau also inzwischen doch ihre Trauer zu. Sie überlegte, Anja Buse hinterherzugehen, ließ es dann aber bleiben, denn was sollte das bringen? Vermutlich war sie lieber mit ihrem Schmerz allein. Anja Buse hatte gerade ihr Kind verloren, und Katharina würde ihr diesen Schmerz nicht nehmen können. Ihre

Aufgabe war es, den Mörder von Anja Buses Sohn zu finden. Ihres Pflegesohnes, verbesserte sie sich in Gedanken, doch machte das einen Unterschied? Im Fall von Anja Buse nicht, da war die Kommissarin sicher. Dieser Frau war es bei der Aufnahme von Leon nicht ums Geld gegangen. Katharina wusste, dass das nicht immer der Fall war. Es gab auch Paare, die sich mithilfe der Aufnahme von Pflegekindern ihr Leben zumindest mitfinanzierten. Grundsätzlich konnte jeder ein Pflegekind aufnehmen, der gewährleistete, es versorgen, betreuen und erziehen zu können, wobei auch der ausreichende Platz für ein Kind oder einen Jugendlichen berücksichtigt wurde. Das Jugendamt achtete dabei nicht auf den Familienstand und schon gar nicht auf den Geldbeutel, zumal die monatliche Pflegegeldleistung durch das Landesamt ab 700 Euro aufwärts betrug – abhängig vom Alter des Kindes. Außerdem konnten noch Kindergeld und bestimmte Zuschüsse wie zum Beispiel für Weihnachtsgeschenke oder auch andere besondere Anlässe wie die Konfirmation beantragt werden. Da kam schon einiges zusammen. Natürlich hieß das nicht gleich, dass Pflegeeltern, die es des Geldes wegen waren, keine emotionale Bindung zu ihren Pflegekindern hatten. Doch vielleicht war sie einfach nicht so intensiv, weil die Beziehung eher auf finanzieller Basis entstanden war – so wie bei einer Kindergärtnerin oder einem Lehrer, die sich einen Beruf ausgesucht hatten, in dem sie mit Kindern arbeiteten. Und dann gab es sicher Pflegeeltern, die bewusst versuchten, die Gefühle ein bisschen zu unterdrücken. Schließlich mussten sie immer damit rechnen, dass das Kind wieder zurück in die Obhut der leiblichen Eltern gegeben wurde. So ein Abschied war umso schwerer, wenn das Kind einem zu sehr ans Herz gewachsen war. Katharina schalt sich selbst. Woher wollte sie das eigentlich wissen? Sie hatte keine eigenen Kinder und auch keines, das unter ihrer Obhut aufwuchs. Natürlich gab es Leonie, und sie mochte sie über die Maßen gern, aber dennoch war das etwas anderes. Leonie war nicht nur die inzwischen 14 Jahre alte Tochter von Bene, sondern zugleich ihr Nachbarskind in der Münzstraße und die Tochter ihrer Freundin Julie, Benes Ex. Eine ziemlich komplizierte Konstruktion, und gerade deshalb war die Kommissarin froh, dass es so gut funktionierte. Klar, Leonie war Benes Tochter, aber Katharina hatte sich nie als Ersatzmutter geschweige denn Stiefmutter gesehen. Vielleicht war auch das ein Grund dafür, dass sie so gut miteinander auskamen. Sie lächelte bei dem Gedanken an das Mädchen, rief sich dann aber wieder in die Gegenwart zurück.

Auf der Fahrt hierher hatte Katharina mit dem Jugendamt telefoniert. Ursprünglich hatte sie vorbeifahren wollen, doch dann hatte sie es per Telefon versucht. Sie hatte Glück gehabt und die für Leon zuständige Sachbearbeiterin direkt erreicht. Auf ihre Frage nach den Adoptionsplänen von Anja Buse hatte sie zu hören bekommen, was sie bereits wusste: Bianca Guntram hatte sich absolut quer gestellt und sogar versucht, das Sorgerecht für Leon wieder zurück zu bekommen. Aus diesem Grund hatte das Jugendamt nach Überprüfung ihrer aktuellen Lebensführung in der letzten Zeit auch gestattet, dass sie sich mit ihm allein treffen durfte. Anja Buse hatte das zwar nicht gutgeheißen, und auch Leon selbst hatte diese Treffen mit seiner Mutter nicht aktiv verlangt, doch die zuständige

Sozialarbeiterin hatte Bianca Guntram eine Chance geben wollen und die Treffen festgelegt. Auf die ängstliche Frage, ob das ein Fehler gewesen sei und Bianca Guntram etwas mit dem Tod des Jungen zu tun hätte, beruhigte Katharina die Frau und erklärte, dass die Ermittlungen noch andauerten. Zwar hatte sie persönlich kein Verständnis für die offenbar nicht wirklich durchdachte Entscheidung des Jugendamtes, doch eine Beurteilung stand ihr ihrer Meinung nach – zumindest zum jetzigen Zeitpunkt – nicht zu.

Katharina wurde in ihren Gedanken unterbrochen, als Anja Buse wieder aus dem Gäste-WC kam und ihr zaghaft zulächelte: »Bitte entschuldigen Sie, es ist momentan alles ein bisschen viel …« »Sie brauchen sich nicht zu entschuldigen«, sagte Katharina. Sie stand noch immer in der geöffneten Haustür und fragte jetzt: »Darf ich hineinkommen?«

»Ja natürlich«, antwortete Leons Pflegemutter, die abgesehen von ihren verweinten Augen perfekt zurechtgemacht aussah, obwohl sie einen Jogginganzug trug. Ihre Füße steckten in edlen Slippers, und Katharina wurden ihre eigenen Schuhe bewusst – ausgetretene Sneakers, deren graue Farbe kaum mehr an das Weiß erinnerten, das sie einmal hatten. Ich muss mir unbedingt neue zulegen, überlegte Katharina und trat in die große Vorhalle ein.

»Gibt es etwas Neues? Wissen Sie schon wer … wer Leon …«, Anja Buse brach mitten im Satz ab und blickte der Kommissarin direkt in die Augen. Katharina senkte ihren Blick. Die Traurigkeit der Frau war bedrückend.

»Nein, leider noch nicht«, antwortete sie sanft.

»Ach so … ich dachte, Sie wären deshalb …« Anja Buse verstummte und blieb unschlüssig in der Halle stehen.

»Haben Sie trotzdem einen Augenblick Zeit? Ich hätte da noch ein paar Fragen, falls Sie sich dazu in der Lage fühlen«, sagte Katharina und beobachtete, wie ein kleiner Ruck durch die Frau ging.

»Ja, ja natürlich. Kommen Sie rein. Ich habe gerade Besuch, aber …«, wieder vollendete Anja Buse ihren Satz nicht, drehte sich stattdessen um und ging voran in das helle Wohnzimmer. Katharina folgte ihr.

Als die beiden Frauen den Raum betraten, erhob sich ein Mann vom Sofa, den Katharina auf ungefähr 50 schätzte. Er machte einen etwas biederen Eindruck in seinem Feinstrickpullover, unter dem der Kragen eines Polohemdes hervorschaute, und zu dem er eine Cordhose trug, die offensichtlich schon einige Jahre auf dem Buckel hatte. Die Kommissarin wunderte sich, denn dieser Mann passte zumindest optisch weder in dieses Haus noch zu Anja Buse, doch möglicherweise war er ein Verwandter. Erwartungsvoll sah sie ihm in die Augen, als sie ihm die Hand gab und sich vorstellte: »Katharina von Hagemann, Kripo Lüneburg, guten Tag Herr …«

»Berg, mein Name ist Berg, Thomas Berg«, antwortete der Mann eilig, dessen Augen ebenfalls auffallend gerötet wirkten. Er setzte sich wieder und fuhr dann fort: »Es ist so furchtbar, was mit Leon passiert ist. Ich bin sofort rübergekommen, als ich davon erfahren habe, aber man ist ja so hilflos.«

»Darf ich fragen, in welcher Verbindung Sie zu Leon beziehungsweise zu Frau Buse stehen?«, wollte Katharina wissen.

»Ich bin der Nachbar«, erwiderte Thomas Berg. »Und ich habe Leon sehr gern gehabt. Er war oft bei mir, wenn …«

Er machte eine kurze Pause, da er schlucken musste, und Anja Buse nutzte sie, um seine Erläuterung auszuführen.

»Leon war oft nebenan bei Herrn Berg, wenn ich kurzfristige Termine wahrnehmen musste oder es mal später wurde. Er hat sich … Leon war gern dort. Leon ist zwar ab und zu auch allein geblieben, aber manchmal war mir einfach wohler, wenn jemand bei ihm war. Hätte ich das doch bloß auch diesmal …« Anja Buse stockte und schaute zu Boden.

»Haben Sie auch Kinder in Leons Alter?«, hakte Katharina an den Nachbarn gewandt nach.

»Nein, leider nicht«, antwortete Thomas Berg. »Ich war nie verheiratet, oder wenn dann wohl eher mit meinem Beruf. Als ich bemerkt habe, dass das nicht alles im Leben ist, war es irgendwie zu spät. Also zumindest habe ich keine Frau kennengelernt, mit der ich mir die Gründung einer eigenen Familie hätte vorstellen könnte. Bisher jedenfalls.« Der Mann lächelte unsicher.

»Darf ich fragen, was Sie beruflich machen?« Katharina hatte Schwierigkeiten, Thomas Berg einzuordnen. Er war höflich, freundlich und schien bereitwillig Auskunft zu geben, aber irgendetwas an ihm störte die Kommissarin, ohne dass sie es hätte begründen können.

»Ich baue Modelle für Architekten und Ingenieurbüros. Eigentlich wollte ich früher selbst Architekt werden, aber während des Studiums habe ich gemerkt, dass ich eher einen Hang zum Handwerklichen habe. Mit meinem jetzigen Beruf kann ich beides recht gut vereinen.« Er lächelte, doch das Lächeln wirkte traurig. Nach einer kurzen Pause ergänzte er: »Leon hat mir oft geholfen, wenn er bei mir war. Wissen Sie, ich arbeite von zu Hause aus und habe mir dort eine Werkstatt eingerichtet. Ich bin also die meiste Zeit allein. Umso mehr habe ich es genossen, wenn Leon mich besuchte. Der Junge hat ein bisschen Leben in mein Haus gebracht. Ich hab ihn kleinere Modellteile kleben oder basteln lassen. Er hat sich sehr geschickt angestellt und immer viel Spaß dabei gehabt ... Ehrlich gesagt hatte ich schon gedacht, er könne irgendwann einmal in meine Fußstapfen treten.«

Nun senkte er den Kopf, und Katharina hatte den Eindruck, als müsse er ein Schluchzen unterdrücken. Sie hätte gern Anja Buse gefragt, wie nah dieser Nachbar ihr stand, doch das würde sie auf ein Gespräch unter vier Augen verschieben. Jetzt würde sie die Chance nutzen, um ein paar andere Fragen zu stellen. »Warum haben Sie Leon am Tag seines Verschwindens nicht zu Herrn Berg gebracht, als Sie wegfahren mussten, Frau Buse?«

»Herr Berg war nicht da«, war die einfache Erklärung von Anja Buse, und ihr Blick wanderte zu ihrem Nachbarn. Thomas Berg blinzelte nervös ein paarmal hintereinander, bevor er Katharina direkt ins Gesicht sah. Ruhig antwortete er: »Ich war einige Tage auf einer Messe in Süddeutschland, um mich über neue Trends zu informieren und potenzielle Auftraggeber zu kontaktieren.«

Katharina nickte und zog ihr Notizbuch aus der Jackentasche. Während sie den Stift aus der Schlaufe zog und das Büchlein aufschlug, fragte sie: »Würden Sie mir verraten, wo genau die Messe war und in welchem Hotel Sie dort übernachtet haben?«

Die Kommissarin registrierte den verwunderten Blick des Mannes, und bevor er etwas erwidern konnte, fügte sie hinzu: »Reine Routinefragen, ich muss das überprüfen.«

»Sicher«, antwortete Thomas Berg, sah aber nicht wirklich überzeugt aus. »Allerdings war ich in keinem Hotel.«

»Sondern?«, wollte Katharina wissen.

»Ein guter Bekannter von mir hat in der Nähe eine Wohnung. Er selbst ist momentan im Ausland, daher hat er mir die Nutzung seiner Wohnung angeboten.« Er strich sich über seine Hosenbeine und ergänzte dann: »Sie wissen ja, wie das mit den Hotels zu Messezeiten ist – wenn Sie überhaupt ein Zimmer bekommen, ist es völlig überteuert. Und da ich mich relativ kurzfristig entschieden hatte, zu dieser Messe zu fahren, war ich über diese Möglichkeit sehr froh.«

»Das verstehe ich natürlich«, antwortete Katharina sachlich, »dann bräuchte ich bitte die Kontaktdaten Ihres Bekannten.«

»Sicher, allerdings … also ich hab sie nicht im Kopf. Ich müsste kurz … ich müsste erst nach nebenan in mein Büro«, erwiderte Thomas Berg stockend.

»Dann tun Sie das doch bitte«, forderte Katharina ihn auf. »Ich warte hier solange auf Sie.«

Sie plante, die kurze Abwesenheit des Nachbarn zu nutzen, um Anja Buse allein zu sprechen. Zwar hätte sie sich auch gern ein Bild von Haus und Werkstatt des Mannes gemacht, doch das könnte sie auch später noch tun, zumindest wenn sich sein Alibi nicht würde bestätigen lassen. Vorerst gab es keinen Grund für sie, den Nachbarn zu verdächtigen, außer dass sie ihn irgendwie sonderbar fand.

Etwas zögerlich erhob sich Thomas Berg und nickte

den beiden Frauen zu. »Gut, dann … Ich bin gleich wieder zurück.«

Nachdem Katharina gehört hatte, wie die Haustür ins Schloss gefallen war, wandte sie sich an Anja Buse, die abwesend wirkte und ins Leere blickte. »Frau Buse, wie lange kennen Sie Herrn Berg schon?«

Leons Pflegemutter brauchte offensichtlich einen Moment, um sich wieder auf Katharina zu konzentrieren, dann sagte sie immer noch nachdenklich: »Das muss … lassen Sie mich überlegen … Herr Berg ist nebenan eingezogen, kurz bevor mein Mann verstorben ist. Da hatten wir aber kaum Kontakt. Das kam erst, nachdem André, also mein Mann, bereits tot war. Herr Berg war immer sehr hilfsbereit und hat mir in der ersten Zeit, als ich alleine mit allem dastand, mit ein paar Dingen geholfen, und so hat sich das dann entwickelt.«

»Und in was für einem Verhältnis stehen Sie inzwischen zu Herrn Berg?«, fragte Katharina und gab ihrer Stimme bewusst einen sachlichen Tonfall. Dennoch schaute Anja Buse sie zunächst verdutzt an, dann lachte sie etwas gezwungen auf: »Sie meinen, ich und …? Nein, er ist ein guter Nachbar. Mehr nicht.«

»Aha«, machte Katharina, und erst in diesem Moment schienen Anja Buse die eigentlichen Beweggründe für die Fragen der Kommissarin klar zu werden: »Sie glauben doch nicht etwa, dass Thomas …, dass mein Nachbar etwas mit dem Tod von Leon zu tun hat?«

»Ich muss einfach in alle Richtungen ermitteln, Frau Buse«, erklärte Katharina ruhig. »Das direkte Umfeld von Leon ist wichtig für uns, wir müssen derartige Verbindungen einfach überprüfen.«

Anja Buse nickte langsam und sagte: »Ich kann mir das nicht vorstellen. Herr Berg ist immer sehr liebevoll mit Leon umgegangen. So wie er eben selbst sagte, ich denke, er hat sich eigene Kinder gewünscht und daher gern Zeit mit meinem Jungen verbracht.«

Katharina zögerte. Bisher hatten sie Leons Pflegemutter nicht darüber informiert, dass der Junge in der letzten Zeit vor seinem Tod mehrere Missbräuche erlebt haben musste. Sie überlegte noch, wie sie es am besten formulieren sollte, als es klingelte. Sie würde dieses Thema nochmals verschieben müssen. Fast mechanisch erhob sich Anja Buse, um die Tür zu öffnen. Gemeinsam mit dem Nachbarn kehrte sie kurz darauf ins Wohnzimmer zurück und setzte sich wieder. Thomas Berg hielt Katharina einen kleinen Notizzettel entgegen. »Hier bitte, das ist die Adresse der Wohnung. Die Kontaktdaten meines Bekannten habe ich dazu notiert, den Namen der Messe ebenfalls. Ich kann Ihnen allerdings nicht versprechen, dass Sie ihn erreichen. Er ist momentan in Thailand, und ich selbst habe einige Anläufe benötigt, ihn zu erreichen.« Unsicher blieb er stehen.

»Danke, Herr Berg«, sagte Katharina. »Wir werden uns wieder bei Ihnen melden, falls wir noch weitere Fragen an Sie haben sollten.«

13.03 Uhr

Bens Magen knurrte. Er hatte Hunger. Heute Morgen hatte er nur ein Müsli gegessen, und jetzt meldete sich sein

Körper. Er brauchte dringend etwas zu essen. Er schaute auf seine Armbanduhr und beschloss, jetzt in eine kurze Mittagspause zu gehen. Seit ein paar Tagen hatte Ben sich selbst auf Diät gesetzt. Wobei Diät dabei für ihn nicht bedeutete, sich von irgendwelchen Shakes zu ernähren oder nach Plänen, die Rezepte beinhalteten, die man aufwendig kochen musste, was absolut nicht sein Ding wäre und in seinem Job auch gar nicht gehen würde. Diät hieß für ihn, einfach nur regelmäßig dreimal am Tag zu essen und nicht später als 18.00 Uhr, was er bisher nur leidlich durchgehalten hatte. Außerdem versuchte er einigermaßen darauf zu achten, was er aß – darum auch heute Morgen das Müsli anstelle der zwei belegten Brötchen vom Bäcker, die er sich sonst morgens so gern gegönnt hatte. Dabei konnte man den Hauptkommissar nicht als dick bezeichnen, doch darum ging es ihm auch gar nicht. Er fühlte sich einfach nur seit ein paar Monaten nicht mehr wohl in seiner Haut, und über dem kleinen Bäuchlein, das er über die Jahre angesetzt hatte, spannten inzwischen die Hemden und Hosen. Außerdem hatte er feststellen müssen, dass seine Fitness zu wünschen übrig ließ, was ihn an der ganzen Sache am meisten störte. Entschieden stand er von seinem Schreibtischstuhl auf und trat aus seinem Büro.

»Ich geh schnell eine Kleinigkeit essen«, rief er zu Tobi hinüber, der angestrengt auf seinen Bildschirm starrte. »Soll ich dir etwas mitbringen?«

»Hm«, machte Tobi abwesend, und erst einen Moment später schien es Ben, als sei seine Frage in das Bewusstsein des Kollegen durchgedrungen, denn da antwortete Tobi, noch immer mit dem Blick auf den Bildschirm: »Äh nein, nein danke, ich habe keinen Hunger. Aber komm mal kurz her, das gibt es doch gar nicht …«

»Hast du etwa noch mehr Videos und Bilder von Bianca Guntram gefunden? Tut mir leid, Tobi, mein Bedarf ist da für heute gedeckt. Ich hol mir jetzt was zu essen, und wenn Katharina wieder da ist, setzen wir uns zusammen und bringen uns gegenseitig auf Stand, okay?«

»Wieder da«, hörte Ben in diesem Moment Katharinas Stimme – die Kommissarin war eben zur Tür hereingekommen. »Wir können uns also direkt zusammensetzen«, schlug sie vor, band sich im Gehen ihre Jacke von den Hüften, hängte sie über ihren Schreibtischstuhl und fragte dann: »In deinem Büro, Ben?«

Bevor Ben den Mund aufmachen konnte, um zu sagen, dass er sich erst etwas zu essen holen wollte, meinte Tobi: »Nee, kommt mal an meinen Schreibtisch. Das müsst ihr sehen …«

Widerwillig trat Ben wie seine Kollegin an den Schreibtisch von Tobias heran, sodass er auf den Bildschirm blicken konnte. Noch einmal knurrte sein Magen, doch dieses Mal beachtete Ben es nicht weiter, er war zu sehr von dem geschockt, was Tobis Bildschirm zeigte.

»Ich habe sie entdeckt, nachdem ich dir vorhin die Videos und Fotos von Bianca Guntram gezeigt habe. Ehrlich gesagt weiß ich gar nicht, warum ich weiter im Netz herumgeklickt habe, es war so ein Gefühl«, erklärte Tobi, und Ben nickte dazu. Auch er folgte hin und wieder bei Ermittlungen mehr seinem Gefühl als einer konkreten Logik, doch eigentlich war es Katharina, die in ihrem Team für Handlungen aus dem Bauch heraus bekannt und damit nicht selten erfolgreich war.

»Kann mich mal jemand aufklären?«, forderte Katharina mit belegter Stimme in die eingetretene Stille hinein, und Ben nickte ein weiteres Mal. Dann sagte er: »Nachdem du vorhin weg warst, hat Tobi recherchiert. Es gibt in den Datenbanken keine augenscheinliche Übereinstimmung mit Leons Mörder. Das heißt, wir sollten erst einmal davon ausgehen, dass unser Täter zum ersten Mal gemordet hat. Dafür hat Tobi aber etwas anderes gefunden. Tobi, willst du?«

»Nein«, winkte dieser ab.

Der Hauptkommissar verstand und übernahm es selbst, Katharina zu informieren. Bereits vorhin hatte Tobi sich über das Verhalten von Bianca Guntram aufgeregt und gepoltert, sie dürfte sich überhaupt nicht darüber wundern, dass Leon ihr weggenommen worden war. Und die Bilder, die eben noch über seinen Bildschirm geflimmert waren – inzwischen hatte er das Browserfenster geschlossen – machten es nicht besser.

»Tobi hat im Netz Fotos und Videos von Bianca Guntram gefunden«, fuhr Benjamin Rehder fort. »Dass sie als Cam-Whore ihr Geld verdient, hatte ich euch ja schon heute Morgen in der Besprechung erzählt, daraus hat sie mir gegenüber ja auch kein Geheimnis gemacht. Aber sie hat auch heftigste Pornos gedreht – am besten du schaust sie dir später selbst an oder zumindest Ausschnitte daraus.«

»Ist das wirklich notwendig?«, fragte Katharina und verzog unwillig ihren Mund.

»Nein, ist es nicht«, schaltete sich Tobi nun doch ein, »du musst nur wissen, dass sie das Gegenteil von Soft-Pornos sind. Bianca Guntram hat es auch einige Male mit ein paar mehr Männern aufgenommen und dabei nicht gerade einen zimperlichen Eindruck gemacht. Vielleicht stand sie aber auch unter Drogen, wer weiß das schon.«

»Aber eigentlich wussten wir doch schon, dass Bianca Guntram in einer gewissen Form auf diese Weise ihr Geld verdient. Ich meine, ob sie nun live vor der Kamera für jemanden … posiert oder ein Video aufnimmt, selbst wenn es ein heftiges ist … vielleicht hat sie es Ben nicht so krass geschildert wie du jetzt eben, Tobi, aber eventuell ist das auch alles eine Sache der Perspektive. Sicherlich empfindet sie selbst das als Job, oder hattest du den Eindruck, dass ihr Freund sie dazu zwingt, Ben? Klar, wenn sie bei den Drehs unter Drogen gestanden haben sollte, wäre das natürlich heftig, andererseits waren Drogen doch wohl schon immer ihr Problem, und wir sollten davon ausgehen, dass sie sie freiwillig genommen hat. Drogen waren einer der Hauptgründe, warum das Jugendamt ihr Leon weggenommen hat«, gab Katharina zu bedenken.

Sie hat recht, dachte Ben bei sich, die Filme sind widerlich, aber für Bianca Guntram ist das eine Art, Geld zu verdienen, und das ganz legal. Es war nichts zu sehen, was gesetzeswidrig war.

»Stimmt«, sagte Ben jetzt laut und schaute Tobi an, der wiederum auf seine Hand starrte, die auf der Maus lag.

»Ja, du hast recht, Katharina«, sagte Tobi jetzt gedehnt, als würde er jedes einzelne Wort abwägen. »Wisst ihr, wegen dieser Pornos habe ich mich gefragt, ob die Grenzen dann nicht fließend sind und Bianca Guntram nicht vielleicht auch mit ihrem Sohn Geld verdienen wollte, wenn ihr versteht, was ich meine«, fuhr Tobi fort, wobei er noch immer seine Hand fixierte.

»Du meinst, Bianca Guntram könnte von Leon kinderpornografisches Material angefertigt und verkauft haben?«, fragte Katharina entsetzt.

»Man soll ja niemanden vorverurteilen, und wir schon gar nicht, aber so, wie ich sie kennengelernt habe … Ich würde das tatsächlich auch nicht ausschließen, zumindest mit der Unterstützung ihres Lebensgefährten. Na ja, und da sie seit einiger Zeit auch wieder Kontakt zu Leon hatte …«, sagte Ben so sachlich, wie es ihm möglich war.

»… wäre es möglicherweise auch eine Erklärung für die Missbrauchsspuren, und dann musste sie ihren Sohn zum Schweigen bringen, damit die ganze Sache nicht auffliegt. Oder ihr sogenannter ›Manager‹ hat es getan. Möglicherweise haben sie Leon auch in pädophilen Kreisen angeboten und jemandem zugeführt, der ihn dann missbraucht und getötet hat. Und Bianca Guntram hat ihren Sohn aus Reue so zurechtgemacht. Das würde zu unserer Vermutung passen, dass derjenige, der ihn geschmückt hat, nicht auch sein Mörder sein muss, diesen aber möglicherweise kennt«, fügte Tobi trocken an, sodass Ben schlucken musste.

»Vorsicht, Tobi, erst einmal sind das alles bloße Vermutungen, und wir sollten uns wirklich vor Vorverurteilungen hüten. Oder hast du bereits Videos von Leon im Netz gefunden? Oder eindeutige Fotos?«, fragte Ben nach.

»Nein«, gab Tobi zu, »noch nicht. Aber ich suche weiter und dann …«

»Tobi«, unterbrach Ben seinen Kollegen ungehalten, »Schluss jetzt. Bianca Guntram mag als Mutter unfähig sein, und dass ihr vermeintlicher Lebensgefährte eher eine Art Zuhälter ist, ist wohl auch klar. Das macht die beiden aber nicht automatisch zu Kinderpornohändlern, Mördern oder Komplizen! Wir müssen in alle Richtungen ermitteln, wenn du dich hier verbeißt, bringt uns das nicht weiter.«

Ben warf Katharina einen Blick zu, doch sie zuckte nur mit den Schultern und schaute dann weg. Klar, sie wollte nicht zwischen die Fronten geraten, das konnte Ben nachvollziehen. Doch er hatte Tobi zurechtweisen müssen, denn der Kollege entwickelte gerade einen Tunnelblick, was gerade am Anfang der Ermittlungen gefährlich war: Versteifte man sich zu sehr auf einen bestimmten Verdächtigen, erkannte man häufig nicht, wenn einem der wahre Täter direkt vor der Nase herumtanzte.

»Warum lässt du mich nicht aussprechen Ben?«, fragte Tobi jetzt. »Ich war noch nicht zu Ende mit meinem Bericht.«

»Entschuldige«, lenkte Ben ein, »wenn da noch etwas Wichtiges ist, leg los.«

»Okay«, begann Tobi mit ernstem Gesicht, aber ruhigem Tonfall, »also, ich hab zwar keine eindeutigen Fotos von Leon im Netz gefunden, dafür aber einen versteckten Hinweis auf der Homepage mit den Videos von Bianca Guntram. Zumindest deute ich es so, dass von hier aus auch Kinderpornos zur Verfügung gestellt werden können. Der Seitenbetreiber ist übrigens ein gewisser Steve G. Punkt, ich nehme an, das ist das überaus kreative Pseudonym von Steffen Giesing«, sagte Tobi, bewegte die Maus in seiner Hand und öffnete mit einem Klick wieder das Browserfenster. Sofort erschien eine Seite, auf der ein Porno mit Bianca Guntram zu sehen war. Tobi scrollte etwas hinunter, und nun kamen unter dem Fenster mit dem Video drei kleinere Fenster zum Vorschein. Zwei von ihnen waren anscheinend Trailer, die Bianca Guntram in einer anderen Szenerie zeigten.

»Da«, sagte Tobi jetzt und bewegte die Maus auf das dritte Fenster. Anstelle eines Filmausschnitts liefen hier zwei sich ständig abwechselnde Textcharts ab, mit weißer Schrift auf schwarzem Hintergrund. Auf dem einen stand »Nur für Mitglieder« und auf dem anderen »Schneeflittchen, die lieben Zwerge und der Fuchsschwanz«.

»Bah, was für ein Titel«, schüttelte Katharina angewidert den Kopf.

»Hm«, bestätigte Ben und deutete mit dem Kinn auf Tobis Computer: »Du glaubst, die Zwerge sind ein versteckter Hinweis auf Kinder?«

»Jepp«, ließ Tobi kurz verlauten.

»Klick mal drauf«, forderte der Hauptkommissar seinen Kollegen auf. Als Privatmensch wollte er nicht sehen, was sie hinter diesem Fenster vermuteten, doch als Kriminalhauptkommissar musste er sich solchen Dingen nun einmal stellen. Dennoch war er erleichtert, als Tobi sagte: »Hab ich schon, es passiert aber nichts. Ich bin halt kein Mitglied und will mich hier jetzt auch nicht registrieren, das wollte ich den Kollegen aus dem Dezernat für Sexualdelikte überlassen, die kennen sich damit aus und haben sicher auch bestimmte Accounts dafür.«

»Soll ich Vivien anrufen? Vielleicht hat sie ja kurz Zeit und kann rüberkommen, damit wir sie zu diesem Thema ins Boot holen«, bot Katharina sich an und griff schon nach Tobis Telefon.

Ben nickte: »Ja, mach mal.«

Keine fünf Minuten später betrat Vivien Rimkus den

Raum. Die Kollegin lächelte fröhlich, während sie auf Benjamin Rehder und sein Team zutrat: »Ich habe es ja schon zu Katharina am Telefon gesagt, ich wollte auch grad zu euch rüberkommen. Ihr zuerst oder ich?«

»Hi, Vivien«, begrüßte Ben die junge Frau mit dem langen schwarzen Zopf. »Wir haben uns gerade zu unserem Fall besprochen, und da hat sich eine Sackgasse aufgetan, aus der du uns hoffentlich wieder heraushelfen kannst.«

»Ich werd's versuchen«, meinte Vivien gut aufgelegt, »Dann also ihr zuerst. Schießt los.«

Ben erkundigte sich bei ihr, inwieweit sie bereits über den Fall Leon Guntram Bescheid wusste. Als sie ihm antwortete, dass Malte Brückner sie über alles Wesentliche informiert hätte und sie sogar schon angefangen hatte, zu recherchieren – der Grund, weswegen sie sowieso mit den drei Kollegen sprechen wollte – fühlte der Hauptkommissar sich mehr als bestätigt: Auf Malte Brückner war Verlass, und auch die Entscheidung für Vivien als Unterstützung war offensichtlich wieder einmal die richtige gewesen. Sie hatte ihm und seinem Team schon ein paar Mal ausgeholfen und immer einen hervorragenden Job gemacht. Er setzte die Kommissarin über die Videos, die Tobi von Bianca Guntram im Netz gefunden hatte, in Kenntnis. »Okay«, schloss Ben nach kurzer Zeit seinen Bericht, »wir sind, denke ich, alle sehr froh, dass du uns mal wieder unterstützt. Und jetzt erzähl mal, weswegen du uns sprechen wolltest.«

Er sah kurz durch die Runde seiner Mitarbeiter, bevor er ergänzend hinzufügte: »Du sagtest ja, dass du bereits mit der Recherche begonnen hast, gib uns doch vielleicht am besten ein kurzes Update.«

»Sehr gern«, antwortete Vivien, und Ben sah ihr trotz der wenigen Worte, die sie gemacht hatte an, dass sie sich ebenfalls freute, wieder gemeinsam mit seinem *Mordsteam*, wie es unlängst seine Nichte genannt hatte, ermitteln zu dürfen.

»Also, ich hab mich schon ein bisschen durchs Netz gearbeitet, und hab mir dabei unter anderem auch dieselbe Seite angesehen, die Tobi da entdeckt hat. Allerdings ist es mir auch schon gelungen, in den Mitgliederbereich zu gelangen. Malte hat euch ja schon über unseren aktuellen Fall informiert. Im Zuge dessen haben wir etliche Pseudo-Profile angelegt, mit denen wir uns in derartigen Foren und Portalen registrieren.«

Gespannt sahen die drei anderen Kommissare sie an. Tobi ergriff als Erster das Wort: »Ja und? Hast du da schon was für uns?«

»Langsam, langsam«, lächelte Vivien. »Ein konkretes Ergebnis habe ich noch nicht für euch. Wir haben in unserem Dezernat sicher ein paar andere Tricks auf Lager, was derartige Seiten und gesperrte Bereiche angeht, aber zaubern kann ich auch nicht. Ich hatte auch noch nicht genügend Zeit – es dauert einfach, die Videos durchzugucken, das sind zig Stunden an Material.«

Vivien zog sich einen Stuhl heran und setzte sich neben Tobias an den Schreibtisch. Mit einem Blick in die erwartungsvollen Gesichter erklärte sie weiter: »Wie Tobi vermutet hat, sind in dem gesperrten Teil dieser Seite tatsächlich Kinderpornos zu finden, sowohl Fotos als auch Videos. Und nicht gerade wenige – ob Leon darunter ist, weiß ich also noch nicht. Meine Kollegen sichten ja ebenfalls ständig neues Material, auch von anderen Seiten. Ich habe sie bereits informiert, dass sie dabei ab sofort auch drauf achten sollten, ob sie Leon irgendwo entdecken. Trotzdem wird es ein bisschen dauern, bis ich euch eine klare Antwort liefern kann. Sprich, bis ich weiß, ob Leon auch darunter ist.«

»Wunderbar, Vivien, vielen Dank«, erwiderte Ben. »Ich würde sagen, wir stellen hier unsere Recherche in dem Bereich ein, es macht ja wenig Sinn, wenn wir zweigleisig unterwegs sind.« Er blickte zu Tobi, der nur knapp zustimmend nickte. Dann sagte er wieder an Vivien gewandt: »Du hältst uns bitte immer auf dem Laufenden und meldest dich, sobald ihr etwas Neues habt.«

»Logo«, bestätigte Vivien. »Aber ich hab jetzt auch noch was anderes. Es ist nur ein Gedanke, aber ich glaube, er ist nicht so unwichtig. Es geht um den Missbrauch an Leon. Ihr solltet bei euren Ermittlungen vielleicht auch die Pflegemutter von vornherein nicht außer Acht lassen.«

»Wie meinst du das?«, fragte Katharina.

»Na ja«, sagte Vivien, »es sind nicht immer nur Männer, die Kinder sexuell missbrauchen. Es gibt da durchaus auch weibliche Täter. Statistisch gesehen zwar nicht so häufig, aber es kommt vor.«

Für einen Augenblick herrschte nachdenkliches Schweigen in der Runde, dann sagte Katharina: »Du hast recht, Vivien, das sollten wir im Kopf behalten. Ich habe ehrlich gesagt sowieso das Gefühl, dass Anja Buse uns irgendetwas verheimlicht. Wie gesagt, es ist nur ein Gefühl, und es muss auch nicht zwingend mit dem Missbrauch zu tun haben, aber es kann sicher nicht schaden, wenn wir in ihr nicht ausschließlich die trauernde Pflegemutter sehen.«

Ben und Tobi sagten nichts dazu, es war ihnen jedoch anzusehen, wie es auch in ihren Köpfen arbeitete.

»Gut, dann mach ich mich am besten wieder auf den Weg an meinen Schreibtisch, ich weiß ja, was ich jetzt erst einmal für euch zu tun habe. Und wenn ich euch an anderer Stelle noch zuarbeiten kann, gebt Bescheid. Ich habe von Malte die Freigabe, euch in jeder Hinsicht zu unterstützen, solange ich gleichzeitig an unserem Fall dranbleibe. Alles, was ich von meinem Büro aus für euch erledigen kann, ist also überhaupt kein Problem.«

»So machen wir es«, sagte Ben. »Und zu den Besprechungen holen wir dich dazu, wann immer es neue Erkenntnisse gibt.«

Vivien sah ihn an und sagte: »Bevor ich gehe, würde ich mir gern Kopien von den Fotos machen«, sie deutete auf die Glaswand in Bens Büro. »Das Foto von Leon hat mir Malte zwar bereits gegeben, und ich hab's auch schon an die Kollegen weitergereicht. Aber nach Möglichkeit hätte ich gern Fotos aller Personen, die mit diesem Fall bisher in Verbindung stehen.«

»Na klar«, nickte Ben und sah zu Katharina. »Übernimmst du das?«

»Sicher«, sagte Katharina und erhob sich von ihrem Stuhl. »Komm einfach mit nach nebenan, dann kann ich dir zu jedem Foto noch ein paar Stichworte beziehungsweise die Namen geben.«

»Perfekt«, sagte Vivien und erhob sich ebenfalls, während sie ein kleines Notizbuch aus ihrer Gesäßtasche zog.

18.33 Uhr

Katharina war auf dem Weg zu Bene. Sie hatten vorhin telefoniert und sich spontan für den Abend verabredet. Zwar hatte er eigentlich Dienst an der Hotelbar, doch er wollte versuchen, zumindest nicht so spät zu kommen und die Bar nach dem ersten abendlichen Ansturm einer Kollegin zu überlassen. Er hatte genug Überstunden gesammelt, und als Barchef konnte er sich das im Notfall durchaus mal erlauben. Katharina hatte am Telefon über das Wort »Notfall« gelacht, doch Bene hatte ihr geantwortet, für ihn handele es sich genau darum. Schließlich habe er sie seit ihrem Trip an die Nordsee nur einmal kurz gesehen und würde sie bereits furchtbar vermissen. Außerdem hätten sie ja auch noch etwas zu besprechen, was ihre gemeinsame Zukunft betraf. So hatte Katharina nach dem Dienst gar nicht erst den Weg zu ihrer Wohnung eingeschlagen, sondern ging jetzt direkt in die Grapengießerstraße, wo Bene wohnte. Vor 20.30 Uhr würde er sicher nicht zuhause sein, aber sie hatte ja einen Schlüssel und würde dort auf ihn warten. Sie bummelte langsam durch die Stadt, doch sie nahm kaum eines der vielen liebevoll arrangierten Schaufenster wahr, an denen sie vorbeikam. Stattdessen dachte sie an die Besprechung vom Mittag, die sie fortgesetzt hatten, nachdem Vivien sich die Fotos kopiert hatte. Sie selbst hatte Vivien gebeten, noch einen Moment zu bleiben, da sie dem Team von ihrem Besuch bei Anja Buse berichten wollte. Trotz der Informationen über die zweifelhaften Filme von Bianca Guntram und die Kinderpornos hatte die Person Thomas Berg ihr keine Ruhe gelassen, sie hatte jedoch Tobis und ihre eigenen Ermittlungsergebnisse nicht vermischen wollen. Zu Beginn einer jeden Ermittlung gab es häufig mehrere Fäden, zu denen recherchiert werden musste, und generell war es in diesem Stadium besser, sie getrennt voneinander zu betrachten und zu bearbeiten. Der regelmäßige Austausch im Team führte manchmal zu überraschenden Verbindungen, und am Ende hatten sie dann – wenn alles gut lief – einen dicken Strang und eine einzige heiße Spur. Soweit zumindest die Theorie, dachte Katharina jetzt bei sich. Als sie ihren Kollegen von Anja Buses Nachbarn berichtet hatte, waren sie zwar alle interessiert gewesen, aber sie hatte das Gefühl gehabt, dass zumindest Tobi und Vivien sich bereits auf Leons leibliche Mutter und ihren halbseidenen Freund eingeschossen hatten. Ben hatte so reagiert, wie Katharina es vorhergesehen hatte, und einfach nur für einen Moment die Stirn gekräuselt mit den Worten: »Interessant. Bleib da auf jeden Fall dran. Vielleicht hast du ja wirklich recht, und der liebe Nachbar hat sich zu sehr um Leon gekümmert.«

Danach hatte Katharina noch kurz von dem weiteren Verlauf ihres Gesprächs mit Leons Pflegemutter berichtet. Sie erzählte ihren Kollegen, dass sie, nachdem Thomas Berg gegangen war, die Frau auf das geschminkte Gesicht von Leon angesprochen hatte. Anja Buse hatte irritiert reagiert und erklärt, das sei ihr nicht aufgefallen, als sie in der Pathologie gewesen war, um den Jungen zu identifizieren. Katharina hatte sich darüber zwar gewundert, es aber auf den emotionalen Zustand geschoben. Außerdem hatte sie sich daran erinnert, dass Leons Pflegemutter nur einen kurzen Blick auf Leon geworfen und sich dann abgewandt hatte. Die Kommissarin hatte förmlich gesehen, was für Gedanken Anja Buse nach ihrer Frage wegen der Schminke durch den Kopf gegangen waren. Dann hatte diese den Kopf geschüttelt und erklärt, dass sie Leon nie geschminkt gesehen hatte, außer vielleicht einmal zum Karneval. Und er war auch niemals geschminkt von irgendwoher nach Hause gekommen. Katharina hatte noch ein paar weitere Fragen gestellt, um mehr über das Verhalten und das Umfeld von Leon zu erfahren, viel war dabei jedoch nicht herausgekommen. Schließlich hatte sie Anja Buse gebeten, die Information, dass der Junge geschminkt gewesen war, für sich zu behalten – im Team hatten sie vereinbart, dass dies nicht an die Presse gelangen sollte, um kein Täterwissen preiszugeben –, und hatte sich verabschiedet. Plötzlich kam Katharina ein Gedanke. Sie zog ihr Handy hervor und rief Viviens Mobilnummer an: »Hey, Vivien, ich bin es, Katharina. Bist du noch im Kommissariat? Okay, gut. Pass auf, ich hab noch einen Hinweis zu den Fotos. Es ist darauf nur schwer erkennbar, da es sehr dezent gemacht ist, aber vielleicht ist dir aufgefallen, dass Leon geschminkt war. Wir zwei haben darüber gar nicht gesprochen. Du solltest das aber deinen Kollegen sagen. Wenn sie das Netz nach Fotos und Filmen mit Kindern durchforsten, sollen sie bitte auch da auf mögliche Parallelen achten, okay?«

Vivien versprach, die Information an die anderen Kollegen weiterzuleiten, damit auch in dieser Hinsicht nichts übersehen werden konnte.

»Danke, Vivien – dann sprechen wir uns morgen!«, verabschiedete Katharina sich. Tatsächlich war ihr Kopf jetzt etwas freier, und sie begann, sich auf den Abend bei Bene zu freuen. Eigentlich war sie nur noch ein paar 100 Meter vom Hotel Heideglanz entfernt, stellte sie fest. Kurz entschlossen schlug sie den Weg zu Benes Arbeitsplatz ein. Möglicherweise kam er ja doch etwas früher weg, und sie konnten zusammen noch einen kleinen Abendspaziergang zu seiner Wohnung machen.

Als sie wenige Minuten später die Bar betrat, war dort bereits der Teufel los. Direkt am Tresen tummelten sich an die 20 Leute, die in muntere und lautstarke Gespräche vertieft waren. Auch die kleinen Tische drum herum waren fast alle besetzt. Etwas enttäuscht versuchte Katharina, ihren Freund hinter der Bar zu erblicken, als sie einen Arm an ihrer Taille spürte.

»Hallo, meine Schöne, was für eine nette Überraschung«, hauchte Bene ihr von hinten ins Ohr, bevor sie dazu kam, sich umzudrehen. Als sie sich ihm nun zuwandte, lächelte sie. »Ich dachte, ich könnte dich auch direkt abholen, aber so, wie es aussieht, klappt das wohl eher nicht, oder?«

»Nicht ganz, aber es ist auch nicht so schlimm, wie es aussieht«, antwortete Bene und gab ihr einen Kuss. »Der ganze Tross da vorn an der Bar verschwindet«, er warf einen kurzen Blick auf die Uhr, »in spätestens 20 Minuten, dann gehen sie nämlich zum Essen rüber ins Restaurant. Und die restlichen Gäste sind auch schon eine Weile da, das wird nicht mehr ewig dauern.« Er zog sie sanft etwas näher an sich heran: »Vorschlag: Du kommst zu mir an den Tresen, ein freies Plätzchen finde ich da noch für dich. Ich mix dir einen Martini, dann kassiere ich ab, mach meine Übergabe an die Kollegin, und in einer halben Stunde sind wir hier weg. Was hältst du davon?«

Katharina überlegte einen Moment. »Okay, das ist ein Deal. Der Martini hat mich überzeugt.«

Sie grinste und folgte ihm an den Tresen, wo sie auf dem letzten freien Barhocker Platz nahm. Gerade, als Bene ihr wenige Minuten später den Martini servierte und etwas sagen wollte, klingelte ihr Handy in der Hosentasche. Sie hob entschuldigend die Schultern und schenkte Bene ein Lächeln. Während er sich wieder den anderen Gästen zuwandte, zog Katharina das Handy hervor und las den Namen des Anrufers auf dem Display: Ole. Kurz entschlossen schaltete sie das Gerät auf stumm. Jemanden wegzudrücken war schon berufsbedingt nicht ihre Art, aber Ole würde ihr im Zweifel auf die Mailbox sprechen, falls es etwas Wichtiges gab. Die Kommissarin rügte sich selbst. Was sollte es Wichtiges geben, das war Unsinn. Aber ganz offensichtlich hatte sie Ole die falschen Signale gesendet, nur war ihr selbst nicht ganz klar, ob sie das wirklich unabsichtlich getan hatte. Sie würde ihn anrufen müssen, um ihm zu erklären, dass sie keinen weiteren Kontakt wollte, doch nicht jetzt. Heute wollte sie einen gemütlichen Abend mit Bene verbringen und sich nicht von Ole oder ihren Gedanken an ihn stören lassen. Außerdem wollte sie ein solches Telefonat in Ruhe führen, und die hatte sie hier gewiss nicht. Wie zur Bestätigung hörte sie in diesem Moment ein lautes Scheppern und direkt im Anschluss einen kurzen, spitzen Aufschrei. Erschrocken sah sie sich um und entdeckte sofort die Kollegin von Bene. Die junge Frau hockte am Boden inmitten eines Scherbenhaufens und hielt sich die Hand, die offensichtlich blutete. Sofort sprang Katharina auf, doch Bene war ihr bereits zuvorgekommen. Er half der Kollegin auf die Beine und führte sie nach vorn in die Eingangshalle zum Empfangstresen des Hotels. Katharina rutschte wieder zurück auf den Barhocker, erhob sich jedoch gleich wieder, als sie bemerkte, dass niemand Anstalten machte, die zerbrochenen Gläser am Boden zu entfernen. Sie schnappte sich das Tablett, das der jungen Kellnerin aus der Hand gefallen war, und sammelte die Scherben auf. An einer davon entdeckte sie Blut. Benes Kollegin musste sich recht heftig verletzt haben. Am Tisch, an dem der kleine Unfall passiert war, saßen drei Männer mittleren Alters, die ihr unverhohlen grinsend zusahen.

»Würden Sie mir bitte eine Serviette von Ihrem Tisch reichen?«, fragte Katharina freundlich.

»Ach, dir würde ich noch ganz was anderes reichen«, lachte einer der Männer auf, sah sie aber nur an, anstatt irgendwie tätig zu werden. Dann setzte er hinzu: »Vielleicht bist du ja nicht ganz so zimperlich wie das junge Huhn von eben.«

Angewidert betrachtete die Kommissarin den Gast, erhob sich und griff selbst nach dem kleinen Serviettenstapel auf dem Tisch.

»Danke, passt schon«, presste sie mit unterdrückter Wut hervor. Was für ein ätzender Typ, dachte sie, und in diesem Moment kam von ihm ein überhebliches: »Das waren übrigens unsere Gläser, wir hatten gerade Nachschub geordert. Übernimmst du das jetzt?«

»Sie werden sich einen Moment gedulden müssen«, antwortete Katharina knapp. »Wie Sie ja wohl gesehen haben, hat die junge Frau sich verletzt und muss erst einmal versorgt werden.«

Sie hockte schon wieder am Boden, um mit der Serviette die restlichen Glasstücke aufzusammeln, als sie den Mann mit einem Lachen in der Stimme leise aber deutlich genug für ihre Ohren zu seinem Tischnachbarn sagen hörte: »Selbst schuld, warum stellt sie sich auch bei einem kleinen Klaps auf den Hintern gleich so an.«

Katharina musste sehr an sich halten, nicht sofort zu reagieren, doch das hier war nicht ihr Revier. Außerdem wäre es sicher nicht im Sinne von Bene, geschweige denn des Hotels, wenn sie einem Gast die Leviten las. Stattdessen brachte sie das Tablett hinter den Tresen. Als im selben Moment eine Kellnerin aus dem nebenan liegenden Restaurant des Hotels an ihr vorbeikam, erklärte Katharina der jungen Frau, dass derzeit niemand die Bar bediente. Gerade als diese näher nachfragen wollte, trat auch Bene wieder an den Tresen.

»Das wird wohl nichts mit unserem gemeinsamen Abend. Caro hat eine ziemlich tiefe Schnittwunde, das muss sich ein Arzt ansehen. Ich komme hier also erst einmal nicht weg.«

»Schade«, sagte Katharina und lächelte ihn an. »Aber das lässt sich nun mal nicht ändern.«

»Wir holen das nach, versprochen!«, antwortete Bene. »Kann ja keiner was dafür.«

»Das würde ich so nicht sagen …« Katharina sah ihn an. »Hat deine Kollegin dir erzählt, wie das passiert ist?«

»Ich verstehe nicht ganz«, sagte Bene mit fragendem Blick.

In knappen Worten schilderte Katharina ihm, was sie mitbekommen hatte, und wie der Gast auch ihr gegenüber aufgetreten war.

»Na, der kann was erleben«, fauchte Bene wütend, aber gefasst genug, um seine Stimme in der gefüllten Bar zu dämpfen. Dann wandte er sich an die Mitarbeiterin aus dem Restaurant, die nach wie vor unschlüssig am Tresen stand. »Katja, kannst du die Bar bitte kurz mit im Blick behalten? Ich muss noch schnell was klären.«

Die Kollegin nickte, während die Kommissarin ihren Freund ansah. »Tu nichts Unüberlegtes. Ich hab ja nicht gesehen, ob es wirklich so war.«

»Keine Sorge«, antwortete Bene, »ich kläre das erst kurz mit Caro, aber wenn sie das bestätigt, dann wird es mir eine Ehre sein, diesem Arschloch Hausverbot zu erteilen.«

19.43 Uhr

Er hatte sich ein Brot geschmiert und damit auf die Couch gesetzt, um ein wenig abzuschalten, aber es gelang ihm nicht. Er machte den Fernseher an und zappte sich durch die Programme, doch keines konnte ihn fesseln. Kurz überlegte er, ob er den Fernseher laufen lassen sollte, um gleich die Regionalnachrichten zu schauen, doch dann drückte er entschlossen auf den Off-Schalter seiner Fernbedienung. Er hatte heute schon genug Nachrichten gehört und gelesen. Sie hatten Leon gefunden. Seinen Kleinen. Ein Stich durchfuhr sein Herz, und er musste schlucken. Bis zu diesem Moment hatte er seine Gefühle ganz gut unterdrücken können, doch jetzt nicht mehr. Obwohl er sich ursprünglich gewünscht hatte, dass sie Leon schnell finden würden, war es ein Schock gewesen, als er es heute zum ersten Mal gehört hatte. Allein die Vorstellung, dass fremde Hände seinen Kleinen berührt und ihn aus der heimeligen Umgebung geholt hatten, Leon sicherlich jetzt gerade auf einem kalten Stahltisch lag und später dann in einem dunklen Sarg, raubte ihm die Fassung. Eine Träne stahl sich aus seinem linken Auge, und er wischte sie mit dem Zeigefinger ab. Sein Blick fiel auf den Teller mit dem geschmierten Brot. Übelkeit übermannte ihn. Das Gesicht eines anderen Jungen erschien ihm vor Augen. Henry war elf gewesen, nur wenige Monate älter als Leon. Auch Henry war totgeliebt worden. Und jetzt hatte er Leon totgeliebt. Er hatte es nicht gewollt, schoss es ihm wie schon öfter in den letzten Tagen durch den Kopf, aber Leon war einfach so schön gewesen – so schön wie Henry. Sowieso hatte er an den beiden Jungen viele Gemeinsamkeiten entdeckt. Abgesehen von dem blonden Wuschelkopf und den leuchtenden, stets an allem interessierten blauen Augen waren sie beide extrem gefühlvoll gewesen und hatten sich um alles, was kreucht und fleucht, gekümmert. Ihr Mitgefühl für andere Lebewesen war unglaublich gewesen, genauso wie ihre Gabe, sich selbst zurückzunehmen und ihrem Gegenüber dadurch das Gefühl zu vermitteln, das Wichtigste auf Erden zu sein. Wenn er jetzt darüber nachdachte, musste er zugeben, dass diese Gabe bei Leon noch ausgeprägter gewesen war als bei Henry. Gewesen, was für ein Wort! Gewesen drückte die Vergangenheit aus, und er, nur er allein, war daran schuld, dass über Leon nun in der Vergangenheit gesprochen wurde und nie wieder in der Gegenwart, dem Hier und Jetzt. Leon war so wie Henry nur mehr eine Erinnerung.

Wie hatte er sich so vergessen können? Sonst hatte er seine Leidenschaft doch auch einigermaßen beherrschen können. Warum hatte ihm nicht mehr, wie noch vor ein paar Wochen, das bloße Beisammensein genügt? Wieso hatte er immer mehr gewollt und nicht gegen dieses Bedürfnis ankämpfen können? Er hätte doch ahnen müssen, worauf das hinauslaufen würde. Hatte es an der Nähe gelegen, die Leon in letzter Zeit verstärkt bei ihm gesucht hatte? Es waren nur kleine Gesten gewesen, doch sie hatten ihn durcheinandergebracht. Aber wie hätte er reagieren sollen, wenn Leon sich beim Fernsehen in seine Arme kuschelte oder ihn bei der Hand nahm, wenn sie spazieren gingen? Natürlich hatte er mit sich gehadert. Als die Berührungen anfingen, hatte er Leon aus einer ersten Regung heraus sagen wollen, dass er das unterlassen sollte. Doch er hatte das Vertrauen des Jungen nicht enttäuschen wollen und war still geblieben. Schon allein, da er das Gefühl gehabt hatte, Leon suche durch die Nähe zu ihm Schutz vor irgendetwas, denn zeitgleich mit dem Körperkontakt war Leon in sich gekehrter geworden. Er hatte vorsichtig versucht herauszufinden, was den Jungen bewegte, war aber erfolglos geblieben.

Noch immer war ihm übel, und als er jetzt daran dachte, wie sehr es ihm geschmeichelt hatte, zum Beschützer erwählt worden zu sein, hätte er sich fast übergeben. Er hatte versagt. So wie schon einmal. Nachdem er Leon das erste Mal geliebt hatte, hatte der ihn wissend angeschaut, war aber stumm geblieben, bis er ihn nach Hause gebracht hatte. In der Nacht hatte er nicht schlafen können. Er hatte sich immer wieder gefragt, ob Leon sie beide verraten würde. Der Junge hatte es nicht getan und sich sogar wieder mit ihm getroffen. Bei dieser Begegnung war er nicht so weit gegangen wie das Mal davor. Das hatte jedoch weniger an ihm gelegen als an dem Anruf von Leons Mutter auf dessen Handy, das sie ihm unlängst geschenkt hatte. Eine weitere Woche war verstrichen, bevor er sich spontan mit Leon verabredet hatte. Es war Zufall, dass der Junge allein zu Hause gewesen war, und dann war es passiert.

Er schaute auf die Uhr. Jetzt war es fast 20.00 Uhr. Zu spät, um noch einmal einen kleinen Spaziergang durch die Heide zu machen und seine Dämonen loszuwerden. Seit dem Moment, als er von Leons Auffinden gehört hatte, quälten sie ihn wieder. Die Heide hätte ihn wenigstens für die Nacht beruhigt und von seinen düsteren Gedanken befreit, aber es wäre um diese Zeit zu auffällig, zumal er keinen Hund hatte, den er als Ausrede hätte benutzen können, wenn er auf jemanden treffen würde. Er stand auf und ging von seiner inneren Unruhe getrieben an den Computer. Vielleicht würde es helfen, wenn er sich auf diese Weise ablenkte. Er klickte sich ins Internet, öffnete die Seite, auf der er schon länger nicht mehr unterwegs gewesen war, und loggte sich mit seinem Nickname ein. Sollte er sie hierüber anschreiben? Er entschied sich, es nicht zu tun, und besuchte stattdessen den Chat, um zu sehen, wer sich hier so tummelte. Vielleicht würde Ersatz Abhilfe schaffen, doch insgeheim bezweifelte er, dass er ein weiteres Mal so großes Glück wie bei Leon haben würde, der Henry so unfassbar ähnlich gewesen war.

20.31 Uhr

Nachdem Bene den Gast, der die junge Kellnerin belästigt und durch sein Gegrapsche zu Fall gebracht hatte, mit klaren Worten vor die Tür gesetzt hatte, waren Katharina und er übereingekommen, den gemeinsamen Abend zu verschieben, da Bene nun doch bis zum Schluss an der Bar bleiben musste. Die Kommissarin hatte sich von ihrem Freund verabschiedet und war direkt in ihre Wohnung gegangen. Erst zu Hause war ihr aufgefallen, dass sie noch nichts gegessen hatte, doch außer einer Dose Erdnüsse fand sie nichts, worauf sie einigermaßen Appetit hatte. Ihr Kühlschrank war aufgrund des Kurztrips ans Meer noch leerer als sonst – sie musste dringend einkaufen gehen. Sollte sie sich jetzt noch einmal auf den Weg machen? Nein, sie hatte schlicht keine Lust dazu. Die Erdnüsse mussten für den Abend reichen. Sie ging mit der geöffneten Dose in ihr Wohnzimmer, lümmelte sich auf das Sofa und suchte nach einem Fernsehprogramm, das irgendetwas Sinnvolles brachte, als ihr Handy auf dem Wohnzimmertisch blinkte. Es war noch immer stummgeschaltet, und Katharina griff eilig danach, in Sorge, dass die Dienststelle möglicherweise versucht hatte, sie zu erreichen. Doch auf dem Display las sie erneut Oles Namen. Die Kommissarin zögerte mit der Annahme des Anrufs, und als sie sich endlich dazu durchgerungen hatte, war es zu spät. Sie schaltete den Ton ein, legte das Handy neben sich auf das Sofa und wendete sich wieder dem Fernseher zu. Katharina merkte jedoch schnell, dass sie sich nicht darauf konzentrieren konnte, obwohl sie inzwischen doch noch eine recht interessante Reportage auf einem der zahlreichen Sender entdeckt hatte. Oles mehrfache Versuche, sie zu erreichen, machten ihr ein schlechtes Gewissen, und das gleich in doppelter Hinsicht. Den Mann ständig zu verprellen, indem sie die Anrufe nicht annahm, war nicht fair – er hatte ihr nichts getan. Und sie wollte auch Bene gegenüber nicht flunkern müssen, wenn er einen dieser Anrufe beim nächsten Mal vielleicht mitbekommen würde. Wozu auch? Es war nichts passiert, wofür sie sich zu rechtfertigen hatte. Sie hatte Bene nicht betrogen. Nur ihre Gedanken und Gefühle waren ein klitzekleines bisschen Achterbahn gefahren. Mehr nicht. Auf jeden Fall würde sie das für sich wieder in geordnete Bahnen lenken müssen, und zwar am besten so schnell wie möglich. Erneut blinkte das Display ihres Handys, und der wieder eingestellte Ton kündigte eine SMS an. In der Annahme, dass Ole nun eine SMS geschickt hatte, zog sie das Telefon zu sich heran. Ein Lächeln huschte über ihr Gesicht, als sie eine Nachricht von Bene las: »Hätte den Abend gern mit dir verbracht. Morgen lassen wir uns von nichts und niemandem daran hindern! Freu mich auf dich, Bene«

Katharina kuschelte sich tiefer in die Sofakissen hinein. Sie hatte mit Bene das große Los gezogen. Er war aufmerksam und charmant. Außerdem konnte er mit ihrem Beruf und allen damit verbundenen Schwierigkeiten umgehen, was nicht selbstverständlich war. Warum also zögerte sie immer noch vor dem nächsten Schritt? Auch wenn sie beide zu Beginn ihrer Beziehung nichts Festes geplant hatten, hatte es sich über die Jahre ganz von allein dahin entwickelt – war das nicht das Schönste, was einem passieren konnte? Katharina verstand sich selbst nicht. War sie überhaupt noch fähig, eine ganz normale Beziehung zu führen? Oder schreckte sie nur die Vorstellung, ihre Eigenständigkeit ein Stück weit aufgeben zu müssen? Aber würde das passieren, nur weil sie mit Bene zusammenzog? Er war nicht der Typ Mann, der versuchen würde, sie einzuengen, das hatte er oft genug bewiesen. Im Grunde war es für diesen nächsten Abschnitt ihrer Beziehung längst an der Zeit, zumal er vieles vereinfachen würde. Kein Hin und Her mehr mit irgendwelchen Klamotten oder anderen Dingen. An Abenden wie diesem würden sie sich zumindest noch kurz sehen, wenn Bene nach Hause kam. Aber mit dieser Einfachheit könnte sich auch ein gewisser Trott einnisten – der Makel der Gewohnheit, der die Spannung und die Spontaneität aus der Beziehung nahm. Und beides brauchte sie in ihrem Leben, um das Gefühl zu haben, lebendig zu sein. Vermutlich war es auch genau das, was Ole in ihr angesprochen hatte. Anders konnte Katharina es sich nicht erklären, denn tiefere Gefühle hatten bei den Begegnungen mit dem smarten Surfer keine Rolle gespielt. Sie hatte sich nie für Männer interessiert, die augenscheinlich jünger waren als sie selbst. Hier in der Stadt wäre er ihr vermutlich nicht einmal aufgefallen. Aber dort am Meer, weit weg von allem, hatte der lässige Typ sie auf eine gewisse Art und Weise fasziniert und ihr einfach gut getan. Oder hatte er ihr vielleicht nur die unterbewusst gewünschte Zerstreuung verschafft, damit sie nicht gezwungen war, wirklich einmal konsequent über ihr Leben nachzudenken, obwohl genau das der Sinn dieser freien Tage hatte sein sollen? Anstatt für sich allein zu bleiben und nachzudenken, hatte sie sich mehrfach mit Ole getroffen und sich so von ihrem Vorhaben ablenken lassen. Und ja, Katharina musste sich eingestehen, dass es ihr geschmeichelt hatte, dass dieser junge, fröhliche und durchaus attraktive Mann Interesse an ihr gezeigt hatte. Es waren ungezwungene Treffen gewesen, egal ob am Strand, in der kleinen Bar oder am letzten Abend in der Surfschule. Dort hatte eine kleine Party stattgefunden, und Ole hatte Katharina nicht lange überreden müssen, daran teilzunehmen. Sie war von einer gut gelaunten kleinen Gesellschaft empfangen worden, irgendjemand hatte ihr ein Bier in die Hand gedrückt, und schließlich hatte sie getanzt. Katharina schmunzelte bei der Erinnerung daran. Sie war nie eine große Tänzerin gewesen, sondern hatte es stets eher vorgezogen, die Menschen vom Rand zu beobachten. Doch auch da hatte Oles spontane Art sie einfach überrumpelt: Die Musik war lauter geworden. Plötzlich hatte er ihr die Bierflasche abgenommen und sie an der Hand in die Mitte des Raumes gezogen. Zu einem uralten Song, dessen Titel sie nicht kannte, hatten sie eine Art Rock 'n Roll getanzt. Ihre anfängliche Scheu hatte sich schnell gelegt, dafür hatte es einfach viel zu viel Spaß gemacht. Auch Ole war beileibe kein begnadeter Tänzer, aber sein Bewegungsdrang hatte Katharina angesteckt, und schon nach wenigen Sekunden hatte es für sie keine Rolle mehr gespielt, ob die anderen Partygäste sie möglicherweise beobachteten oder sie sich am Ende blamierte. Katharina seufzte. Sie war schon lange nicht mehr so ungezwungen gewesen wie in diesen wenigen Tagen an der Nordsee. Alles, was sie in den Wochen und Monaten zuvor belastet hatte, war dort weit in die Ferne gerückt. Sie hatte kaum einen

Gedanken an München und das Drama um Maximilian verschwendet, hatte sich nicht mit Grübeleien an einen laufenden Fall herumgeplagt oder eben, wie geplant, mit ihrer privaten Zukunft beschäftigt. Es war einfach ein kurzzeitiges Gefühl unendlicher Leichtigkeit gewesen, das Ole mit seiner ungezwungenen Art in ihr geweckt hatte. Und sie hatte sich davon nur zu gern anstecken lassen, da sie schnell festgestellt hatte, wie gut sie ihr tat – zumindest für den Moment. Ole und sie hatten fast eine Stunde lang getanzt, und erst als eine sanfte Ballade aus den Lautsprechern gedrungen war und der junge Mann sie wie selbstverständlich an sich gezogen hatte, hatte Katharina sich ihm entwunden und erklärt, dass sie dringend eine Erfrischung bräuchte. Sie hatte sich ein Bier geholt und war vor die Surfschule an den Strand gegangen. Ole war ihr gefolgt und hatte sich neben sie in den von der Sonne noch immer warmen Sand gesetzt.

»Alles gut mit dir?«, hatte er gefragt.

»Alles bestens«, hatte Katharina ehrlich geantwortet. »Aber ich werde morgen wieder nach Hause fahren, darum ist jetzt für mich gleich mal Schluss.«

»Schade, macht Spaß mit dir«, hatte Ole erwidert und ihr einen verschmitzten Blick zugeworfen. Katharina hatte genau gewusst, dass dies der Moment gewesen wäre, in dem sie es auch auf mehr als einen unbeschwerten lockeren Flirt hätte ankommen lassen können, doch das hatte sie nicht gewollt. Es war einfach irgendwie schön gewesen, zu wissen, dass es sein könnte, mehr nicht. Kurz darauf hatte sie Ole ihre leere Bierflasche in die Hand gedrückt und gesagt: »Mir hat es auch viel Spaß gemacht. Aber man soll ja bekanntlich gehen, wenn es am schönsten ist.« Dann hatte sie sich am Strand entlang auf den Rückweg zu ihrem Hotel gemacht.

Jetzt, auf ihrem Sofa, fragte sie sich, was genau es gewesen war, das sie angetrieben hatte. War es wirklich nur die Ablenkung gewesen oder vielleicht auch die Angst, alt zu werden? Hatte sie deshalb das Interesse des deutlich jüngeren Mannes genossen und irgendwie ja auch geschürt? Belustigt schüttelte sie den Kopf über sich selbst. Nie zuvor hatte sie sich Gedanken über ihr Alter gemacht. Warum auch? Sie war im vergangenen Februar gerade erst 40 geworden. Aber vermutlich war es genau das. Eine andere Erklärung hatte sie nicht. Weder konnte sie sich beschweren, dass Bene ihr nicht genug Aufmerksamkeit schenkte, noch, dass sich zu viel Routine in ihre Beziehung eingeschlichen hatte. Bei jedem Aufeinandertreffen gab Bene ihr das Gefühl, begehrenswert und schön zu sein, und sie wusste, dass er ehrlich zu ihr war. Zwar hatte sie die Tage am Meer nicht so genutzt wie geplant, aber vielleicht am Ende indirekt doch, kam es ihr jetzt in den Sinn. Okay, sie hatte nicht darüber nachgedacht, ob sie Benes Wunsch, mit ihm zusammenzuziehen, teilte, doch eigentlich hatte sie sich gerade eben diese Frage selbst beantwortet: Wenn sie ihn nicht lieben würde, dann hätte sie nichts daran gehindert, mit Ole ein kurzes Sommerabenteuer zu erleben. Sie sah auf die Uhr. Es war noch nicht zu spät. Sie würde dieses kleine Kapitel jetzt endgültig abschließen, und morgen würde sie Bene mitteilen, dass sie eine Entscheidung gefällt hatte. Entschlossen suchte sie aus ihren Kontaktdaten die Nummer von Ole heraus und wählte seine Nummer.

»Hänselein, willst du tanzen?
Ich geb dir auch ein Ei.«
»O nein, ich kann nicht tanzen
Und gäbst du mir auch drei
In unserm Hause geht das nicht
Die kleinen Kinder tanzen nicht
Und tanzen kann ich nicht.«
»Hänselein, willst du tanzen?
Zwei Vöglein geb ich dir.«
»O nein, ich kann nicht tanzen,
Und gäbst du mir auch vier.
In unserm Hause geht das nicht
Die kleinen Kinder tanzen nicht
Und tanzen kann ich nicht.«
»Hänselein, willst du tanzen?
Ich geig ein Stückchen dir.«
»O ja, ich kann schon tanzen
So geig ein Stückchen mir.
In unserm Hause gilt der Brauch:
Sobald man geiget tanzt man auch
Und tanzen kann ich auch.«

(Volksweise für Kinder aus dem Rheingebiet)

4. KAPITEL:

FREITAG, 11.08.2017

04.51 Uhr

»Was machst du da?«, hörte er die flüsternde Stimme von Helmchen in seinem Rücken und schreckte aus seiner gebeugten Haltung hoch. »Sie ist so wunderschön«, sagte Tobi zu seiner Freundin Jana Helm, anstatt ihre Frage zu beantworten, während er sich vom Kinderbett weg und zu ihr umdrehte. Im Schein des kleinen Nachtlichts sah sie noch blasser aus als sonst in letzter Zeit. Tobias Schneider wusste, dass die Mutter seiner Tochter Mia momentan auf dem Zahnfleisch ging. Die Kleine bekam gerade ihre Backenzähne, und sie wachte in der Nacht mehrmals auf. Auch am Tage war Mia mehr als unruhig und ließ sich fast nur beruhigen, wenn sie auf dem Arm ihrer Mutter war. Auf diese Weise fehlte Jana, wie fast jeder jungen Mutter, der so wichtige Schlaf, und auch tagsüber hatte sie kaum Verschnaufpausen – die Zeit, in der Mia am Vormittag in der Krippe war, nutzte Jana zum Einkaufen, Saubermachen und für andere Haushaltsdinge. Tobi hatte ihr zwar bereits mindestens tausendmal gesagt, dass sie das nicht tun musste und sie sich doch mal entspannen sollte, doch sie antwortete dann, dass sie als gelernte Hotelfachfrau nicht aus ihrer Haut könnte. Vor ein paar Tagen hatte Jana sich zudem eine Sommergrippe eingefangen, aber runterfahren konnte sie dennoch nicht.

»Ja, das ist sie – besonders, wenn sie schläft«, antwortete Jana jetzt müde und setzte hinzu: »Komm wieder ins Bett, ja?«

»Gleich, ich muss mich erst noch sattsehen«, sagte Tobi und wandte sich wieder dem Kinderbett zu, in dem seine zwei Jahre alte Tochter tief und regelmäßig atmete.

»Sag mal, was mir gerade einfällt: Isst du eigentlich ordentlich in letzter Zeit? Du bist in den vergangenen Tagen so schmal geworden«, fragte Jana unerwartet. Sie war eng an ihren Freund herangetreten und schmiegte sich liebevoll an seinen Rücken.

»Schmal ist wohl übertrieben, so schnell nehme auch ich nicht ab, aber du hast recht, ich habe es in den letzten Tagen schlichtweg vergessen oder hatte keinen Appetit«, flüsterte Tobi und betrachtete weiterhin seine Tochter. Sein Magen krampfte sich zusammen. Jedoch nicht vor Hunger. Wenn seiner kleinen Mia irgendetwas zustoßen würde – nicht auszudenken. Tobi hätte niemals gedacht, einmal jemanden dermaßen auf diese Weise lieben zu können. Sicher, er liebte auch Jana, aber diese Liebe war irgendwie anders. Er hatte Jana Helm, sein Helmchen, vor etwas mehr als sechs Jahren kennengelernt und sich sofort in sie verguckt. Natürlich hatte er sich das nicht gleich anmerken lassen, war weiter mit seinen Jungs durch die Gegend gezogen und hatte auch andere Frauen umgarnt, doch entgegen seinem Ruf hatte er nichts mehr mit ihnen angefangen. Er war seiner Jana stets treu gewesen und hatte nach dem Motto gelebt: »Appetit kann man sich woanders holen, aber gegessen wird zu Hause.« Seit Jana ihm Mia geschenkt hatte – denn so sah er das inzwischen – hatte seine Denkweise sich komplett verändert. Mia hatte ihn und Jana auf eine Weise komplettiert, die er nicht in Worte fassen konnte. Sie waren jetzt eine richtige Familie – Vater, Mutter, Kind, und diese Vorstellung machte ihn auf besondere Art glücklich. Dabei hatte er sich das zuvor nie gewünscht. Er war mit sich und seinem Leben zufrieden gewesen und hatte keinen Moment das Gefühl gehabt, ihm würde etwas fehlen. So war er auch zunächst erschrocken gewesen, als Jana ihm vor nun fast schon drei Jahren von ihrer ungeplanten Schwangerschaft erzählt hatte. Für seine Freundin war damals sofort klar gewesen, dass sie das Baby bekommen würde. Eine Alternative hatte für sie nie zur Debatte gestanden, und für Tobi auch nicht wirklich. Damals hatte er gedacht, es würde schon irgendwie gehen und sich in sein Schicksal gefügt. Allein die Vorstellung, er hätte das nicht getan, ließ ihn jetzt erschauern. Denn heute wusste er, was er dann verpasst hätte und wollte es niemals wieder missen. Seine kleine Mia war so rein und unschuldig, und wenn sie ihre pummeligen Ärmchen um seinen Hals drückte, meinte Tobi, niemals zuvor eine schönere Liebkosung bekommen zu haben. Vor Mia hatte Tobi mit Kindern nicht viel anzufangen gewusst. Wenn überhaupt, dann erst, wenn sie schon etwas älter waren und einigermaßen Fußball spielen konnten. Bolzen machte einfach mit jedem Spaß. Darum war Tobi anfangs auch etwas enttäuscht gewesen, dass Mia kein Junge geworden war, doch das hatte sich schlagartig geändert, als sie ihn zum ersten Mal angelächelt hatte. Es war mitten in der Nacht gewesen. Er war von dem Weinen der Kleinen ausnahmsweise noch vor Jana wach geworden und an die Wiege getreten. Tobi hatte Mia herausgehoben, und in diesem Moment hatte nicht nur ihr Weinen aufgehört, sondern sie hatte ihn außerdem angelächelt. Noch jetzt, bei der Erinnerung daran, floss ihm das Herz über. Nicht auszudenken, wenn jemand diesem unschuldigen Kind etwas antun würde. Als Polizist trat Tobi für das Gesetz ein, und Selbstjustiz war für ihn ein No-Go. Als Vater sah er die Sache anders. Das hatte er spätestens gemerkt, als er den toten Leon in der Hütte in der Futterkrippe hatte liegen sehen. Wer konnte einem wehrlosen Kind ein Haar krümmen? So jemand war kein Mensch, das war ein Monster, das es mit allen Mitteln zu bekämpfen galt. Ja, mit allen Mitteln!, dachte Tobi ein weiteres Mal bei sich, und es war sowohl ein Versprechen an den ermordeten Leon als auch an seine Tochter und alle anderen Kinder dieser Welt. Natürlich würde er es als Polizist regeln und sich Leons Mörder gegenüber angemessen verhalten, obwohl ihm das sicher schwerfallen würde. Und er würde alles tun, was in seiner Macht stand, damit der Täter seine gerechte Strafe bekam. Dazu würde er alle erdenklichen Beweise zusammenzutragen, die helfen konnten später im Gerichtsprozess die Tat eindeutig zu belegen. Auf die Entscheidung der Richter hatte er ansonsten keinerlei Einfluss.

»Was hast du gesagt?«, fragte Jana in seinen Rücken hinein, und erst in diesem Moment wurde ihm bewusst, dass er seine Worte eben nicht nur gedacht, sondern auch vor sich hingemurmelt hatte. Tobi riss den Blick von seiner so entspannt schlafenden Tochter los und drehte sich in einer abrupten Bewegung zu Jana um, sodass sie überrascht zurückschreckte. Er nahm sie an den Oberarmen, hielt sie auf Armlänge von sich weg und sah ihr tief in die Augen.

»Was ist mit dir?«, fragte Jana Helm mehr verwundert als erschrocken. Die Gefühle von Tobi fuhren Achterbahn, und dann purzelten die Worte aus ihm heraus, ohne dass er weiter darüber nachdenken konnte: »Willst du mich heiraten?«

07.58 Uhr

Ben hielt Katharina die Tür zur Gerichtsmedizin auf. Sie hatten sich vor dem Gebäude getroffen und waren dann gemeinsam hineingegangen. Dass sie beide hier waren, kam nicht von ungefähr, sie hatten sich gestern Abend, bevor sie alle vom Kommissariat aufgebrochen waren, für ein Treffen um 8.00 Uhr verabredet. Tobi und Vivien würden auch gleich dazukommen. Katharina selbst war es gewesen, die einen gemeinsamen Besuch in der Gerichtsmedizin vorgeschlagen hatte, nachdem Frauke angerufen hatte, dass sie ihre Untersuchungen erst einmal abgeschlossen hätte. Katharina hatte gemeint, es sei für Vivien vielleicht nicht ganz unwichtig, Leon nicht nur auf den Fotos zu sehen und auch die neuesten Ergebnisse der Gerichtsmedizin aus dem Mund von Frauke Bostel selbst zu hören. Die erfahrene Kommissarin fand, das würde Vivien noch stärker in ihren Fall einbinden. Tobias hatte bei diesem Vorschlag die Stirn gerunzelt, doch Ben hatte zugestimmt, und so hatte sie Vivien Rimkus angerufen und über den Termin informiert.

»Und sonst so?«, erkundigte Ben sich jetzt, während Katharina an ihm vorbeiging, damit er die Tür wieder zufallen lassen konnte.

Katharina wunderte sich über die Frage. Sie war zweifelsfrei privat gemeint, doch normalerweise trennten sie ihre private und berufliche Beziehung voneinander. Denn trotzdem Ben der Zwillingsbruder von Bene war, war er zugleich auch Katharinas Vorgesetzter, und unausgesprochen wollten das beide nicht vermischen – wenn sie miteinander arbeiteten, sprachen sie nicht über Privates, und wenn sie in ihrer Freizeit zusammentrafen, nicht über Berufliches. Letzteres klappte allerdings nicht immer.

»Alles okay, und selbst?«, antwortete Katharina zurückhaltend, und ihr war bewusst, dass es eine Floskel war.

»Auch«, gab Ben zurück. »Ich wollte am Sonntag zu den Eltern zum Essen, vielleicht haben du und Bene ja Lust, ebenfalls zu kommen. Unsere Mutter würde sich sicher freuen, mal wieder für ein paar mehr Leute am Tisch zu kochen, und unser Vater ist ja sowieso dein größter Fan.«

Katharina war erleichtert, dass es nur um ein Familienessen ging und Ben sie nicht auf die Pläne seines Zwillings ansprach, mit ihr zusammenzuziehen. Andererseits war sie gar nicht sicher, ob er von den Plänen überhaupt wusste. Sie selbst hatte Ben definitiv nichts davon gesagt, und im Grunde war es auch nicht Benes Art, über ungelegte Eier zu sprechen.

»Sag doch gleich, dass du Verstärkung beim Sonntagsbraten brauchst«, erwiderte sie entspannt. »Ehrlich gesagt weiß ich noch nicht genau, was Sonntag ist. Hast du denn schon Julie gefragt? Deine Eltern würden sich doch bestimmt vor allem freuen, wenn Leonie mitkommt, meinst du nicht?«

»Ich hab Julie tatsächlich gestern Abend angerufen und gefragt, aber sie fährt mit Alex über das Wochenende weg, und Leonie ist währenddessen bei einer Freundin«, antwortete Ben.

»Na, dann sehe ich mal zu, was ich tun kann, aber ich denke, die Chancen stehen nicht schlecht«, grinste Katharina. »Ich frage Bene nachher, wie sein Schichtplan fürs Wochenende aussieht.«

Inzwischen hatten sie den Gang erreicht, der in den großen Saal führte, in dem Frauke Bostel die Leichen untersuchte.

»Wollen wir hier draußen auf Vivien und Tobi warten oder sollen wir schon zu Frauke reingehen?«, fragte Katharina. Sie schaute auf die Uhr: »Es ist Punkt 8.00 Uhr, die beiden sind bestimmt jeden Moment hier.«

»Lass uns schon reingehen«, entschied Ben, klopfte an die Tür zum Untersuchungssaal und öffnete sie erst, als ein dumpfes »Herein« hinter der schweren Tür erklang. Katharina betrat mit Ben den Saal und blickte Frauke Bostel entgegen, die gerade eine Stahlliege in den Raum schob. Über die Liege war ein weißes Tuch gebreitet, das einen Körper verdeckte – Leons Körper, wie Katharina aufgrund der Größe vermutete. Ihre eben noch gute Laune war auf einen Schlag hin verpufft.

»Guten Morgen«, sagte Katharina in Richtung Frauke, und Ben schloss sich an: »Guten Morgen, Frauke.«

»Guten Morgen, ihr beiden. Wolltet ihr nicht noch mehr sein?«

»Ja, die anderen beiden …«, setzte Katharina an, wurde jedoch vom Aufschwingen der Tür unterbrochen, durch die erst Vivien und hinter ihr Tobi eintrat, der ein knappes »Moin« in den Raum rief.

Vivien hingegen trat auf Frauke zu: »Hallo, Frauke, schön, dich mal wieder zu sehen.«

»Hi«, erwiderte Frauke, »gleichfalls. Hab dich beim Sport vermisst. Obwohl, wenn ich dich so anschaue – nötig hast du ihn ja nicht.«

Seit etwa eineinhalb Jahren trieben Frauke Bostel, Vivien Rimkus und auch Katharina hin und wieder gemeinsam Sport im »Day-Night-Sports«, dem Fitnessclub in der Kuhstraße. Frauke hatte zunächst Katharina dazu überredet, und einige Zeit später hatte Vivien sich den beiden angeschlossen.

»Na ja, figürlich vielleicht nicht, aber meiner Fitness würde es durchaus gut tun«, meinte die junge Kommissarin und setzte hinzu: »Ich war tatsächlich schon länger nicht im Studio. Momentan nutze ich das gute Wetter und laufe täglich meine Kilometer an der frischen Luft ab.«

»Okay, wolln wir dann mal?«, unterbrach Tobi die beiden ungeduldig, woraufhin Katharina ihn von der Seite musterte – sie konnte ihm ansehen, dass ihm hier im Autopsiesaal nicht wohl war, aber seine offensichtliche Ungeduld fand sie dennoch nicht ganz angebracht.

»Ups, da hat es aber jemand eilig«, kommentierte Frauke Bostel auch gleich den Kollegen, der ein entschuldigendes Lächeln aufsetzte und sagte: »Tut mir leid. Ich bin nur neugierig, was du Neues für uns hast, Frauke, das ist alles.«

»Verstehe«, nickte die Gerichtsmedizinerin, »aber ich fürchte, so viel ist es dann doch nicht. Es geht eigentlich nur um die Schminke. Sie ist bereits abgelaufen …«

»Abgelaufen? Schminke kann ablaufen?«, fragte Ben überrascht.

»Aber sicher, nahezu alle Produkte haben eine mehr oder weniger begrenzte Haltbarkeit«, meinte Frauke Bostel belustigt.

»Ja, aber Schminke? Ich dachte … na ja, ist ja auch egal«, sagte Ben in die Runde. »Vergiss meine Frage.«

»Nein, nein, sie ist ja berechtigt«, lenkte Frauke Bostel ein. »Im Grunde ist es wie bei Lebensmitteln, und so Pi mal Daumen kann man sagen, dass Kosmetikprodukte etwa 30 Monate haltbar sind. Ungeöffnet. Geöffnet verkürzt sich die Zeit, weil dann Sauerstoff und eventuell auch Keime durch das Auftragen in die Substanz gelangen. Leon trug ja nur Mascara und Rouge. Beide Produkte waren in ihrer Konsistenz bereits bröckelig, das heißt schon älter.«

»Also mindestens 30 Monate?«, fragte Katharina.

»Mindestens,« nickte Frauke Bostel. »Bei dem Rouge kann ich es nur vermuten, aber bei der Wimperntusche mit Gewissheit sagen, dass sie schon häufiger geöffnet wurde, bevor sie Leon aufgetragen worden ist. Sie war dermaßen bröckelig, da ist in den letzten Jahren ein paar Mal Luft herangekommen. Und übrigens muss die Tusche wenigstens sechs Jahre alt sein. Ich habe das von der KTU checken lassen – die Zusammensetzung gehörte zu einem bestimmten Markenprodukt, das heute nicht mehr hergestellt wird. Ich schicke euch den Produktnamen nachher per Mail.«

»Kann ich … kann ich ihn sehen?«, fragte Vivien leise. »Ich weiß zwar von dem geschminkten Gesicht und hab die Fotos gesehen, aber …« Sie brauchte den Satz nicht zu vollenden, Frauke Bostel verstand sie sofort. Die Gerichtsmedizinerin trat an die Stahlliege heran und hob das Tuch von Leons Kopf. Vivien kam näher und betrachtete das aufgedeckte Gesicht. Es trat eine Stille ein, die Katharina als bedrückend empfand. Sie schaute zu ihren beiden männlichen Kollegen, die das scheinbar ähnlich verspürten – Ben begutachtete konzentriert seine Schuhspitzen, und Tobi schaute nervös im Raum umher. Jeder von ihnen schien vermeiden zu wollen, das tote Kind noch einmal betrachten zu müssen. Die Kommissarin schluckte einmal, dann räusperte sie sich: »Kannst du denn auch sagen, ob Leon vor oder nach seinem Tod geschminkt wurde?«

»Nein. Aber ich kann eine Vermutung anstellen«, sagte die Gerichtsmedizinerin und machte eine Pause, woraufhin Katharina ihr aufmunternd zulächelte: »Gern.«

»Gut, dann mach ich es kurz. Ihr geht ja nachvollziehbarerweise davon aus, dass Leon sich nicht selbst geschminkt hat. Ich wiederum bin inzwischen außerdem sicher, dass er vor seinem Tod geschminkt worden ist. Warum? Weil die KTU auch auf seiner Hose, ungefähr in Oberschenkelhöhe, Rougepartikel gefunden hat.«

»Wieso wissen wir das nicht?«, fragte Ben stirnrunzelnd, und Katharina wusste sofort, dass ihm – genauso wie ihr – klar war, worauf Frauke Bostel mit dieser Information hinauswollte.

»Weil die KTU das erst heute Morgen per Mail geschickt hat – wahrscheinlich hast du nur noch nicht in deinen Rechner geguckt«, meinte die Gerichtsmedizinerin achselzuckend. Schuldbewusst zog Ben sein Smartphone aus der Hosentasche, um seine Maileingänge zu aktualisieren, als Tobi sagte: »Die Mail von der KTU ist erst um kurz vor 8.00 gekommen. Ich hab sie auch noch nicht gelesen, aber auf meinem Handy gesehen, bevor ich hier hereinkam.«

»Ist ja jetzt auch egal. Frauke hat sie gelesen, und ich schätze mal, dass du denkst, dass Leon nicht erst nach seinem Tod geschminkt worden ist, weil das dann höchstwahrscheinlich im Liegen geschehen wäre und kein Rouge auf seinem Oberschenkel gelandet wäre, richtig?«, fragte Katharina.

»Genau«, stimmte die Gerichtsmedizinerin zu.

»Wieso glaubt ihr eigentlich, dass Leon sich nicht selbst geschminkt hat? Das habe ich noch nicht richtig verstanden«, fragte Vivien jetzt in die Runde. Sie hatte sich zuvor eingehend das Gesicht des toten Jungen angeschaut. »Ich meine, okay, er war erst zehn, und da schminkt man sich vielleicht höchstens für den Fasching oder Halloween, und es sieht dann wohl kaum so aus wie hier. Andererseits besteht doch immer noch die Möglichkeit, dass er die Schminke von seiner Pflegemutter genommen hat und sich selbst die Wimpern getuscht sowie Rouge aufgelegt hat, und sei es unter Anleitung seines Mörders. Rein theoretisch zumindest.«

»Wir drehen uns im Kreis, das hatten wir doch schon«, murmelte Tobi in sich hinein, aber so, dass die anderen es hörten.

Ben hob beschwichtigend die Hände: »Tobi hat recht. Ihr alle habt recht. Es kann so oder so gewesen sein, bisher können wir nicht mehr als Vermutungen anstellen. Wir werden es wohl erst wissen, wenn wir den Fall aufgeklärt haben, und deswegen sind wir schließlich auch hier. Frauke, hast du noch etwas für uns? Gibt es schon ein Ergebnis vom DNA-Abgleich?«

»DNA-Abgleich?«, fragten Katharina und Tobi wie aus einem Munde erstaunt. Im gleichen Augenblick klingelte Viviens Handy dumpf in deren Hosentasche. Die junge Frau drehte sich um, entfernte sich ein paar Schritte, zog im Gehen ihr Handy heraus und nahm das Gespräch an. Die anderen blickten ihr hinterher, dann fuhr Katharina an Ben gewandt fort: »Haben wir irgendetwas nicht mitbekommen?«

Sie hatte versucht, ihrer Stimme keinen vorwurfsvollen Ton zu geben, merkte jedoch selbst, dass das nicht ganz gelungen war. Darum lächelte sie ihren Chef jetzt aufmunternd an. Sie waren zwar ein Team und arbeiteten eng zusammen, dennoch wusste nicht immer jeder vom anderen, welchen Schritt dieser gerade unternahm – es sei denn, es war ein gefährlicher. Und genau hier musste Katharina sich an die eigene Nase fassen, da sie gern einmal einen Alleingang machte, wenn sie es persönlich in diesem Augenblick für notwendig hielt. Ein paar Mal war sie dadurch bereits in brenzlige Situationen geraten, doch das war wohl kaum mit Bens Handeln zu vergleichen.

»Ich habe gestern spontan Steffen Giesing um eine DNA-Probe gebeten. Er hat ziemlich cool getan, dann aber zu meiner eigenen Überraschung zugestimmt. Normalerweise sperren sich Typen wie er ja gegen solche

Dinge. Da ich keine Teststäbchen mehr hatte, habe ich ihn direkt hier zu Frauke geschickt, und wie es scheint, war er auch brav hier«, erklärte Ben.

»Ja, war er«, bestätigte die Gerichtsmedizinerin. »Aber sag mal, warum hast du ihn zu mir geschickt und nicht zu den Kollegen in die KTU? Eigentlich machen die das doch, wenn ihr es nicht selbst macht? Ich wollte dich das gestern schon am Telefon fragen, aber da hast du so schnell aufgelegt.«

»Ja, ich weiß, tut mir leid. Ich habe ihn zu dir geschickt, weil ich irgendwie das Gefühl hatte, der ist hier bei dir besser aufgehoben als bei der KTU. Denn wenn er schon freiwillig seine DNA abgibt, ist da Fingerspitzengefühl gefragt, und wer, wenn nicht du, hat das?«, erwiderte Ben. Er hatte dabei eine schuldbewusste Miene aufgesetzt, wobei seine Augen blitzten. Katharina musste schmunzeln: In diesem Augenblick erinnerte Ben sie stark an seinen Bruder Bene, der es sehr gut verstand, andere Menschen – insbesondere Frauen – mit seinem Charme um den Finger zu wickeln. Bei ihrem Chef erlebte sie diese Art nicht so häufig, doch wenn er sie einsetzte, konnte er es ebenso gut wie sein Zwilling. Frauke Bostel lächelte verschmitzt, und Katharina fühlte sich bestätigt. Dann horchte sie auf, als die Gerichtsmedizinerin sagte: »Die DNA von Steffen Giesing hat nicht mit der übereingestimmt, die wir an Leon gefunden haben. Allerdings habe ich etwas anderes für euch …«

»Das waren meine Kollegen«, wandte sich Vivien Rimkus in diesem Moment erklärend an die Runde. Sie hatte gerade ihr Telefonat beendet und nicht bemerkt, dass sie die Gerichtsmedizinerin mit ihren Worten unterbrochen hatte. Mit leichter Aufregung in der Stimme fuhr sie fort: »Die haben Leon tatsächlich gerade im Netz auf dieser Kinderpornoseite entdeckt. Ganz, wie ihr schon vermutet habt. Dort ist er nicht geschminkt.«

»Das passt«, meinte Frauke Bostel.

»Wieso?«, fragte Vivien.

»Ben hat mir gestern am Telefon, als er mir den Besuch von diesem Giesing angekündigt hat …«

»Steffen Giesing war hier?«, fragte Vivien, und Katharina, der die Unterbrechungen langsam auf die Nerven gingen, sagte schnell: »Erzähl ich dir später.«

Frauke setzte daraufhin erneut zu ihrer Erklärung an: »Ja, also Ben hatte mir erzählt, dass es sein könnte, dass der Giesing mit Leon Kinderpornos gedreht hat. Als Giesing dann hier aufgetaucht ist, hat er gefragt, ob er Leon sehen dürfe. Zum Abschiednehmen. Ich bin davon ausgegangen, dass nichts dagegen spricht, und darum hab ich ihm den Jungen gezeigt. Ehrlich gesagt wirkte er nicht besonders betroffen, dafür hat er aber tatsächlich bemerkt, dass an Leons Wimpern noch ein paar Wimperntuschereste zu sehen waren – ich hatte die Mascara zwar für meine Untersuchung bereits zum Teil entfernt, aber nur grob. Da wurde Steffen Giesing plötzlich irgendwie unruhig und hat mich gefragt, ob ich Leon geschminkt hätte. Ich habe ihm erklärt, dass so was, wenn überhaupt, ein Bestatter tun würde, aber nicht wir hier in der Gerichtsmedizin. Daraufhin hat er dann nichts mehr gesagt. Ich dachte, das könnte wichtig für euch sein.«

»Wenn er tatsächlich Videos mit Leon gedreht hat, dann hat er ihn vielleicht wirklich auch zur Prostitution gezwungen«, meldete Tobi sich zu Wort. »Vielleicht ist da ein Kunde drunter gewesen, der es mochte, wenn Leon geschminkt war. Das hieße, Steffen Giesing könnte den Mörder kennen. Das könnte dann auch wieder für die Theorie sprechen, dass es einen Mörder gibt und Giesing und Leons Mutter den Jungen hinterher hergerichtet haben. Muss es aber nicht.«

»Wir sollten uns nicht zu früh freuen. Wir wissen ja noch nicht mal mit Sicherheit, ob wirklich Giesing für die Videos von Leon verantwortlich ist. Allerdings sollten wir ihm in der Tat noch einmal auf den Zahn fühlen«, sagte Ben bedächtig. »Danke Frauke, dann überlassen wir dich wieder deinen ›Patienten‹.«

Die Kommissare wandten sich allesamt zum Gehen, doch die Gerichtsmedizinerin hielt sie zurück: »Moment, eine Sache habe ich noch für euch. Ihr werdet es zwar nicht verwerten können, da ich mir nicht das Einverständnis von Herrn Giesing dafür eingeholt habe, aber wissen solltet ihr es: Er hat mich um ein Glas Wasser gebeten, als er hier war, und darauf hat er einen schönen Daumenabdruck hinterlassen. Na ja, und irgendwie habe ich wohl ein wenig Zeit gehabt, nachdem er weg war, und da hab ich den Abdruck genommen und mit denen auf Leons Körper verglichen …« Frauke Bostel legte eine Kunstpause ein, obwohl es dieser nicht bedurft hätte, denn das Team um Benjamin Rehder hing ihr bereits gespannt an den Lippen. »Der Abdruck stimmte zwar nicht mit den Würgemalen an Leons Hals überein, dafür aber mit anderen. Die sind älteren Datums und schon ziemlich verblasst. Ich schätze, dass sie so zweieinhalb Wochen alt sind, und wenn ich tippen sollte, würde ich sagen, sie hängen mit den früheren Misshandlungen zusammen.«

»Missbrauch oder Misshandlungen?«, fragte Tobi.

»Oh spitzfindig, sehr gut«, freute sich die Gerichtsmedizinerin. »Ehrlich gesagt kann ich das nicht sagen. Für einen älteren sexuellen Missbrauch habe ich keinerlei eindeutige Merkmale gefunden. Für körperliche Misshandlungen dagegen schon. Diese älteren Hämatome, von denen ich eben sprach, befinden sich am Rücken, schaut selbst.« Frauke Bostel drehte die Leiche des Jungen behutsam für einen kurzen Moment zur Seite. Dann fuhr sie fort: »Für mich sehen einige der Spuren so aus, als sei der Junge mit Gewalt niedergedrückt worden, am Hals – noch zusätzlich zu den frischen, die wohl von seinem Mörder stammen, und an den Handgelenken. Ebenfalls ein Hinweis darauf, dass er gegen seinen Willen zum Liegen gebracht worden ist. Wie gesagt, die am Rücken stammen von Giesing, die frischen am Hals nicht. Die stammen von seinem Mörder. Die alten an Hals und Handgelenken sind leider bereits so unscharf, dass sie wirklich schon fast nicht mehr vorhanden sind. Da werde ich nichts mehr nachweisen können. Tja, daraus könnt ihr jetzt eure Rückschlüsse oder wenigstens Vermutungen für die Ermittlungen ziehen.«

08.28 Uhr

Anja Buse schreckte hoch. Ihre Augen huschten zur Uhrzeit, die in rot leuchtenden Digitalzahlen über einen kleinen Beamer an die Zimmerdecke ihres Schlafzimmers projiziert wurde. Abrupt setzte sie sich auf. Mein

Gott, schon so spät! Sie hatte verschlafen – Leon musste doch schon längst in der Schule sein! Genauso plötzlich, wie sie aus ihrem traumlosen Schlaf von einem inneren Gefühl, das auf langer Gewohnheit beruhte, geweckt worden war, so traf sie jetzt die Erkenntnis, dass Leon nie wieder in die Schule gehen würde. Anja Buse sank zurück in ihre Kissen. Leon war so gern zur Schule gegangen. War es tatsächlich gerade erst ein paar Tage her, dass er in die 5. Klasse gekommen war? Er war so glücklich und stolz gewesen! Sie hob die Hände an ihre Schläfen und massierte sie mit kreisenden Bewegungen. Diese Kopfschmerzen quälten sie schon seit Tagen. Das Schlafmittel, das sie gestern Abend genommen hatte, um überhaupt zur Ruhe zu kommen, machte es auch nicht besser. Anja Buse schloss erneut die Augen, doch schon nach wenigen Sekunden öffnete sie sie wieder. Trotz der Schwere in ihrem Kopf konnte sie nicht mehr schlafen, dabei hätte sie sich so gern die Decke über den Kopf gezogen, um alles zu vergessen. Sie merkte, wie Tränen von ganz tief unten in ihr aufstiegen und sich in ihrer Kehle festsetzten, um dort einen dicken Kloß zu bilden. Sie schluckte, und der Knoten begann zu schmerzen, bevor er sich nur ganz langsam auflöste. Anja Buse wollte nicht weinen, und tatsächlich gelang es ihr, die meisten ihrer Tränen wieder hinunterzuschlucken. Nur ein paar brachen sich Bahn und traten aus ihren Augen. Mit der flachen Hand wischte sie sie von ihren Wangen. Sie durfte sich ihrer Trauer nicht hingeben. Es war kein Leon mehr da, der sie vor dem tiefen Fall bewahrte. Damals, als André gestorben war, hatte sie nur für Leon weitergemacht, sich zusammengerissen und funktioniert. Ihr Junge hatte ihr Halt gegeben, weil er sie gebraucht hatte. Jetzt war da keiner mehr, der sie brauchte. Sie war allein … So darfst du nicht denken, mahnte sie sich. Das hilft niemandem. Leon nicht und dir schon gar nicht. Wenn du diese Gedanken zulässt, wirst du früher oder später untergehen – eher früher als später.

Anja Buse schlug die Bettdecke zur Seite, stand auf, schlüpfte auf dem Weg ins angrenzende Badezimmer aus ihrem Nachthemd und stellte sich unter die Regendusche. Zuerst ließ sie sich mit angenehm warmem Wasser berieseln, doch als sie merkte, dass sie das eher einlullte, drehte sie die Armatur auf kalt. Sie empfand den so plötzlichen eisig kalten Wasserstrahl, der auf ihren schmerzenden Kopf traf und dann ihren Körper hinab ran, als wohltuend und erfrischend. Für den Moment gestärkt verließ sie die Dusche wieder und machte sich fertig. Dabei ratterten in ihrem Kopf die Gedanken. Unter anderem dachte sie über diese Kommissarin nach, Katharina von Hagemann. Sie mochte die Frau, die nicht viele Worte machte und genau zu wissen schien, was sie tat. Ob sie Leons Mörder auf die Spur kommen würde? Anja Buse knöpfte sich die Bluse zu und verließ das Ankleidezimmer, um sich vor den Schminkspiegel zu setzen. Sie reckte ihren Hals nach vorn, um sich genauer betrachten zu können. Die letzten Tage hatten durchaus ihre Spuren hinterlassen. Unter ihren Augen hatten sich Tränensäckchen gebildet, und darüber lagen dunkle Schatten. Wie viele Tränen hatte ein Mensch eigentlich?

Anja Buse atmete tief ein und aus und damit die erneut aufsteigenden Tränen weg, während sie sich noch näher zum Spiegel beugte und mit ihren Fingerspitzen sachte auf die empfindliche Haut unter den Augen klopfte. War sie schuld daran, was Leon passiert war? War sie zu leichtfertig mit ihrer Verantwortung für ihn umgegangen? Diese Fragen trieben sie um, seit Leon verschwunden war, und seit gestern, als die Kommissarin in den Besuch von Thomas hineingeplatzt war, fragte sie sich außerdem, ob sie besser hätte darauf achtgeben müssen, mit wem Leon sich getroffen und seine Zeit verbracht hatte. Wieder musste sie die aufsteigenden Tränen herunterschlucken. Sie beendete das Wegklopfen der Tränensäckchen, nahm etwas Make-up aus der Tube auf ihre Fingerspitzen und verteilte es auf ihrem Gesicht. Sie wollte rausgehen, sich ablenken, und dafür brauchte sie eine Maske – die fremden Menschen auf den Straßen sollten nicht gleich ihre Trauer sehen. Die ging nur sie etwas an. Und auch der Besucher, der sich für heute Nachmittag bei ihr angekündigt hatte und den sie nicht hatte ablehnen können, sollte sie nicht auf Anhieb durchschauen können. Für eine Absage hatte ihr die Kraft gefehlt.

Anja Buse war fast fertig mit dem Auflegen ihres Makeups, als das Telefon klingelte. Ein Blick auf das Display sagte ihr, dass es das Lüneburger Kommissariat war. Anja Buses Herz begann zu klopfen. Was wollte die Polizei ihr diesmal mitteilen? Hatten sie wieder eine Schreckensbotschaft für sie? Die letzte war gewesen, dass Leon missbraucht worden war, und das nicht nur an seinem Todestag, sondern auch schon zuvor. Während das Telefon noch klingelte, fragte sie sich ein weiteres Mal, warum sie es nicht bemerkt hatte. Hätte sie nicht blaue Flecken oder Ähnliches sehen müssen? Leon war noch nicht in dem Alter gewesen, in dem er sich nicht mehr nackt vor ihr zeigen mochte. So hatte sie ihn noch immer nach dem Baden mit dem Handtuch trocken rubbeln dürfen. Wobei, wenn sie es recht überlegte, hatte er es in letzter Zeit öfter allein machen wollen. Er war auch nicht mehr so gern in den Pool gegangen, und wenn, dann hatte er in den letzten Wochen sein T-Shirt anbehalten. Er hatte ihr gesagt, er wolle sich keinen Sonnenbrand holen, was sie sehr vernünftig gefunden hatte. Anja Buse verscheuchte die belastenden Gedanken aus ihrem Kopf, gab sich einen Ruck und griff zum Telefon, das immer noch klingelte, wobei ihre Hände zitterten. Ängstlich sprach sie in den Hörer: »Buse.«

»Hallo, Frau Buse, von Hagemann hier. Ich hoffe, ich störe Sie nicht so früh?«, klang die freundliche, aber sachliche Stimme der Kommissarin an ihr Ohr, und Anja Buse war ihr dankbar dafür. Sie tat sich schon selbst genug leid, Mitleidsgetue hätte sie in diesem Moment nicht vertragen. Ihr Blick glitt zur Uhr. Es war Punkt 9.00.

»Nein, passt«, erwiderte sie und wartete noch immer mit klopfendem Herzen auf den Grund für den Anruf.

»Ich habe auch nur eine schnelle Frage: Welche Mascara benutzen Sie?«, fragte Katharina von Hagemann.

Anja Buse schloss daraus, dass es um Leons geschminktes Gesicht ging. Sie nannte der Kommissarin die Marke der Mascara, die sie schon seit Jahren benutzte. Katharina von Hagemann nannte ihr daraufhin einen weiteren Markennamen.

»Ja, kenne ich, habe ich aber nie benutzt«, erklärte Anja Buse.

»Und Sie haben diese Marke auch nicht im Haus? Vielleicht hat eine Ihrer Freundinnen ihre Wimperntusche mal bei Ihnen vergessen?«, forschte die Kommissarin weiter.

»Nein, das wüsste ich«, versicherte Anja Buse, woraufhin Katharina von Hagemann sich verabschiedete und auflegte.

Leons Pflegemutter saß noch eine Weile mit dem Hörer in der Hand an ihrem Schminktisch. In ihrem Kopf rauschte es. Was hatte die Frage nach der Wimperntusche zu bedeuten? Führte die Marke zu Leons Mörder? Sie kramte in ihrem Kopf. Kannte sie die Mascara wirklich nur aus der Werbung? Die Kommissarin hatte erwähnt, dass es sie schon länger nicht mehr gab. Was sollte das alles? Was war das für eine Spur, die die Polizei da verfolgte? Anja Buse hob den Kopf und musterte sich im Spiegel. Dann griff sie zu den Abschminktüchern, zog sich gleich mehrere aus der Box heraus und wischte sich das Gesicht damit ab. Urplötzlich war Schminke für sie zu einem Teufelszeug geworden. Warum wollte sie überhaupt eine Maske tragen? Sollte doch jeder sehen, wie sie fühlte! Selbst der Mann, der nachher kam und sicherlich wieder alles an sich reißen wollte. Die Tränen waren jetzt nicht mehr aufzuhalten, und sie schwor sich, sich erst wieder zu schminken, wenn Leons Mörder gefasst war.

12.13 Uhr

Mit einer Mischung aus Verärgerung und Besorgnis blickte Katharina zu Tobi, der ihr gegenüber an seinem Schreibtisch saß und stur auf seinen Bildschirm starrte.

Ben war gemeinsam mit Vivien vor einer guten halben Stunde hinüber zu den Kollegen vom Dezernat für Sexualdelikte gegangen, um sich dort auf den aktuellen Stand bringen zu lassen. Seitdem hatte Tobi kein einziges Wort mehr gesagt. Das war nicht nur mehr als ungewöhnlich, es gefiel Katharina auch nicht. Inzwischen war sie sich nahezu sicher, dass mit Tobi irgendetwas nicht stimmte. So wie jetzt hatte er sich noch nicht einmal verhalten, als seine Freundin ihm damals gesagt hatte, dass sie schwanger war – und zu Beginn hatte er sich mit diesem Umstand durchaus schwer getan. Ob sie Tobi direkt fragen sollte? Andererseits – würde er sie nicht selbst ansprechen, wenn er irgendetwas hätte? In der Vergangenheit war es meist so gewesen. Schließlich waren sie über die Jahre so eng zusammengewachsen, dass sie sich zwar nach wie vor als Kollegen bezeichneten, aber irgendwie auch mehr waren. Vielleicht brauchte er einen solchen Anschubser von ihr, um sich von der Seele zu reden, was ihn bedrückte. Darüber hinaus tat sein Verhalten den ohnehin schwierigen Ermittlungen in diesem Fall alles andere als gut. Kurz entschlossen stand Katharina auf und trat neben den Kommissar, der auch jetzt keine Reaktion zeigte.

»Lass uns was essen gehen, Tobi. Ein bisschen frische Luft tut uns glaub ich beiden ganz gut, und es ist schon nach zwölf.« Als er auf ihre Worte noch immer nicht reagierte, setzte sie hinzu: »Und ehrlich gesagt knurrt mir schon der Magen.«

Nun endlich wandte Tobi den Blick von seinem Bildschirm ab und drehte sich mit seinem Stuhl Katharina entgegen.

»Ich hab eigentlich keinen großen Hunger«, erwiderte er lahm.

»Das ist mir egal«, konterte Katharina, die nicht bereit war lockerzulassen. »Du gehst jetzt mit mir zusammen irgendwo eine Kleinigkeit essen, ob du willst oder nicht.«

Tatsächlich erschien ein kleines Schmunzeln auf Tobis Lippen. »Was wird das jetzt? Lässt du heute die Vorgesetzte raushängen, Frau Oberkommissarin?«

»Wenn das der einzige Weg ist, nicht allein zum Essen gehen zu müssen, ja. Also los jetzt.«

Zehn Minuten später standen Katharina und Tobi an einem Imbisswagen am Marktplatz. Die Kommissarin hatte die Hoffnung gehabt, dass der Geruch von Pommes frites und Bratwürsten – eines seiner absoluten Leibgerichte – in Tobi den üblichen Appetit hervorrufen würde. So hatte sie ganz bewusst diesen Wagen angesteuert, und, ohne ihn zu fragen, zwei Curry-Würste, eine große Portion Pommes und zwei kleine Flaschen Wasser bestellt. Nun stellte sie alles in die Mitte eines kleinen Stehtisches vor dem Wagen und reichte Tobi je eine der Plastikgabeln und Servietten, die sie vom Tresen geholt hatte. Wortlos nahm Tobi beides entgegen, machte jedoch keine Anstalten, zu essen. Auch auf dem Weg hierher hatte er nicht gesprochen, und langsam wurde es Katharina zu bunt.

»Tobi, jetzt mal Klartext: Was ist los mit dir?«

Der Kollege stocherte unwillig in den Pommes herum, bevor er ihr einen müden und traurigen Blick zuwarf: »Mich macht dieser Fall einfach ziemlich fertig, mehr nicht.«

»Das ist für uns alle kein gewöhnlicher Fall«, begann

sie vorsichtig. »Und jeder versteht, dass es für dich besonders schwer ist, weil du als Einziger von uns selbst Vater bist. Aber dann musst du …«

»Was muss ich?«, unterbrach Tobi sie barsch. »Mich von dem Fall abziehen lassen? Niemals!«

Offensichtlich merkte er selbst, dass seine Reaktion etwas zu heftig gewesen war. Fast erschrocken blickte er sich um, ob seine lauten Worte auch die Umstehenden erreicht hatten, bevor er ruhiger fortfuhr: »Sorry, Katharina, aber Ben hat auch schon so was angedeutet.«

»Das wundert mich nicht«, antwortete Katharina trocken. »Ich erkenne dich ja kaum wieder in den letzten Tagen, und Ben wird es nicht anders gehen. Du weißt ganz genau, dass es nicht gut ist, wenn wir mit zu viel Emotion an die Ermittlungen gehen. Für dich nicht und für den Rest des Teams ebenso wenig.«

»Ich bekomme das schon hin«, erwiderte Tobi. »Ich will diesen Kerl stellen, koste es, was es wolle.«

»Genau das meine ich«, wandte die Kommissarin ein. »Wenn du so weiter machst, wird es dich einiges kosten, und das werde ich mir genauso wenig ansehen wie Ben. Wir kriegen diesen Kerl nur, wenn wir als Team zusammenarbeiten und versuchen, den Fall nicht persönlich zu nehmen, sondern einigermaßen sachlich an die Ermittlungen zu gehen.«

»Sachlich …«, schnaufte Tobi, doch Katharina ließ sich dadurch nicht beirren.

»Ja, sachlich, auch wenn sich das für dich noch so blöd anhört. Glaubst du ernsthaft, dass es mich kalt lässt, wenn ich ein totes Kind sehe? Ich will genauso wie du, dass der Täter überführt wird. Aber du benimmst dich, als ob es nur dich etwas angeht. So funktioniert das nicht, verdammt noch mal, merkst du das nicht?«

Katharina schluckte, als sie merkte, dass auch sie ihre Stimme stärker erhoben hatte, als gewollt. Glücklicherweise waren sie aber so gut wie allein vor der Imbissbude, und der übliche Trubel rund um den Rathausplatz verhinderte, dass man auf sie aufmerksam wurde. Tobi hielt den Kopf gesenkt und kaute lustlos an seinem Essen.

»Tobi, ich mach mir ernsthaft Sorgen um dich«, fuhr Katharina milde fort und legte ihrem Kollegen eine Hand auf die Schulter. »Um dich und auch um deine kleine Familie. Wenn du all das jetzt auch noch mit nach Hause schleppst, zu Jana und Mia … das ist es doch nicht wert!«

Unerwartet sah Tobi ihr nun direkt ins Gesicht, und Katharina hatte das Gefühl, dass die Augen ihres Kollegen ungewohnt glasig wirkten. Umso irritierter war sie, als sich in seinem Gesicht ein zaghaftes, fast schüchternes Lächeln breitmachte, bevor er leise sagte: »Ich hab Jana gestern Nacht gefragt, ob sie mich heiraten will.«

Katharina brauchte einen Moment, bis sie reagieren konnte, denn diese Aussage von Tobi war so ziemlich das Letzte, womit sie gerechnet hatte. Sie war ehrlich gerührt. Spontan umarmte sie Tobi: »Das freut mich wahnsinnig, Tobi!« Als sie wieder ein Stück von ihm abgerückt war, grinste sie ihn an: »Ich gehe natürlich davon aus, dass Janas Antwort ein klares ›Ja‹ war?«

»So klar so etwas morgens um 4.00 Uhr sein kann«, erwiderte Tobi lächelnd. »Ich glaub, ich hab sie mit meinem Antrag ziemlich überrumpelt.«

Katharina war froh, endlich wieder ein wenig den alten Tobi wiederzuerkennen, und das Gespräch auf ein erfreuliches Thema lenken zu können. »Erzähl schon, jetzt will ich es ganz genau wissen.«

»Da gibt es nicht viel zu erzählen«, gab Tobi zu. »Ehrlich gesagt war das vollkommen spontan, ich hatte das nicht geplant.«

Erneut wurde er plötzlich ein wenig unsicher, und er wirkte auf Katharina wie ein großer Junge, der nicht so recht weiter wusste. »Darum hab ich auch ein Problem, bei dem du mir vielleicht helfen könntest«, fuhr Tobias fort.

Fragend sah Katharina ihn an: »Und womit soll ich dir helfen?«

»Na ja …«, druckste Tobi herum, »weil es ja so spontan war … ich hatte nichts – keine Blumen und schon gar keinen Ring. Aber das gehört doch irgendwie dazu, oder?«

Katharina musste lächeln. »Ich kann da zwar keine Erfahrungen aufweisen, und ich würde auch nicht sagen, dass es da irgendwelche Standards einzuhalten gibt. Aber ich bin mir sicher, dass Helmchen sich freuen würde, wenn du ihr zu eurer Verlobung einen Ring schenkst.«

»Dachte ich mir«, grinste Tobi in seiner typischen Art. »Aber ganz ehrlich – ich hab von so was absolut keine Ahnung. Würdest du mir helfen, einen Ring auszusuchen?«

»Na klar. Gleich jetzt?«, fragte Katharina und hakte sich bei Tobi unter, der inzwischen zum ersten Mal seit Tagen über das ganze Gesicht strahlte.

15.53 Uhr

Benjamin Rehder steuerte den Dienstwagen in Richtung Barendorf. Katharina saß neben ihm und tippte eine Nachricht in ihr Handy. Wem sie wohl schrieb? Seinem Bruder vielleicht.

»Hast du mit Bene besprochen, ob ihr am Sonntag mit zum Essen bei den Eltern kommt?«, fragte Ben in die Stille hinein.

»Äh, wie bitte?«, unterbrach Katharina das Tippen, hob den Kopf und schaute ihn an, »tut mir leid, ich hab grad nicht zugehört. Was hast du gesagt?«

»Ob du schon was weißt wegen Sonntag«, wiederholte Ben.

»Guckst du etwa heimlich auf mein Display? Du sollst dich doch aufs Autofahren konzentrieren«, lachte Katharina auf. Dann gab sie zu: »Ich habe völlig vergessen, Bene zu fragen. Eben ist es mir wieder eingefallen, und grad schreib ich ihm eine Nachricht deswegen.«

»Ach so«, erwiderte Ben und richtete seine Aufmerksamkeit wieder auf die Straße, während Katharina ihren Kopf ein weiteres Mal senkte und sich ihrem Handy widmete, um die Nachricht an Bene zu Ende zu schreiben. Keine zehn Minuten später hatten die beiden Kommissare Barendorf erreicht und bogen in die Straße ein, in der Bianca Guntram mit ihrem Freund wohnte. Heute interessierten sie sich weniger für die Frau. Sie wollten zu Steffen Giesing. Ben hatte den Entschluss gefasst, ihn ohne Ankündigung aufzusuchen, nachdem er mit Vivien von den Kollegen aus dem Dezernat für Sexualdelikte zurückgekommen war. Dort hatte sich gezeigt, dass sich die Videos mit Leon – es waren insgesamt drei gewesen, die die Kollegen gefunden hatten – von denen mit anderen Kindern in ihrer Qualität unterschieden. Wie auch die Videos mit Bianca Guntram waren die von Leon allem Anschein nicht mit professionellem Equipment gedreht, sondern eher sogenannte Home-Amateur-Videos. Aus diesem Grund vermuteten die Ermittler, dass die Videos auf dem Portal nicht aus der gleichen Quelle stammten, sondern von mindestens zwei verschiedenen Produzenten hergestellt worden waren. Nachdem sie dem nachgegangen waren, hatte sich gezeigt, dass die Videos mit den anderen Kindern auch auf mehreren unterschiedlichen Kinderpornoportalen im Darknet zu sehen waren. Die von Leon waren ausschließlich über das Portal zu erreichen, auf dem sich Bianca Guntram präsentierte. Deswegen gingen Viviens Kollegen davon aus, dass es sich bei diesen Videos wiederum um ein- und denselben Produzenten handelte: keinen anderen als Steffen Giesing. Sie hatten bisher keine Beweise dafür, doch zunächst genügte Kommissar Benjamin Rehder ihre Erfahrung, zumal er selbst auch diese Schlussfolgerung gezogen hatte. Sie war einfach naheliegend.

»Ich weiß nicht, was schlimmer ist. Das Morddezernat oder das für Sexualdelikte«, sagte er jetzt zu Katharina.

»Hmm«, bestätigte Bens Beifahrerin, beugte sich vor und kniff die Augen zusammen, um schärfer sehen zu können. Das Haus, in dem Bianca Guntram wohnte, war noch etwa 250 Meter entfernt, und gerade in diesem Augenblick verließen zwei Personen das Gebäude.

»Das ist doch Giesing, oder? Und die Frau, ist das Bianca Guntram?«, fragte Katharina, und in diesem

Moment erkannte auch Ben Steffen Giesing sowie die leibliche Mutter von Leon. Intuitiv drosselte er die Geschwindigkeit des Wagens und stimmte Katharina zu: »Jepp.«

»Warum fährst du langsamer? Willst du die beiden nicht anhalten? Wir wollen doch mit Giesing reden«, wunderte sich Katharina.

»Im Moment interessiert es mich eher, wohin die beiden wollen. Ich finde, sie sehen aus, als ob sie es eilig haben,« antwortete Ben und ließ das Paar, das sich gezielt auf einen alten VW-Bus zu bewegte, nicht aus den Augen.

»Okay«, stimmte Katharina zu, »dann fahren wir mal hinterher.«

Der recht auffällige hellblaue VW-Bus erleichterte es Ben, diesen im Auge zu behalten, als sie jetzt die B216 verließen und auf die B209 abbogen. Steffen Giesing, der sich ans Steuer gesetzt hatte, fuhr relativ angepasst, und Ben fragte sich, ob er richtig entschieden hatte, den beiden zu folgen. Wer wusste schon, wo die beiden hinwollten, und er hatte wenig Lust, ihnen jetzt eine halbe Ewigkeit zu folgen, nur um am Ende festzustellen, dass Leons Mutter mit ihrem Lebensgefährten lediglich eine kleine Spritztour unternehmen wollte. Als er dem Bus schließlich auf die K30 in Richtung Scharnebeck nachfuhr, sagte Katharina: »Hast du irgendeine Vermutung, wo die beiden hin wollen?«

»Keinen blassen Schimmer«, gab der Hauptkommissar zu. »Aber definitiv will ich das jetzt wissen. Und wenn ich das geplante Gespräch auf irgendeinem Supermarkt-Parkplatz führen muss, dann ist es eben so.«

Einige Minuten später piepte Katharinas Handy. Sie zog es hervor, las eine SMS und erklärte: »Lieben Gruß von deinem Bruder. Wir sind am Sonntag dabei.«

»Wunderbar, dann werden sich unsere Eltern freuen«, erklärte er und drehte sich lächelnd in Katharinas Richtung.

»Achtung, Ben«, warnte Katharina in diesem Moment. »Es sieht so aus, als ob unser kleiner Ausflug hier zu Ende ist.«

Sofort wandte Ben seinen Blick wieder nach vorn und drosselte ebenso wie Steffen Giesing die Geschwindigkeit, kurz, nachdem sie das Ortsschild von Lüdersburg passiert hatten.

»Was wollen die beiden denn hier?«, fragte er verwundert. »Golf spielen ja wohl kaum.«

Katharina lachte. Auch sie brachte diesen Ort spontan vor allem mit der bekannten Golfanlage Schloss Lüdersburg in Verbindung. Auf der Straße herrschte kaum Verkehr, und Giesing lenkte den VW-Bus so langsam, als würde er nach etwas suchen. Plötzlich hielt er vor einem Bauernhaus, das aussah, als sei es vor nicht allzu langer Zeit aufwändig restauriert worden. Ben konnte nicht direkt anhalten, ohne dass es Giesing und seiner Begleitung möglicherweise aufgefallen wäre, darum fuhr er in normalem Tempo an dem parkenden Bus vorbei und hielt ungefähr 30 Meter dahinter in einer kleinen Ausbuchtung am Straßenrand.

»Kannst du von hier aus etwas erkennen?«, fragte er seine Kollegin, während er versuchte, den Rückspiegel so zu positionieren, dass er den Bus sehen konnte. Katharina klappte ihre Sonnenblende hinunter, kippte sie aus einem Haken und schwang sie zur Seite, bis sie in dem darin angebrachten Spiegel ebenfalls den Bus ins Visier nehmen konnte.

»Ja, sie sind beide ausgestiegen und gehen jetzt auf das Haus zu«, informierte ihn Katharina. Jetzt sah er es auch im Rückspiegel und stellte mit einiger Genugtuung fest, dass das Paar seine Verfolger offensichtlich nicht wahrgenommen hatte.

»Wer ist denn das?«, fragte er. Beide beobachteten, wie ein Mann aus dem großen Haus kam und auf Bianca Guntram und Steffen Giesing zuging. Allem Anschein nach wollte er die beiden davon abhalten, das Grundstück zu betreten. Tatsächlich blieben Bianca Guntram und Steffen Giesing stehen, und der Mann trat zu ihnen auf die Straße. Zwar konnten die Kommissare nicht hören, worüber die drei Personen sprachen, doch deren Gestik zeigte, dass es keine freundschaftliche Unterhaltung war. Während der unbekannte Mann sich immer wieder zum Haus umsah und deutlich versuchte, die beiden loszuwerden, stand Steffen Giesing mit vor der Brust verschränkten Armen da, als hätte er nicht im Geringsten vor, sich auch nur einen Meter weit wegzubewegen. Leons Mutter gestikulierte dagegen wild mit den Händen, während sie auf den Mann einredete.

»Was gäbe ich jetzt dafür, wenn ich hören könnte, worüber die drei sprechen«, sagte Katharina.

»Wohl wahr«, erwiderte Ben. »Vor dem Haus steht eine ziemlich teure Limousine. Kannst du das Kennzeichen erkennen?«, setzte er hinzu und zog aus dem Handschuhfach ein kleines Fernglas, das er Katharina reichte, während er die kleine Gruppe weiter beobachtete.

»Halterabfrage?«, fragte Katharina und zog bereits ihr Handy hervor.

»Ja, ich will wissen, wer der Typ ist. Der passt so überhaupt nicht zu unseren beiden Freunden«, bestätigte Ben. Katharina nickte, wählte die Kurzwahl der Dienststelle und gab kurz darauf bereits das Kennzeichen durch, das sie mithilfe des Fernglases nun klar erkennen konnte. Während sie auf die Rückmeldung warteten, sahen sie, wie der Freund von Bianca Guntram sich drohend vor dem Fremden aufbaute und auf ihn einredete. Dann drehte Giesing sich ruckartig um und ging zurück zu seinem VW-Bus. Bianca Guntram folgte ihm.

»Ich habe einen Namen: Marcel Windisch«, erklärte Katharina. »Was nun?«

»Wir warten, bis die beiden weg sind, befragen können wir sie später noch«, beschloss Ben. »Jetzt statten wir diesem Herrn Windisch erst einmal einen spontanen Besuch ab.«

Zwei Minuten später standen sie an der Haustür, die der bisher unbekannte Mann gerade hinter sich zugezogen hatte. Bens erster Eindruck hatte ihn nicht getäuscht: Das Haus war alt, aber liebevoll restauriert, was sicher eine teure Angelegenheit gewesen war. Neben der Tür entdeckte Katharina ein Kinderfahrrad und ein paar Spielsachen, worauf sie Ben stumm aufmerksam machte, als dieser nun die Klingel betätigte.

Es dauerte lediglich ein paar Sekunden, bis der Mann, den sie zuvor nur aus der Ferne beobachtet hatten, die Tür öffnete.

»Herr Windisch?«, fragte Ben, »Marcel Windisch?« Er zog seinen Dienstausweis hervor, als der Mann mit fragendem Blick nickte. »Mein Name ist Benjamin Rehder, Kriminalpolizei Lüneburg. Das ist meine Kollegin Katharina von Hagemann. Wir würden Ihnen gern ein paar Fragen zu ihrem Besuch eben stellen.«

»Polizei?«, fragte der Mann irritiert und auffallend leise. Wie schon zuvor sah er sich nach hinten um, als wolle er sicherstellen, dass niemand ihn hörte. »Das … das geht jetzt nicht«, meinte er.

»Ich fürchte doch«, erklärte Ben. »Ansonsten müssten wir Sie bitten, jetzt mit uns aufs Kommissariat zu kommen.« Der Hauptkommissar hatte eigentlich keinen wirklichen Grund dafür, hoffte aber, dass der Mann sich auf diese Weise überzeugen ließ.

»Also gut, wenn es unbedingt sein muss«, erklärte Marcel Windisch widerwillig. »Aber nicht hier. Da vorn, die Straße rein, ist ein kleines Café. Können wir uns dort unterhalten?«, fragte er abwartend.

»In Ordnung«, räumte Ben ein. »Aber bitte jetzt sofort.«

Marcel Windisch runzelte die Stirn, griff von einer Ablage in der Diele ein Schlüsselbund und rief in das Haus hinein: »Schatz, ich muss noch mal ganz kurz weg. Bin gleich wieder da!«

Ohne eine Antwort abzuwarten, trat er zu den Kommissaren vor die Tür und zog sie zu. Ben beobachtete den Mann auf ihrem gemeinsamen Weg zum Café interessiert von der Seite. Er schätzte ihn auf Ende 40. Marcel Windisch war groß, trug dunkle Jeans und ein weißes Hemd – beides hochwertig – und wirkte insgesamt äußerst gepflegt und seriös. Nach weniger als zwei Minuten erreichten sie das genannte Café in der Nebenstraße, und Marcel Windisch steuerte gezielt einen einzeln stehenden Tisch am Rande des Außenbereichs an. Einer jungen Kellnerin, die gerade den Nachbartisch abräumte, rief er zu: »Jenny, machst du uns bitte drei Kaffee?«

Bevor er sich an den Tisch setzte und die Kommissare erwartungsvoll und etwas entspannter ansah, fragte er: »Also, was kann ich für Sie tun?«

»Wir möchten gern wissen, was Sie mit Bianca Guntram und Steffen Giesing zu tun haben«, erklärte Ben.

»Mit wem?«, fragte Windisch zurück, und Ben war klar, dass er lediglich Zeit schinden wollte.

»Den beiden Personen, mit denen Sie gerade eben vor Ihrem Haus in Streit geraten sind«, erklärte Katharina.

»Ach, die beiden meinen Sie … das … ähm, die wollten mir was verkaufen, aber ich mache grundsätzlich keine Geschäfte an der Haustür«, erwiderte Marcel Windisch, wobei sein unsicherer Blick verriet, dass er selbst ahnte, wie wenig überzeugend er klang.

»Herr Windisch, verkaufen Sie uns nicht für dumm«, sagte Ben scharf. »Ansonsten kommen Sie doch mit aufs Kommissariat. Steffen Giesing und Bianca Guntram sind weder irgendwelche Handelsvertreter noch sonst etwas dieser Art. Sagen Sie uns einfach, woher Sie die zwei kennen und worum es bei Ihrem Streit ging. Das wäre der einfachste Weg. Ansonsten finden wir das auch anders heraus.«

Resigniert lehnte sich der Mann zurück. In diesem Moment kam die Kellnerin und stellte drei Tassen Kaffee auf den Tisch. Er wartete, bis sie wieder außer Hörweite war. Dann forderte er sichtlich nervös: »Sie müssen mir versprechen, meine Familie da rauszuhalten.«

»Versprechen werden wir Ihnen gar nichts, Herr Windisch. Und erst recht nicht, wenn Sie meine Geduld noch weiter strapazieren«, erwiderte Ben gereizt, ergänzte jedoch beschwichtigend: »Aber wir werden es versuchen.«

»Also gut«, begann Windisch, und es war augenfällig, wie schwer es ihm fiel. »Ich kenne Bianca, Frau Guntram, von früher. Eine flüchtige Bekanntschaft, mehr nicht. Den Mann habe ich heute zum ersten Mal gesehen.«

»Hatten Sie eine Beziehung mit Bianca Guntram?«, fragte nun Katharina, die damit scheinbar den Nagel auf den Kopf getroffen hatte, denn Marcel Windisch war bei ihrer Frage kurz zusammengezuckt.

»Beziehung, um Gottes willen, so würde ich das nicht nennen«, stöhnte Windisch und bestätigte damit indirekt Katharinas Frage. »Außerdem ist das ewig her. Ich hatte damals … eine schwierige Phase, viel Stress, Sie wissen schon. Da schien mir eine unbedeutende kleine Affäre irgendwie attraktiv. Warum wollen Sie das überhaupt wissen?«

»Darauf kommen wir noch zu sprechen«, antwortete Ben. »Wie lange ging diese unbedeutende Affäre?«

»Gott, ein paar Wochen, länger nicht. Und seitdem habe ich nie wieder was mit Bianca … dieser Frau zu tun gehabt.«

»Das hat sich spätestens heute ja offensichtlich geändert«, wandte Katharina ein. »Sie wollen uns jetzt aber nicht erzählen, dass Sie sich rein zufällig wiedergetroffen haben, oder?«

»Nein, das war kein Zufall«, antwortete Marcel Windisch, dem die Situation zunehmend unangenehmer zu werden schien. »Bianca … sie … sie hat mich erpresst, und jetzt mit diesem Mann … sie wollen mich wieder erpressen.«

17.21 Uhr

»Na, das war ja jetzt mal eine Überraschung!«, sagte Katharina zu Ben, als sie sich auf den Beifahrersitz setzte. Während sie die Autotür zuzog, ergänzte sie: »Oder hättest du damit gerechnet, dass es sich ausgerechnet bei Marcel Windisch um Leons leiblichen Vater handelt?«

»Im Leben nicht«, antwortete Ben und schüttelte den Kopf. »Die ganze Geschichte wird immer skurriler.«

»Wie ist Bianca Guntram damals an einen wohlhabenden Geschäftsmann geraten? Der hätte sich doch zig andere Frauen angeln können, wenn es ihm um ein bisschen Abwechslung gegangen wäre.«

»Frag mich nicht«, stimmte Ben zu, »aber das Ganze ist mehr als zehn Jahre her. Vermutlich hat die Guntram da noch ein bisschen anders ausgesehen. Wenn ich mich recht erinnere, hatte ihre Drogenkarriere da gerade erst begonnen«, überlegte er. »Und falls es so war, dann ist diese merkwürdige Partnerwahl zumindest aus ihrer Sicht schon nachvollziehbar. Schließlich brauchte sie Kohle, um ihren Drogenkonsum zu finanzieren. Da kam ihr ein Typ wie Windisch wahrscheinlich gerade recht. Und ihr persönlicher Clou war es dann, ihm ein Kind anzuhängen.«

»Da könntest du recht haben. Noch dazu, weil er damals schon verheiratet war und vermutlich einiges dafür getan hat, dass die Affäre nicht bekannt wurde«, spann Katharina den Gedanken weiter. »Also hat er brav gezahlt, als sie ihm mitgeteilt hat, dass sie ein Kind von ihm erwartet.«

»Und das auch noch im Voraus, wie er erklärt hat«, betonte Ben. »Klingt für mich auf jeden Fall glaubhaft, dass er ihr damals einen Haufen Geld gegeben hat, damit sie ihn im Gegenzug künftig in Ruhe lässt. 75.000 Euro Schweigegeld, Wahnsinn.«

»Mich wundert nur, dass Bianca Guntram sich während der letzten Jahre tatsächlich daran gehalten hat«, sagte Katharina. »Also, ich meine, lange ist sie mit dem vielen Geld vermutlich nicht ausgekommen, sonst hätte sie sich wohl kaum prostituiert. Die Akte vom Jugendamt ist da ziemlich eindeutig. Warum hat sie also nicht schon damals versucht, die Quelle weiter anzuzapfen?«

»Keine Ahnung, das ist mir auch noch nicht ganz klar«, gab Ben zu. »Wobei sie selbst auch nicht wirklich der abgebrühte Typ ist. Oder anders, abgebrüht ist sie denke ich schon, aber eher passiv. Also jemand, der sich mitziehen lässt oder reagiert, wenn er sich benachteiligt fühlt. Ich kann mir vorstellen, dass Steffen Giesing hier jetzt die treibende Kraft war und sie davon überzeugt hat, aufgrund von Leons Tod noch mal abzukassieren. Schließlich will jemand wie Windisch mit dieser Geschichte garantiert aktuell noch weniger in Verbindung gebracht werden.«

»Hm«, machte Katharina und sagte nachdenklich: »Und wenn sie Windisch gar nicht erpressen, weil er Leons Vater ist, sondern weil sie wissen, dass er den Jungen getötet hat? Der Gedanke, dass die beiden den Täter kennen, ist bei uns ja auch schon aufgekommen …«

»Du meinst, Marcel Windisch ist derjenige, der sich an Leon vergangen und ihn umgebracht hat?«, fragte der Hauptkommissar mit erkennbarem Zweifel in seiner Stimme.

»Nein, nicht wirklich«, gab Katharina zu. »Dann wäre er sicher nicht mit uns in das Café gegangen, um mit uns zu reden, sondern hätte sofort seinen Anwalt angerufen, bevor er auch nur einen Ton sagt. Das nötige Kleingeld dafür hat er schließlich. Zudem wirkte er ehrlich auf mich.«

»So sehe ich das auch«, stimmte Ben zu, woraufhin eine kurze Pause entstand. Aus dem Augenwinkel bemerkte er, wie Katharina auf ihre Uhr blickte. Dann fragte sie: »Feierabend ist wohl eher noch nicht, oder? Wollen wir direkt noch einmal nach Barendorf fahren, um mit unserem Erpresserpärchen zu sprechen?«

»Ich denke, heute können wir nicht mehr viel bewegen. Und da die beiden das Geld von Windisch noch nicht haben, sehe ich keine akute Gefahr, dass sie sich aus dem Staub machen. Sicherheitshalber werde ich aber eine Streife anfordern, die sich bei der Guntram vors Haus stellt und die beiden beobachtet. Ich muss ja sowieso noch den Wagen beim Kommissariat abstellen. Dann werd ich gleich mit Mausner reden, damit er den Staatsanwalt informiert. Den brauchen wir wegen der Erpressungsgeschichte sowieso. Ist ja auch die Frage, ob wegen der Erpressung noch ein anderes Dezernat eingebunden wird. Ich bin zwar der Meinung, wir sollten das Thema gleich mit abwickeln, da es irgendwie mit unserem Fall zu tun hat, aber der Herr Staatsanwalt hat ja schon ganz andere Entscheidungen getroffen, die sich mir nicht erschlossen haben. Auf jeden Fall will ich mit der Guntram und ihrem zwielichtigen Freund auch darüber sprechen. Das hat aber Zeit bis morgen und heißt dann Wochenendarbeit. Somit kannst du jetzt also direkt Feierabend machen«, sagte Ben und sah Katharina an, als er an einer Ampel halten musste. »Soll ich dich direkt nach Hause fahren und dich wegen morgen früh auf dem Laufenden halten? Ich möchte dich auf jeden Fall dabei haben, und Tobi und Vivien auch, wenn ich unser Pärchen befrage.«

»Das werde ich mir auch auf keinen Fall entgehen lassen«, nickte Katharina. »Schick mir einfach 'ne SMS, wenn der Termin steht, dann bin ich pünktlich da. Und jetzt kannst du mich auch mit zum Präsidium nehmen. Ich gehe dann von da aus zu Fuß zu Bene.«

18.07 Uhr

Katharina ging auf das Haus in der Grapengießerstraße zu und blickte nach oben. Bei Bene brannte kein Licht, dafür war es auch noch viel zu hell, aber zwei der Fenster waren geöffnet, was ihr verriet, dass er bereits zu Hause war. Zwar war es eher unwahrscheinlich, dass jemand im Dachgeschoss durch das Fenster in die Penthousewohnung gelangen konnte, doch sie wusste, dass Bene sehr konsequent die Fenster schloss, wenn er nicht daheim war. Sie schmunzelte. Auch wenn er sonst nicht viel damit zu tun haben wollte, so ganz konnte er seine Abstammung aus einer Polizistenfamilie doch nicht leugnen.

Der kurze Spaziergang vom Kommissariat hierher hatte gut getan. Natürlich ließ der Mord an dem Jungen ihr auch nach Feierabend keine Ruhe, heute hatte sie sich jedoch fest vorgenommen, nur für Bene da zu sein und sich voll auf ihn zu konzentrieren. Katharina freute sich auf ihn wie schon lange nicht mehr. Gut gelaunt öffnete sie jetzt die Haustür mit ihrem Schlüssel und nahm die Stufen zu seiner Wohnung in großen Schritten. Oben angekommen verschnaufte sie daher einen Moment lang, bevor sie den Schlüssel ins Schloss der Wohnungstür schob. Als die Tür dabei unerwartet nachgab, erschrak sie und stolperte aufgrund des fehlenden Gegendrucks fast in die Wohnung hinein.

»Hoppla«, grinste Bene ihr entgegen, »so stürmisch heute?«

Katharina lachte und umarmte ihn zärtlich. »Hast du mich vom Fenster aus kommen sehen?«

»Nein, reiner Zufall, ich habe gerade den Müll nach unten gebracht und dann gehört, wie jemand die Treppe geradezu hochgelaufen ist, da hab ich mir gedacht, das kannst nur du sein, da lass ich die Tür doch gleich nur angelehnt.«

Er küsste sie sehnsüchtig auf den Mund, doch Katharina entzog sich ihm nach einem kurzen Moment, indem sie lächelnd sagte: »Lass mich erst mal richtig reinkommen.«

Kaum eingetreten schnüffelte sie mit krausgezogener Nase. In der Wohnung roch es köstlich, Katharina war nur noch nicht ganz sicher wonach. »Hast du schon gekocht?«, fragte sie neugierig und versuchte, einen Blick in die Küche zu werfen, doch Bene stellte sich ihr in den Weg.

»Das ist noch nicht fertig«, antwortete er. »Ich wusste ja nicht genau, wann du kommst. Aber ich hoffe, du hast Appetit mitgebracht.«

»Und wie«, strahlte Katharina ihn an. »Und zwar in jeder Hinsicht!«

»Klingt nach einem verheißungsvollen Abend!«, verstand Bene sie sofort und schob sie sanft ins Wohnzimmer, wo sie sich auf das große Sofa setzte.

Bene war stehen geblieben und fragte jetzt: »Martini?«

Katharina nickte: »Gern, aber nur, wenn du auch einen nimmst.«

Wenige Augenblicke später kam Bene mit zwei Gläsern in der Hand zurück und setzte sich neben sie. Er hielt Katharina ihr Glas entgegen und sagte: »Ich hab Sugo aufgesetzt, das kann jetzt gern noch ein Weilchen köcheln, ist aber eigentlich fertig. Wir müssen also nur noch ein paar Spaghetti kochen, und dann können wir essen.«

»Gleich«, sagte Katharina und nahm ihr Glas entgegen. »So eilig habe ich es nicht.«

Bene wollte sein Glas bereits an die Lippen führen, als Katharina sagte: »Prost – auf unser neues gemeinsames Leben!«

Perplex sah Bene sie an, bevor er die Tragweite der wenigen Worte begriff. Katharina grinste. Offensichtlich war ihr die Überraschung gelungen, und was noch viel besser war – es fühlte sich gut an.

Bene hatte sein Glas wieder sinken lassen und fragte sie jetzt mit einer leichten Unsicherheit in der Stimme, wie es Katharina erschien, weil er es nicht recht glauben konnte: »Das heißt, du willst … du kannst dir vorstellen …?«

»Ja, du Dummkopf«, lachte Katharina, »ich kann es mir nicht nur vorstellen, ich will mit dir zusammenziehen.«

»Hätte ich das geahnt, hätte ich einen Champagner aufgemacht«, erwiderte Bene und wirkte immer noch ungläubig, als er hinzusetzte: »Ehrlich gesagt habe ich fest damit gerechnet, dass du mich noch eine Weile auf deine Antwort warten lässt. Ich hatte mir sogar vorgenommen, dich heute nicht danach zu fragen.«

»Kannst du ruhig, die Antwort wird ab jetzt die gleiche bleiben«, lachte Katharina ein weiteres Mal erleichtert auf. Sie war froh, endlich eine Entscheidung getroffen zu haben. Dann fuhr sie voller Überzeugung fort: »Ich habe damit schon viel zu lange gewartet.«

Ein warmes Gefühl machte sich in ihr breit. Ja, sie hatte sich richtig entschieden, das spürte sie genau. Sie stieß ihr Glas leicht gegen das von Bene: »Auf uns!«

Nachdem sie beide einen Schluck getrunken und die Gläser auf dem Tisch abgestellt hatten, zog Bene sie sanft an sich. »Ich freu mich wirklich wahnsinnig.«

»Ich mich auch«, hauchte Katharina mit belegter Stimme und besiegelte ihre Worte mit einem innigen und langen Kuss. Als sie sich wieder voneinander lösten, rückte sie ein Stück zur Seite, grinste und sagte: »So, und jetzt habe ich nicht nur Appetit, sondern Hunger!«

Sie zog Bene vom Sofa hoch und mit sich in die Küche. Dort hob sie mit ihrer linken Hand – in der rechten hatte sie noch immer Benes – den Deckel des großen Topfes an, der auf dem Herd stand. Der Duft nach frischen Tomaten, Basilikum und weiteren Kräutern stieg ihr sofort in die Nase.

»Lecker«, schwärmte sie. »Ich liebe deine Kochkünste.«

»Ach, jetzt verstehe ich! Das ist der eigentliche Grund, warum du zu mir ziehen willst, sei ehrlich«, neckte Bene sie und rührte mit einem Holzlöffel das Sugo durch. »Dann gewöhn dich gleich mal an die Tatsache, dass du auch was zu tun hast – du kannst die Pasta kochen!«

Eine halbe Stunde später saßen sich die beiden an Benes Esstisch gegenüber, vor sich jeder einen dampfenden Teller.

»Daran könnte ich mich in der Tat gewöhnen«, neckte Katharina ihren Freund.

»Woran? Jeden Abend bekocht zu werden? Denk dran, meistens arbeite ich um diese Uhrzeit, und auf die Idee, dass ich künftig vorkoche, brauchst du erst gar nicht zu kommen«, antwortete Bene mit einem Lächeln. »Im Ernst, Katharina, ich freue mich riesig, dass du … wie soll ich das sagen … na ja, dass du bereit bist für den nächsten Schritt.«

Bene verzog das Gesicht, als er bemerkte, dass seine Worte vielleicht etwas pathetisch klangen. »Also, ich meine, dass wir jetzt zusammenziehen, du weißt schon. Das soll nicht heißen, dass danach für uns die Hochzeitsglocken läuten müssen, oder so. Du brauchst also keine Angst zu haben.«

»Schon klar«, grinste Katharina. »Obwohl …«

Nun war es Bene, der etwas erschrocken aussah. Doch Katharinas herzliches Lachen erleichterte ihn sofort wieder.

»Was ist mir dir los?«, wollte er wissen. »Wie kommt es überhaupt, dass du plötzlich so entschlossen bist, was unsere gemeinsame Zukunft angeht? Ehrlich gesagt habe ich gedacht, du brauchst noch etwas mehr Zeit.«

Katharina wurde ernster: »So ganz genau kann ich das nicht erklären, aber in gewisser Weise hast du das Tobi zu verdanken.«

»Tobi?«, fragte Bene erstaunt. »Was hat dein Kollege damit zu tun?«

»Ich war gestern mit ihm beim Juwelier, um einen Ring auszusuchen«, erklärte Katharina. »Er hat Jana einen Antrag gemacht, aber so spontan, dass er keinen Ring hatte. Und als er bemerkt hat, dass er das vielleicht nachholen sollte, hat er mich um Rat gefragt.«

Bene grinste. »Ausgerechnet dich! Die Frau, die mit Heiraten bisher so gar nichts am Hut hatte und, wenn überhaupt, nur sehr dezenten Schmuck trägt. Na bravo!«

Katharina warf mit gespielter Schmollmiene ihre Serviette nach Bene. »Als weibliche Unterstützung, mehr nicht. Ich kenne Jana ja nun auch schon ein Weilchen, und außerdem ... außerdem haben Frauen für so was ein natürliches Gespür«, erklärte sie.

»Ja klar. Ich sag schon nichts mehr«, erwiderte Bene, konnte sich ein Grinsen jedoch nach wie vor nicht verkneifen. Er stand auf, um den Tisch abzuräumen, und Katharina folgte ihm mit ihrem leeren Teller in die Küche.

»Ich weiß, dass es blöd klingt, aber mich hat das gerührt«, versuchte sie, den Zusammenhang erneut zu erklären. »Das meine ich ernst. Tobi war, seit ich ihn kenne, eher so ein Typ großer Junge, der das Leben als Spiel gesehen hat. Die Beziehung zu Jana hat ihn dann schon verändert, aber nach Mias Geburt ist er fast ein anderer Mensch geworden.«

»Das klingt jetzt aber nicht sehr positiv, wenn ich dein Gesicht dabei sehe«, wunderte sich Bene.

»Ja, nein …«, tat Katharina sich etwas schwer, die richtigen Worte zu finden: »Irgendwie … Er ist im Moment nicht gut drauf, doch das hat was mit unserem Fall zu tun. Aber als wir zum Juwelier gegangen sind, hat er von Jana und Mia erzählt, und ich hab ihn so noch nie erlebt. Er hat gesagt, dass er erst jetzt weiß, was im Leben wichtig ist, und dass er das nicht mehr verlieren möchte, und solche Sachen. Er hat gar nicht mehr davon aufgehört.« Sie machte eine kurze Pause und trat an Benes Seite, der sich ans Küchenfenster gestellt hatte. Zärtlich schlang sie ihre Arme um seinen durchtrainierten Körper und sah ihn ernst an: »Und er hat ja auch recht: Wenn man sein Glück gefunden hat, sollte man es festhalten. Na, und dann wusste ich es eben plötzlich ganz sicher: Auch ich habe gefunden, was mich glücklich macht und möchte das nicht mehr hergeben. Vielleicht wollte ich das bisher nicht zugeben, keine Ahnung – auf jeden Fall ist mir durch Tobi klar geworden, dass meine Unentschlossenheit total unsinnig ist. Ich liebe dich, Benedict Rehder, und genau darum möchte ich in Zukunft …« Sie kam nicht mehr dazu, ihren Satz zu beenden. Während sie geredet hatte, war Bene ihrem Gesicht immer näher gekommen. Jetzt hatte er seine Lippen auf Katharinas gelegt und verschloss ihren Mund mit einem leidenschaftlichen Kuss.

Taler, Taler, du musst wandern
von der einen Hand zur ander'n.
Das ist schön, das ist schön,
Taler, lass dich nur nicht seh'n!

Ringlein, Ringlein, du musst wandern,
von dem einem zu dem ander'n.
Ei wie schön, ei wie schön
ist das Ringlein anzuseh'n.

(traditionelles Kindersingspiel)

5. KAPITEL:

SAMSTAG, 12.08.2017

10.05 Uhr

»Ist es okay für Sie, wenn ich unser Gespräch aufnehme und meine Kollegin zusätzlich Ihre Aussage mitschreibt?«, fragte Kommissar Benjamin Rehder sein Gegenüber. Er wusste, dass Katharina im Nachbarraum sicher gerade die gleiche Frage gestellt hatte. Sie saß dort mit Tobi und befragte Steffen Giesing, während er hier zusammen mit Vivien Bianca Guntram vor sich hatte.

»Ich weiß zwar nicht, wozu das gut sein soll, aber bitte, machen Sie. Ich habe nichts zu verbergen. Und wenn ich damit helfen kann, den Mörder meines Sohnes zu finden, gern«, erwiderte Bianca Guntram eher gelangweilt, was vor allem ihre letzten Worte nach Bens Empfinden eher Lügen strafte. Doch sei es drum, dachte er bei sich, ich habe ihr Einverständnis, und sie hat nicht gleich nach einem Anwalt geschrien – das ist schon einmal die halbe Miete und erschwert die Sache nicht unnötig.

Vivien saß neben ihm. Sie hatte einen Laptop vor sich, worauf auch Ben aus seiner Sitzposition schauen konnte. Es stimmte, dass Vivien das, was Bianca Guntram sagte, mitschrieb. Was der Kommissar Leons Mutter jedoch verheimlich hatte, war die Tatsache, dass Katharina und Tobi es nebenan genauso handhaben würden. Dies diente dem Zweck, sich über das Intranet wichtige Aussagen direkt zuzuschicken. So konnten beide Befragungsteams nicht nur lautlos miteinander kommunizieren, sondern vor allem auch direkt abgleichen, ob Bianca Guntram und Steffen Giesing dasselbe aussagten und gegebenenfalls nachhaken, wenn dies nicht der Fall war. Hierfür hatte er sich mit Katharina auf eine bestimmte Abfolge von Fragen geeinigt. Auf der Dienststelle wurde noch nicht lange auf diese Weise gearbeitet, und das Team um den Hauptkommissar herum hatte diese Technik bisher noch gar nicht eingesetzt, da sie in letzter Zeit meistens Einzelverhöre geführt hatten. Dafür hatte Vivien ihre Erfahrungen mit der Methode, und, wie sie betont hatte, nur gute. Sie hatte das so explizit hervorgehoben, weil Tobi zunächst dagegen argumentiert hatte, als Katharina den Vorschlag gemacht hatte. Tobi hatte gemeint, dass man sich dann nur noch auf den Laptop konzentrieren würde und nicht mehr auf den Befragten, der ja auch viel durch seine Mimik verriet. Katharina hatte eingewendet, dass sie deshalb schließlich zu zweit befragen würden, und als Vivien dies bestätigte und zudem den Erfolg lobte, hatte Ben beschlossen, es mit den Laptops zu versuchen. Die übliche Tonbandaufnahme, die später von einer Schreibkraft abgetippt wurde und als Protokoll diente, würde natürlich parallel mitlaufen.

Ben Rehder und sein Team hatten sich heute Morgen um 8.00 Uhr getroffen. Gestern hatte er noch mit Kriminalrat Mausner gesprochen, der eine Streife vor dem Wohnhaus von Bianca Guntram bewilligt hatte. Das Pärchen war erst in der Nacht dort eingetroffen. Am Morgen hatten die Streifenbeamten dann an ihrer Tür geklingelt, das Paar geweckt und sie auf das Kommissariat gebracht.

»Gut, dann wollen wir mal«, sagte Ben und blickte Bianca Guntram in die Augen: »Woher kennen Sie Marcel Windisch?«

Bianca Guntram schaute überrascht. Mit dieser Frage hatte sie augenscheinlich nicht gerechnet. Sie fuhr sich nervös durch die ungewaschenen Haare und sagte: »Wie … wie kommen Sie denn jetzt auf den? Ich denke, es geht hier um Leon und darum, wer meinen Sohn ermordet hat. Steffen hat mir erzählt, Leon war geschminkt. Wieso war er geschminkt?«

»Frau Guntram, die Fragen stelle ich«, sagte Ben. »Noch mal: Woher kennen Sie Marcel Windisch?«

»Das hab ich doch schon gesagt«, bekam er zur Antwort.

»Nein, das haben Sie nicht«, blieb Ben ruhig. »Also?«

»Ja, ich kenne Windisch«, gab die Frau endlich zu und setzte hinterher, »von früher.«

»Wann war das, und wie haben Sie ihn kennengelernt?«, wollte Ben jetzt wissen und stellte mit einem kurzen Blick auf den Laptopbildschirm fest, dass Tobi die Nachricht geschickt hatte, dass Steffen Giesing geleugnet hatte, Windisch zu kennen.

»Was interessiert Mar… dieser Windisch Sie denn so?«, fragte Bianca Guntram leicht gereizt, dann weiteten sich jedoch ihre Augen, und sie fragte entgeistert weiter: »Ist er … ich meine, hat er Leon umgebracht?«

Ben war überrascht. Er hatte nicht damit gerechnet, dass Bianca Guntram so schnell diesen Schluss zog.

Nachdem er gemeinsam mit Katharina gestern noch vom Gefühl her ausgeschlossen hatte, das Marcel Windisch als Täter für den Missbrauch und den Mord an seinem leiblichen Sohn in Frage kam, hatte er später zuhause eine andere Variante in Erwägung gezogen: Hatte Marcel Windisch Leon umgebracht, damit seine Familie nichts von dem Jungen erfuhr? Heute Morgen hatte er seinem Team davon erzählt, woraufhin Katharina erklärte, dass sie ebenfalls darüber nachgedacht habe. Schließlich war Leon Guntram in gewisser Hinsicht ein über Marcel Windisch schwebendes Damoklesschwert gewesen, und Bianca Guntram die Bombe, die jederzeit hätte platzen und das Privatleben des Mannes durchrütteln können. Für die Ermittler stellte sich jedoch die Frage, warum Marcel Windisch seinen unehelichen Sohn gerade jetzt hätte töten sollen und nicht schon Jahre davor. Schließlich hatte Bianca Guntram ihn kurz nach Leons Geburt nur ein einziges Mal erpresst, zumindest wenn man dem Mann glauben konnte. Und dann erst gestern wieder, nach Leons Ermordung. Aber was hatte es dann mit dem Missbrauch von Leon auf sich? Stand der doch nicht im Zusammenhang mit Leons Tod? Oder hatte Marcel Windisch entgegen Katharinas und Bens Gefühl doch pädophile Vorlieben, die er mit Leon ausgelebt hatte? Hatten Bianca Guntram und Steffen Giesing ihm doch den Jungen zugeführt und den Mann deswegen gestern aufgesucht? Nicht, wie die Ermittler bisher annahmen, um Marcel Windisch mit der Tatsache zu erpressen, dass er einen unehelichen Sohn hatte, sondern weil sie wussten, dass er sein Mörder war? Und wenn der Mann zu einem Mord fähig sein sollte, warum hatte er nicht Bianca Guntram getötet, sondern den Jungen? Für Benjamin Rehder und sein Team gab es viele unbeantwortete Fragen, und die Vernehmung von Bianca Guntram und Steffen Giesing würde hoffentlich einige Antworten für sie bringen. Später würden sie auch Marcel Windisch befragen. Ihn hatten sie heute Morgen nach ihrer Besprechung für den Nachmittag einbestellt.

»Wie kommen Sie darauf, dass Herr Windisch Leon getötet haben könnte?«, hakte Ben jetzt nach.

Bianca Guntram senkte ihren Blick auf die Tischplatte: »Ich weiß auch nicht. Nur so, weil Sie mich nach ihm gefragt haben. Ich meine, ich hab ihn Jahre nicht gesehen, und jetzt kommen Sie mir mit dem. Da hab ich mir das halt gedacht. Verstehen Sie?«, murmelte Bianca Guntram.

Während Ben mit einem Seitenblick registrierte, dass Vivien die Worte der Frau an Tobi und Katharina schickte, ließ er bewusst eine Pause entstehen, die gerade so lange dauerte, dass sie unangenehm wurde. Zumindest für Bianca Guntram, die jetzt nervös mit ihrem linken Bein wippte, das sie über ihr rechtes geschlagen hatte.

»Nein«, sagte Benjamin jetzt in die Stille hinein, und es war so plötzlich gekommen, dass selbst Vivien leicht zusammengezuckt war.

»Nein«, wiederholte Ben, »das verstehe ich nicht. Und wissen Sie, was ich auch nicht verstehe, Frau Guntram? Dass Sie mir nicht die Wahrheit sagen. Ist es nicht so, dass Marcel Windisch der Vater von Leon ist?«

»Aber danach haben Sie mich schließlich nicht gefragt«, wehrte Bianca Guntram sich gegen Bens Worte. »Sonst hätte ich Ihnen das schon gesagt. Und ich wollte es Ihnen ja auch sowieso sagen …«

»Ach, wollten Sie das?«, fragte der Hauptkommissar mit einem sarkastischen Unterton und setzte hinzu: »Wollten Sie mir dann auch sagen, dass Sie sich doch geirrt haben und Marcel Windisch sehr wohl in der letzten Zeit gesehen haben, nämlich gerade gestern?«

Ben sah der Frau an, wie sie im ersten Moment daran dachte, zu leugnen. Er nahm an, so hatte sie es mit ihrem Freund besprochen. Doch dann änderte sie offensichtlich ihre Meinung, blickte von der Tischplatte auf und fragte mit belegter Stimme: »Woher wissen Sie das? War Marcel hier? Bei der Polizei? Hat er …«

»Nein, er hat keine Anzeige gegen Sie und Steffen Giesing wegen Erpressung erstattet, aber erstens kann das noch kommen, und zweitens wird Erpressung von der Staatsanwaltschaft auch ohne Anzeige verfolgt, wenn sie den Behörden wie in Ihrem Fall bekannt geworden ist«, beantwortete Benjamin Rehder die nicht explizit gestellte Frage seines Gegenübers. Bianca Guntram sackte in sich zusammen. Schon zuvor hatte sie nicht gerade vor Selbstbewusstsein gestrotzt, doch jetzt sah sie auf ihrem Stuhl aus wie ein Häufchen Elend. Und so war ihr wohl auch zumute. Sie blickte den Kommissar zerknirscht an, doch Ben verspürte keinerlei Mitleid. Diese Frau hatte etliche Straftaten begangen, von diversen Drogendelikten bis hin zur Erpressung. Und dann war da noch die Frage ihrer Beteiligung an den pornografischen Videos von Leon, ganz abgesehen von dem Mord an ihm. Sie ließen gerade von den Kollegen in der Stadt, in der die Erotikmesse stattgefunden hatte, das Alibi von Bianca Guntram sowie ihrem Freund und »Manager« für die Mordzeit vor Ort überprüfen. Das hatte Ben ebenfalls noch am

Vorabend angeleiert, vor Montag konnten sie von dort jedoch kein Ergebnis erwarten. Es ging den Ermittlern vor allem um die Videoüberwachung der Messe. Sollten Leons leibliche Mutter und Steffen Giesing tatsächlich von den Kameras erfasst worden sein, und dann noch zu einer Zeit, die es ihnen unmöglich gemacht hätte, zum ungefähren Todeszeitpunkt des Jungen wieder in der Lüneburger Umgebung gewesen zu sein, wären sie aus dem Verdächtigenkreis raus. Sie kamen dann weder als Mörder infrage noch als diejenigen, die Leon nach seinem Tod hergerichtet hatten.

»Frau Guntram«, nahm der Hauptkommissar die Befragung wieder auf, »womit haben Sie Herrn Windisch erpresst?«

Bianca Guntram schaute Ben fragend an, dann sagte sie: »Na, mit Leon, ich dachte, er hätte Ihnen das gesagt. Leon ist doch sein Sohn, aber er wollte nicht, dass das irgendwer erfährt. Vor allem nicht seine Familie. Das hatte er mir schon damals gleich gesagt, als er erfuhr, dass ich schwanger war. Zuerst hat er mir auch nicht geglaubt, dass Leon von ihm ist.«

»Haben Sie einen Vaterschaftstest gemacht, um es ihm zu beweisen?«, erkundigte sich Benjamin Rehder. »Immerhin haben Sie Marcel Windisch bei den Behörden nicht als Vater angegeben, sondern dort ›Unbekannt‹ eintragen lassen«, fuhr der Hauptkommissar mit seiner Befragung fort.

»Ja, das stimmt. Darum hat Marcel mich damals gebeten. Und nein, ich habe keinen Vaterschaftstest gemacht – er … er hat mir dann doch geglaubt. Und er ist ja auch der Vater«, antwortete Leons Mutter.

»Da sind Sie sicher?«, wollte Vivien jetzt wissen.

Bianca Guntrams Blick schnellte zu Vivien Rimkus hinüber. Er war nicht wie Ben gegenüber furchtsam, sondern wütend: »Was wollen Sie denn? Natürlich bin ich mir sicher. Was denken Sie von mir?«

Vivien lächelte nachgiebig und überließ Ben wieder das Wort: »Nun, meine Kollegin hat eine simple und vollkommen legitime Frage gestellt, Frau Guntram. Mehr nicht. Und um ehrlich zu sein, kann ich Kommissarin Rimkus verstehen, denn wie wir Ihren Akten entnehmen konnten, haben Sie Ihr Geld zum Teil auch durch Prostitution verdient.«

»Was soll das denn jetzt?«, fragte Bianca Guntram nun auch aggressiv in Bens Richtung. »Ich denke, ich bin hier, um Ihnen dabei zu helfen, Leons Mörder zu finden. Wie ich mein Geld verdient habe, hat damit nichts zu tun. Das geht Sie absolut nichts an!«

»Da sind wir anderer Meinung, Frau Guntram«, sagte Ben ruhig, und dann wagte er einen Schuss ins Blaue: »Ist es nicht so, dass Sie sich nicht nur prostituiert haben und sich heute Ihr Geld als Cam-Girl und Darstellerin von Pornovideos verdienen, sondern dass Sie sogar Ihren eigenen Sohn zu solchen Videos gezwungen haben?«

Bianca Guntram starrte Ben entgeistert an. Sie war auf einen Schlag kalkweiß im Gesicht geworden, während sich auf ihrem Hals hektische rote Flecken bildeten. Sie schluckte. Dann sagte sie leise: »Ich will einen Anwalt.«

12.39 Uhr

Er saß vor seinem Laptop und öffnete den verschlüsselten Ordner. Gestern erst hatte er die Fotos und den kleinen Film hochgeladen und alles in den Ordner verschoben, es sich jedoch nicht angeschaut. Er hatte es nicht gekonnt. Die Tage zuvor hatte er noch nicht einmal das Hochladen über sich gebracht, doch dann war es ihm zu riskant erschienen, alles auf seinem Handy zu belassen. Was, wenn jemand es zufällig in die Finger bekam und Leon darauf entdecken würde? In dem Ordner auf seinem Laptop waren bereits ein paar ältere Aufnahmen von Leon. Und die von Henry, die er vor einiger Zeit digitalisiert hatte. Hier würde sie niemand so schnell finden, dazu kannte er sich zu gut in der digitalen Welt aus. Der Laptop war sein Arbeitsgerät, wenn er nicht an seinem eigenen Schreibtisch saß. Er nahm ihn mit zu Kunden, um seine Designs professionell präsentieren zu können. Für heute und für die nächsten Tage hatte er alle Termine abgesagt. Es hatte sein müssen. Er musste erst einmal die Dinge ordnen – in seinem Kopf und auch nach außen hin. Noch schaffte er es einfach nicht, im Alltag so zu tun, als sei nichts passiert. Er hatte die Kontrolle verloren und musste diese erst einmal wiedergewinnen. Außerdem wusste er, dass ihm das am leichtesten fallen würde, wenn er sich kümmerte. Und sie brauchte ihn jetzt so wie er sie. Gestern hatte er sich bei ihr gemeldet und ihr angeboten, für sie da zu sein, ihr zu helfen. Sie hatte reserviert reagiert, aber sie war von Natur aus schwer zugänglich – das kannte er schon von ihr – und in der aktuellen Lage konnte er es ihr nicht verdenken. Auch er hätte sich an ihrer Stelle zurückgezogen und tat es ja auch irgendwie gerade auf seine Weise, denn genau genommen war er in der gleichen Situation wie sie. In einem anderen Leben – wäre da nicht die Sache mit Henry und alles, was davor und danach damit zusammenhing – hätte ihm Anja vielleicht sogar gefallen, oder sie wären zumindest Freunde gewesen, weil sie sich vom Charakter her recht ähnlich waren. Aber jetzt war Anja für ihn lediglich die Mutter von Leon, seinem Leon, der ihn unglücklicherweise zu sehr berauscht hatte. Dass sie nur die Pflegemutter gewesen war, tat nichts zur Sache. Sie hatte Leon unter ihrer Obhut gehabt, und darum hatte er sie ausgewählt.

13.03 Uhr

Katharina saß am Steuer des Dienstwagens, während Tobi auf dem Beifahrersitz seinen Gedanken nachzuhängen schien. Die Mittagssonne hatte den Wagen aufgeheizt, und sie war froh, dass er über eine Klimaanlage verfügte. Sie waren auf dem Weg nach St. Dionys. Es störte Katharina keineswegs, dass Tobi offensichtlich heute nicht in Plauderlaune war. Zwar hätte sie gern erfahren, wie Jana auf den Ring reagiert hatte, doch dazu würde sich auch später noch die passende Gelegenheit finden lassen. Mit einem warmen Gefühl dachte sie selbst an ihren vergangenen schönen Abend mit Bene und an die Tatsache, dass sie solche Abende in Zukunft viel häufiger erleben würde als bisher. Als sie kurz darauf in die Straße einbogen, in der die Villa von Anja Buse lag, stellte Katharina das Radio aus und verlangsamte das Tempo. Sie wollten Leons Pflegemutter nach Marcel Windisch fragen, der um 15.30 Uhr zu seiner Befragung auf das Kommissariat kommen würde. Nachdem Bianca Guntram heute Vormittag einen Anwalt gefordert hatte, war aus ihr nichts mehr herauszubekommen gewesen. Von Steffen Giesing hatten sie gar nichts erfahren. Der hatte von Anfang an dicht gemacht und dann ebenfalls nach einem Anwalt verlangt.

Sie hatten Anja Buse bewusst nicht angerufen, da sie ihre Reaktion auf die Frage sehen wollten, denn noch immer konnten sie auch die Frau, die sich nahezu seit seiner Geburt um Leon gekümmert hatte nicht aus dem Kreis der Verdächtigen ausschließen, zumindest was den Missbrauch des Jungen oder eine Beteiligung daran betraf. Ihr Alibi für den Zeitpunkt des Todes hatten sie hingegen inzwischen bestätigt bekommen, hier gab es keinen Zweifel an ihrer Unschuld. Darüber hinaus wollten sie auch noch einmal den Nachbarn Thomas Berg aufsuchen.

»Was ist denn das für ein Wagen?«, fragte Katharina jetzt.

Vor dem Haus von Anja Buse stand ein 7er-BMW, den auch Tobi nicht einordnen konnte.

»Keine Ahnung«, sagte er und zuckte mit den Schultern. »Scheinbar hat Frau Buse Besuch, das ist schließlich nicht verboten.«

»Nee, schon klar, aber ich weiß auch nicht. Die Frau ist so verschlossen und … ach, ich hab einfach das Gefühl, dass sie uns einiges nicht gesagt hat«, erwiderte Katharina.

»Du meinst, sie hat bewusst Informationen zurückgehalten?«, hakte Tobi nach, woraufhin Katharina nun ihrerseits mit den Schultern zuckte. Auch Tobi hatte sich seine Gedanken über Anja Buse gemacht, konnte Katharinas Gefühl jedoch nicht ganz teilen. Er hatte die Frau erlebt, als sie gehofft hatten, dass Leon noch am Leben war – zwar hatte er sie ebenfalls als unnahbar empfunden, jedoch auch ihre Verzweiflung ganz am Anfang mitbekommen. Er konnte sich einfach nicht vorstellen, dass diese gespielt war. Doch er wusste ebenfalls, dass Vivien recht hatte, wenn sie sagte, dass auch Frauen zu Missbrauch oder sogar einem Mord an einem Kind fähig waren, und sie sich beim jetzigen Stand der Ermittlungen noch nicht auf einen männlichen Täter fokussieren durften. Das hatte er vorhin in der kurzen Besprechung nach den Befragungen von Bianca Guntram und Steffen Giesing eingestanden.

Nachdem Katharina in die Einfahrt der Buseschen Villa gefahren war, stellte sie den Dienstwagen hinter dem BMW ab. Gerade in dem Moment, in dem die beiden Kommissare ausstiegen, kam ein Mann mit forschen Schritten von der Straße in die Einfahrt und ging direkt auf die Ermittler zu. Von Weitem lächelte er ihnen verbindlich zu, und Katharina sah Tobi an, dass er sich fragte, ob es sich bei dem Mann um den Besitzer des BMW handelte, doch er wurde umgehend eines Besseren belehrt. Der Mann trat auf ihn zu, hielt ihm seine ausgestreckte Hand hin, die der Kommissar reflexartig ergriff, und sagte: »Guten Tag, Berg, Thomas Berg, ich bin der Nachbar von Frau Buse.«

»Kommissar Schneider«, antwortete Tobi und wollte schon seinen Dienstausweis zücken, als Berg erklärte:

»Das habe ich mir fast gedacht, ich habe ja Ihre Kollegin wiedererkannt.«

Thomas Berg ließ Tobi stehen und ging auf Katharina zu. Auch ihr streckte er seine Hand entgegen, begleitet von den Worten: »Kommissarin von Hagemann, richtig?«

»Ja, das ist richtig, Herr Berg, guten Tag«, erwiderte Katharina, ergriff jedoch nicht die Hand des Mannes, sondern übersah sie bewusst. »Das ist gut, dass wir Sie hier treffen, wir wollten sowieso auch zu Ihnen. Wir haben da noch ein paar Fragen«, sagte sie reserviert.

»Ja natürlich. Gern. Wollen wir zu mir rüber gehen?«, fragte Thomas Berg freundlich und erklärte unaufgefordert: »Eigentlich wollte ich gerade nach Anja schauen, wie es ihr heute so geht. Aber wie es scheint, ist ihr Schwager noch da«, der Mann deutete auf den BMW, »und ehrlich gesagt muss ich dem nicht über den Weg laufen. Er ist … wie soll ich sagen, … nicht so ganz mein Fall.«

»Ach, das ist das Auto von Frau Buses Schwager?«, war Katharina hellhörig geworden, während sie den Weg zum Nachbarhaus einschlug. Thomas Berg ging neben ihr, während Tobi zwei Schritte hinter den beiden blieb, gerade so, dass er ihr Gespräch noch mit verfolgen konnte.

»Ja«, antwortete Berg, »der Bruder ihres verstorbenen Mannes. Er hat sich schon damals um Anja und Leon gekümmert. Also ich meine nach Andrés Tod. Leon war noch fast ein Baby, und Anja war ziemlich überfordert mit dem Kleinen und der Organisation der Beerdigung. Und dann war da ja auch noch das Erbe. Da hat es wohl auch einiges zu regeln gegeben.«

Inzwischen waren sie am Haus von Thomas Berg angekommen. Er schloss auf und bat die Kommissare hinein.

»Nehmen Sie doch bitte im Wohnzimmer Platz«, forderte er die beiden mit einer begleitenden Handbewegung hin zu einer offenstehenden Doppeltür auf: »Darf ich Ihnen etwas zu trinken anbieten?«

»Nein danke, das ist nicht nötig«, erwiderte Katharina, die zwar in das Wohnzimmer hinein ging, jedoch bewusst stehen blieb. »Wir haben lediglich ein paar Fragen, es wird nicht lange dauern.«

»Gut, aber Sie erlauben sicher, dass ich mir kurz etwas hole, es ist so warm heute«, erklärte Berg und verschwand durch eine Tür, hinter der sich vermutlich die Küche befand.

»Komischer Kauz«, flüsterte Tobias seiner Kollegin zu.

»Ja, sehe ich genauso«, antwortete Katharina. Sie nutzte die Abwesenheit des Mannes, um sich umzuschauen. Was sie hier sah, war der absolute Kontrast zu der Einrichtung von Anja Buse. Es war sehr ordentlich und aufgeräumt, wirkte zugleich aber wenig einladend oder wohnlich. Dunkle Vorhänge tauchten den Raum in düsteres Licht, eine wuchtige Schrankwand, wie sie schon seit Jahren nicht mehr modern war, füllte eine ganze Wand, und die mit orange-braun-grün gestreiftem Samt bezogene Sitzgarnitur wirkte extrem altbacken. Gerade, als sie sich Tobi gegenüber dazu äußern wollte, trat Thomas Berg mit einem Glas Wasser wieder in den Raum. »So, da bin ich wieder – wie kann ich Ihnen helfen?«

Offenbar war der Nachbar heute in Erzähllaune, zumindest hatte er schon vor dem Haus von Anja Buse offener und entspannter auf Katharina gewirkt als bei ihrem ersten Zusammentreffen. Daher entschied sie spontan, das auszunutzen. Sie setzte sich nun doch auf einen Sessel, während Tobi weiterhin stehen blieb.

»Ist Ihnen seit unserem letzten Gespräch vielleicht noch irgendetwas eingefallen, was uns bei den Ermittlungen helfen könnte?«, fragte sie und versuchte, etwas freundlicher zu klingen als zuvor.

»Leider nein, obwohl ich mir wirklich den Kopf darüber zerbrochen habe«, antwortete Thomas Berg. »Mir macht die Geschichte ziemlich zu schaffen, schließlich stand der Junge mir schon recht nah, so häufig, wie er bei mir war. Ich vermisse ihn sehr, er hat immer so viel Leben hier ins Haus gebracht.«

Das hatte Katharina sich schon vorstellen können, als der Mann es in nahezu denselben Worten bei ihrem ersten Gespräch gesagt hatte. Angesichts der etwas trostlosen Atmosphäre, die sein Haus ausstrahlte, bestätigte sich das noch mehr, aber sie ließ sich nichts anmerken. Stattdessen fragte sie: »Kennen Sie den Schwager von Frau Buse näher?«

»Nein, nicht wirklich. Wie gesagt, damals, in den ersten Tagen nach dem Tod von André, sind wir uns ein paar Mal begegnet. Aber wir haben wenig miteinander gesprochen, ich habe ja schon angedeutet, dass wir beide nicht unbedingt auf einer, wie sagt man, auf einer Wellenlänge liegen.« Berg lachte gekünstelt, und Katharina erkannte die Unsicherheit wieder, die ihr schon aufgefallen war, als sie bei Anja Buse auf ihn getroffen war.

»Hat Frau Buse ein enges Verhältnis zu dem Bruder ihres verstorbenen Mannes?«, hakte sie nach.

»Um Gottes willen, nein«, betonte Berg. »Ganz im

Gegenteil. Wenn es nach Anja ginge, würde er möglichst keinen Fuß in ihr Haus setzen.«

»Gibt es dafür einen konkreten Grund?«, wollte nun Tobias wissen.

»Na ja, ich weiß nicht, ob es mir zusteht, darüber …« Berg machte eine kurze Pause, fuhr dann jedoch fort: »Anja hat mir mal erzählt, dass es ziemlich heftige Streitereien gab, das Erbe von André betreffend. Ich kenne da keine Einzelheiten, da müssen Sie Anja selbst fragen. Andrés Bruder ist in seiner Art sehr bestimmt, oder vielleicht sollte ich eher sagen bestimmend. Damals jedenfalls wollte er alles über Anjas Kopf hinweg regeln, also die Beerdigung, die Trauerfeier und so weiter. Angeblich, um sie zu entlasten, aber das glaube ich persönlich nicht. Ich denke, er ist es schlichtweg gewohnt, Anweisungen zu geben und die Kontrolle an sich zu reißen. Anja hat das nicht gefallen, aber sie hatte damals keine Kraft, sich ihm zu widersetzen. Darum hoffe ich umso mehr, dass sie sich jetzt nicht wieder von ihm vorschreiben lässt, was sie tun soll.«

»Wie war denn das Verhältnis zwischen Leon und diesem Mann? Er war für ihn ja eine Art Onkel«, erkundigte sich Katharina.

»Wenn Sie mich fragen, hatte der Junge Angst vor ihm. Viel Kontakt hatten sie meines Wissens nicht, aber ich erinnere mich, dass Leon einmal zu mir rüberkam, als Anjas Schwager da war. Er fühlte sich offenkundig in dessen Gegenwart nicht wohl.«

Katharina fiel eine weitere Frage ein, die sie bisher auch mit Leons Pflegemutter nicht geklärt hatte: »Hatte Anja Buse eigentlich seit dem Tod ihres Mannes jemals eine neue Beziehung?«

Berg schien zu überlegen. »Nein, ich denke nicht. Jedenfalls sicher nichts Verbindliches, ich erinnere mich zumindest an keinen Mann, der hier in den letzten Jahren regelmäßig ein- und ausgegangen wäre. Und je länger ich darüber nachdenke – nein, ich kann es mir auch nicht vorstellen. Sie hat lange um ihren Mann getrauert, und dann hat sie all ihre Kraft und Liebe Leon geschenkt. Das war manchmal vielleicht sogar schon zu viel.«

»Wie meinen Sie das?«, fragte Tobi nach.

»Nun ja, sie hat den Jungen teilweise sehr eingeengt, glaube ich. Das mag nach außen nicht so gewirkt haben, da sie ja berufstätig ist, aber ich … ich hatte ja schon einen gewissen Einblick. Leon war sehr auf sie fixiert, und meines Erachtens hat Anja das auch genauso gewollt. Gleichzeitig glaube ich aber, dass Leon damit inzwischen ein Problem hatte. Sehen Sie, der Junge war zehn Jahre alt. Aber von seiner Mutter, also seiner Pflegemutter, wurde er oft noch behandelt wie ein Kleinkind. Wenn ich es recht bedenke, war er außerdem ziemlich einsam. Er hatte nur selten Freunde zu Besuch. Anja hatte ihn am liebsten ganz für sich. Vielleicht war er darum auch so oft und gern hier bei mir …«

Katharina musterte den Mann. Sie wusste noch immer nicht, was sie von ihm halten sollte und war schon jetzt gespannt darauf, welchen Eindruck Tobi von ihm gewonnen hatte.

14.51 Uhr

»Was hältst du von Philippe Picu?«, fragte Tobi, nachdem die beiden Kommissare ins Auto gestiegen waren und Katharina jetzt den Wagen aus der Einfahrt von Anja Buse lenkte.

»Schwer zu sagen. Sympathisch ist mir Anja Buses Schwager definitiv nicht, aber das ist mir irgendwie keine der Personen, die in irgendeiner Form mit diesem Fall zu tun haben.«

Tobi nickte. »Das geht mir ähnlich. Anja Buse macht einen auf unnahbar, wirkt dabei aber auch gleichzeitig hilflos. Der Nachbar kommt mir ziemlich merkwürdig vor. So … wie soll ich sagen, so kauzig, und vorhin war er ziemlich waschweibmäßig drauf. Auch wenn er immer wieder betont hat, dass er ja gar nichts zu Frau Buse und ihrem Schwager sagen kann, hat er doch zwischen den Zeilen eine ganze Menge preisgegeben. Mir kam es fast so vor, als wenn er das getan hat, um von sich abzulenken. Na ja, und zu Bianca Guntram und Steffen Giesing möchte ich mich eigentlich gar nicht äußern. Da kennst du auch schon zur Genüge meine Meinung. Und diesen Windisch werde ich ja jetzt gleich näher kennenlernen.«

»Der ist wieder ein anderer Schlag«, erklärte Katharina, »aber von einem Sympathiefaktor kann ich auch da nicht sprechen. Er ist halt gut situiert, macht einen recht gebildeten Eindruck, also ein völlig anderes Niveau als Leons leibliche Mutter und ihr merkwürdiger Manager-Freund. Aber irgendwie wirkt er auf mich getrieben.«

»Getrieben? Wie meinst du das?«, hinterfragte Tobias.

»Ich will dich da gar nicht beeinflussen, mach dir am besten gleich im Verhör selbst ein Bild«, erwiderte sie. »Vielleicht bekommst du einen anderen Eindruck.«

Tobi schwieg einen Augenblick, bevor er wieder auf den Schwager von Anja Buse zu sprechen kam. »Ich war im ersten Moment überrascht, einem so alten Mann zu begegnen, ich hatte vergessen, dass der verstorbene Mann von Anja Buse so viel älter war als sie.«

Tatsächlich war Tobi komplett irritiert gewesen, als sie nach dem Besuch bei Thomas Berg im Nachbarhaus einem Mann von etwa Mitte 70 gegenüberstanden, doch er hatte versucht, es sich nicht anmerken zu lassen.

»Hast du eine Idee, was der früher beruflich gemacht hat?«, wollte er von Katharina wissen. »Inzwischen dürfte er ja wohl längst in Rente sein.«

»Keine Ahnung«, erwiderte Katharina. »Auf jeden Fall war er nicht so prominent wie sein Bruder. Vivien könnte da gleich mal im Netz recherchieren, wenn wir wieder im Kommissariat sind.«

»Von André Picu hatte ich auch bisher nie gehört, wenn ich ehrlich bin«, gab Tobias zu. »Große Architektur ist ja jetzt nicht so mein Steckenpferd.« Er musste lachen und merkte selbst, wie gut ihm das tat. Wenn er darüber nachdachte, hatte er in den vergangenen Tagen nur sehr selten überhaupt nur ein Lächeln im Gesicht gehabt, wobei es ihm schon etwas besser gegangen war, nachdem er am Tag zuvor mit Katharina gesprochen hatte. Das änderte zwar nichts daran, dass der Fall ihn mehr mitnahm, als ihm lieb war, doch er empfand eine gewisse Befreiung und hatte festgestellt, dass er nicht allein dastand. Noch immer fühlte er sich durch den Mord an dem Jungen auf eine bestimmte Art und Weise persönlich angegriffen, obwohl er es albern fand, sobald er sachlich darüber nachdachte. Aber die Tatsache, dass er als Einziger aus dem Team selbst ein Kind hatte, gab ihm das Gefühl, dass er stärker oder zumindest anders betroffen war als die Kollegen. Das hatte sich auf beruflicher Ebene nicht geändert, aber über das, was ihn umtrieb, mit Katharina zu sprechen, war eine gute Entscheidung gewesen. Ganz abgesehen davon, dass sie ihm bei der Auswahl des Ringes für Jana eine große Hilfe gewesen war. Seine Freundin … Er lächelte – seine Verlobte, musste er ja jetzt sagen – war zu Tränen gerührt gewesen, als er ihr den Ring an den Finger gesteckt hatte. Katharina hatte mit dem zarten, leicht geschwungenen Silberring genau Janas Geschmack getroffen, und Tobi wusste, dass er das ohne die Kollegin nicht so gut hinbekommen hätte. Bei dem Gedanken an seine kleine Familie stieg erneut ein ungewohntes Gefühl in Tobi auf. Es war eine Mischung aus tief empfundener Liebe, Angst, Verantwortungsgefühl und Glück. All das hatte er nie zuvor in dieser Intensität gespürt, und das verwirrte ihn immer noch. War das normal, oder stimmte irgendetwas nicht mit ihm?

»Bist du gleich bei der Befragung dabei?«

Katharinas Worte rissen den Kommissar aus seinen Gedanken.

»Wie bitte?«, fragte er nach.

»Ob du gleich mit in die Befragung von Marcel Windisch gehst«, wiederholte Katharina, und Tobi hatte das Gefühl, dass sie ihn prüfend ansah.

»Ich würde schon gern dabei sein«, erklärte er, »um mir

einen Eindruck zu verschaffen. Aber die Fragen überlasse ich gern dir oder Ben.«

»Na, dann schauen wir mal, wie unser Chef sich das gedacht hat«, sagte Katharina, als sie den Wagen auf den Parkplatz des Kommissariats lenkte. Wenige Minuten später betraten sie das Büro, in dem Hauptkommissar Benjamin Rehder bereits auf sie wartete.

»Da seid ihr ja, ich hab mich schon gefragt, wo ihr so lange bleibt. Gab es was Unerwartetes?«, fragte er.

»Das nicht unbedingt«, erklärte Tobias, während er sich auf seinen Platz setzte. »Als Erstes waren wir bei Thomas Berg, der ist uns quasi vor dem Haus von Anja Buse vor die Füße gestolpert und war äußerst redselig. Bei Frau Buse sind wir auf ihren Schwager getroffen, einen gewissen Philippe Picu, also den Bruder ihres verstorbenen Mannes.«

»Und?«, wollte der Hauptkommissar wissen. »Konnte er zu dem Mord an Leon irgendetwas sagen?«

»Nein«, erwiderte Tobi. »Im Vergleich zu Thomas Berg war Herr Picu äußerst schweigsam. Ich hatte auch den Eindruck, dass unser Besuch ihm überhaupt nicht gelegen kam. Anja Buse dagegen umso mehr.«

»Wie meinst du das?«, fragte Ben verwundert.

»Die beiden scheinen nicht das beste Verhältnis zu haben. Als wir ankamen, sah Anja Buse ziemlich gestresst aus. Anders gestresst als in den letzten Tagen. Und vom Gefühl her würde ich einfach sagen, dass sie froh war, uns als Vorwand benutzen zu können, um ihn loszuwerden.«

»Wie war dein Eindruck, Katharina?«, erkundigte Benjamin Rehder sich.

»Ganz genauso, wie Tobi sagt. Picu kommt ziemlich despotisch rüber. Er ist zwar bestimmt schon Mitte 70, wirkt aber jünger und sehr agil. Daneben wirkte Anja Buse geradezu eingeschüchtert, was ja sonst nicht gerade ihrem Typ entspricht.«

»Wisst ihr, ob die beiden Streit hatten?«, hakte Ben nach und runzelte nachdenklich die Stirn.

»Schwer zu sagen, aber ich …« Tobias kam nicht mehr dazu, seine Antwort zu äußern, denn in diesem Moment klopfte es. Marcel Windisch stand in der offenen Tür zum Gemeinschaftsbüro und wirkte unschlüssig, ob er einfach so eintreten sollte.

»Guten Tag, Herr Windisch«, sagte Benjamin Rehder und ging auf den Mann zu, der sich allem Anschein nach unwohl fühlte. Währenddessen beobachtete Tobias interessiert den leiblichen Vater von Leon, den er zum ersten Mal sah. Katharina hatte recht. Schon optisch passte er nicht im Entferntesten zu Bianca Guntram. Eher zu Anja Buse, wenn man es neutral betrachtete, aber die hatte auf die Frage nach Windisch erklärt, dass sie ihn nicht kennen würde. Während der Mann nun in den Raum trat, musterte Tobi ihn von oben bis unten. Soweit er wusste, hatte Windisch Leon kein einziges Mal gesehen. Ob er trotzdem um ihn trauerte?

Ben bat Marcel Windisch, ihm zu folgen, und führte ihn in sein Büro. Die Tür zum Gemeinschaftsbüro ließ er offen. Tobis Blick wanderte zu Katharina, die ihn ebenfalls wissend anschaute. Sie hatten es nicht mehr geschafft, die Befragung von Marcel Windisch durchzusprechen, aber auf die Weise, wie ihr Chef es nun anging, konnten sie mithören, ohne direkt bei der Befragung anwesend zu sein. Sie machten das manchmal auf diese Weise, damit beim Befragten der Eindruck eines lockeren Gesprächs entstand und er sich nicht von mehreren Kommissaren in die Enge gedrängt fühlte und womöglich dichtmachte.

»Schön, dass Sie kommen konnten, Herr Windisch, immerhin haben wir Wochenende und somit die wohlverdiente Familienzeit. Wie viele Kinder, sagten Sie, haben Sie? Zwei oder drei?«, begann Ben das Gespräch, nachdem er sich Windisch gegenüber hinter seinen Schreibtisch gesetzt hatte.

Katharina warf Tobi einen Blick zu. Ben kannte die Antwort auf diese Frage ganz genau.

»Ich, ähm, drei. Mit Leon …«, sagte Windisch leise, und Tobi hatte Mühe, ihn zu verstehen.

»Ist schon gut, Herr Windisch«, half Ben dem sich windenden Mann aus seiner Not: »Ich meinte selbstverständlich ohne Leon. Tut mir leid, das war sehr unsensibel von mir. Weiß denn wirklich niemand in Ihrer Familie von dem Jungen? Haben Sie es nicht einmal Ihrer Frau irgendwann gebeichtet? Ich meine, Sie saßen ja geradezu auf einem Pulverfass. Bianca Guntram hätte schließlich jederzeit vor Ihrer Tür stehen können, um ein zweites Mal die Hand aufzuhalten, und nicht erst jetzt, nach knapp zehn Jahren.«

»Ja, ich weiß«, gab Marcel Windisch zu, und dann sprudelte es aus ihm heraus: »Aber was hätte ich denn tun sollen? Denn nein, ich habe es meiner Frau nie gesagt. Ich habe es überhaupt niemandem gesagt! Susanne, also meine Frau … Susanne hätte das nie und nimmer verstanden. Und ich verstehe mich ja selbst nicht mehr. Und ja, natürlich war die Angst, Bianca könnte plötzlich wieder in meinem Leben auftauchen, unterschwellig immer da.«

»Wie meinen Sie das, Sie verstehen sich selbst nicht mehr? Sie haben Bianca Guntram ja nicht nur einmal getroffen … sagten Sie nicht, Ihr Verhältnis ging knapp ein halbes Jahr?«, hakte der Hauptkommissar nach.

»Ja, das ist auch so gewesen, aber wieso fragen Sie das alles noch einmal? Ich dachte, es geht hier um den Tod des Jung… von Leon?«, fragte Windisch verunsichert.

»Ich möchte mir ein Bild von Bianca Guntram machen, und dazu muss ich Ihnen leider auch diese sehr privaten Fragen stellen«, erklärte Ben, und Katharina und Tobi tauschten wieder einen Blick. Sie kannten ihren Chef gut genug, um zu wissen, dass er diese Fragen stellte, weil er auf diese Weise auch über Windisch nähere Informationen erhielt, ohne dass dieser es merkte.

»Und meine Familie erfährt nichts davon?«, wollte dieser jetzt wissen.

»Erst einmal nein. Wenn es allerdings für die Ermittlungen notwendig wird, dann kann ich Ihnen das nicht versprechen«, sagte der Hauptkommissar aufrichtig.

»Das ist wenigstens ehrlich«, erwiderte Windisch, und er klang in Tobis Ohren erschöpft. Die nächsten Worte von Windisch bestätigten Tobis Eindruck: »Wissen Sie, Kommissar Rehder, irgendwie ist es auch in Ordnung. Ich habe so lange mit der Angst gelebt, dass die Sache mit Bianca und Leon rauskommen könnte, und nun, vor dem Hintergrund der erneuten Erpressung … was soll ich sagen? Vielleicht ist es sogar besser …«

»Herr Windisch, erzählen Sie mir einfach ein bisschen mehr von sich und Frau Guntram. Wie ist es zu Ihrer

Verbindung gekommen?«, fragte Ben noch einmal, doch seine Stimme wirkte dabei nach wie vor verständnisvoll.

»Also, das war so«, begann der Mann, und dann erzählte er davon, wie er vor etwa elf Jahren eine schwere Krise gehabt hatte. Bei ihm war ein bösartiger Tumor festgestellt worden. Die Krebsdiagnose hatte ihn damals ziemlich aus der Bahn geworden. Seine älteste Tochter war zu diesem Zeitpunkt gerade einmal ein Jahr alt gewesen und seine zweite noch nicht geboren. Windisch hatte Angst bekommen. Vor dem Leben ebenso wie vor dem Sterben. Er hatte Verantwortung für eine Familie, die er vielleicht nicht mehr würde erfüllen können. Das waren seine Gedanken gewesen, als er bei einem Junggesellenabschied eines engen Freundes Bianca Guntram kennengelernt hatte. »Sie war damals schon ziemlich fertig, wenn ich ehrlich bin. Sie war die Stripperin, die der Trauzeuge für den Bräutigam gebucht hatte«, sagte Windisch gerade in dem Moment, als Tobi zu Katharina hinüberschaute. Wie er selbst saß sie an ihrem Schreibtisch und hörte gebannt der Lebensbeichte zu – denn nichts anderes war es, was der Mann in Bens Büro da von sich gab. Wie der äußere Schein doch trügen kann, dachte Tobi bei sich. Da scheint so ein Mann alles zu haben: eine kleine Familie, ausreichend Geld, Freunde – und doch kann das Schicksal unbarmherzig zuschlagen. Denn was bedeutet vor allem Geld gegenüber einer guten Gesundheit? Nichts. Der junge Kommissar konzentrierte sich wieder auf die Stimme, die unablässig weiter berichtete: »… aber gerade weil sie so anders war als die Frauen, mit denen ich sonst so zu tun hatte und auch so … so verletzlich, wie ich mich gerade fühlte, habe ich … habe ich den Kontakt zu ihr gesucht. Schon auf dem Junggesellenabend haben wir zusammen auf der Toilette gekokst. Die anderen haben nichts davon mitbekommen, und für mich war es das erste Mal gewesen, aber es hat mich auf andere Gedanken gebracht. Plötzlich fühlte ich mich wieder stark und, na ja, auf jeden Fall habe ich Bianca nach diesem Abend wiedergetroffen. Sie wusste nichts von meiner Diagnose, aber das musste sie auch nicht. Mit ihr konnte ich in eine andere Welt eintauchen. Ohne Verantwortung und vor allem ohne dieses Gefühl der Ohnmacht. Sie hat immer die Drogen besorgt, und ich habe ihr das Geld dafür gegeben. Tja, und manchmal haben wir eben auch miteinander geschlafen. Darum war es mir nie gegangen, aber im Drogenrausch hat es sich einfach ab und zu so ergeben. Wissen Sie, ich liebe meine Frau und habe das immer getan. Schon damals wusste ich irgendwo tief in mir, dass ich einen großen Fehler machte, aber die Drogen zogen mich immer wieder zu Bianca, und wenn ich was genommen hatte und Bianca auch, dann fühlte sich plötzlich alles so leicht an und die trüben Gedanken waren weg. Na ja, und dann hat Bianca mir irgendwann erzählt, dass sie von mir schwanger ist. Das war dann für mich eine Art Signal. Ich habe sofort den Kontakt abgebrochen. Auch Drogen habe ich nie wieder angerührt. Kurze Zeit darauf habe ich erfahren, dass ich den Krebs zumindest für den Moment besiegt hatte. Das war irgendwie eine Ironie des Schicksals, wenn Sie wissen, was ich meine …«

Hauptkommissar Benjamin Rehder räusperte sich. Dann fragte er: »Und Frau Guntram wollte damals wirklich nur dieses eine Mal Geld von Ihnen? Sie hat bis gestern tatsächlich nie wieder den Kontakt zu Ihnen gesucht?«

»Ich gebe Ihnen mein Wort darauf«, sagte Marcel Windisch, und seine Stimme klang fester als zuvor. Scheinbar hatte er wieder zu sich und seinem Selbstbewusstsein zurückgefunden, nachdem er seine Geschichte losgeworden war. »Wie ich ja vorhin schon sagte, habe ich mich selbst darüber gewundert, dass Bianca so stillgehalten hat. Aber ich war froh drum, und es ist mir einigermaßen gelungen, diesen Teil meines Lebens zu verdrängen. Ich habe sie all die Jahre nie wieder gesehen bis gestern, als sie mit diesem Typen bei mir vor meiner Haustür stand«, sagte Marcel Windisch. »Meinen Sie … meinen Sie, ihr Erscheinen hat etwas mit dem … dem Tod von Leon zu tun?«

»Ich hatte gehofft, das können Sie mir sagen, Herr Windisch«, erwiderte Ben, woraufhin Marcel Windisch nachdrücklich den Kopf schüttelte, wie Tobi von seiner Position aus erkennen konnte. Er sah außerdem, wie Ben jetzt aufstand und quasi nebenbei fragte: »Ich würde gern einen Vaterschaftstest durchführen lassen. Dafür brauche ich Ihre DNA. Darf ich schnell einen Abstrich bei Ihnen machen? Dann hole ich kurz das Teststäbchen.«

»Ich … ähm… ja«, stimmte Windisch, von Ben dermaßen überrumpelt, zu, woraufhin der Kommissar sein Büro verließ. Bevor er an den Schrank trat, in dem sich inzwischen wieder ein aufgefüllter Vorrat an luftdicht verpackten Teststäbchen befand, ging Ben auf Tobis Schreibtisch zu und raunte: »Check doch mal das Konto von der Guntram. Ich will wissen, ob da nicht vielleicht doch regelmäßig Geld eingegangen ist.«

Brüderchen, komm tanz mit mir!
Beide Hände reich ich dir.
Einmal hin, einmal her,
rundherum, das ist nicht schwer.

Mit dem Köpfchen nick, nick, nick!
Mit dem Fingerchen tick, tick, tick!
Einmal hin, einmal her,
rundherum, das ist nicht schwer.

Ei, das hast du fein gemacht!
Ei, das hätt ich nicht gedacht.
Einmal hin, einmal her,
rundherum, das ist nicht schwer.

Mit den Händen klapp, klapp, klapp!
Mit den Füßen trapp, trapp, trapp!
Einmal hin, einmal her,
rundherum, das ist nicht schwer.

Noch einmal das schöne Spiel.
Weil es mir so gut gefiel.
Einmal hin, einmal her,
rundherum, das ist nicht schwer.

Mit dem Köpfchen nick, nick, nick!
Mit dem Fingerchen tick, tick, tick!
Einmal hin, einmal her,
rundherum, das ist nicht schwer.

(Kinderlied, überliefert aus Thüringen)

6. KAPITEL:

SONNTAG, 13.08.2017

12.55 Uhr

Katharina kam gern ins Reihenhaus der Rehders im Lüneburger Stadtteil Bockelsberg. Es war nicht gerade groß, dafür aber sehr gemütlich – ganz anders als das Haus, in dem sie selbst aufgewachsen war. Sie hatte Benes Mutter eine Tüte Champagnertrüffel mitgebracht, für die diese sich jetzt auf ihre ganz eigene fröhliche Art bedankte: »Aber Katharina, du sollst mich doch nicht immer so verwöhnen! Kind, du weißt doch, dass du mir nichts mitzubringen brauchst. Und dann noch diese teuren Pralinen! Aber eines sage ich dir, Reinhard«, ergänzte sie an ihren Mann gewandt, »du bekommst keine Einzige davon ab. Die sind ganz allein für mich und meine Hüfte!«

Reinhard Rehder sagte: »Mach nur«, und schmunzelte in sich hinein. Katharina wusste, warum. Sie hatte Benes Vater – wie schon so oft – eine Schachtel Zigarillos mitgebracht, die er abends heimlich auf der Terrasse rauchen würde, wenn seine Frau vor dem Fernseher eingeschlafen war. Katharina war sicher, dass Sigrid Rehder von diesem Mitbringsel, das sie ihm zugesteckt hatte als seine Frau in der Küche war, dennoch wusste, und war dieser dankbar, dass sie das Spiel mitspielte. Es hatte so etwas von einer gut gemeinten Verschwörung untereinander, und auch das hatte Katharina nie mit ihrem Vater oder ihrer Mutter erlebt.

»Ist Ben schon da?«, wollte Bene jetzt wissen und drängte vom schmalen Flur nach hinten ins Wohnzimmer. Von dort aus ging es auf die Terrasse, wo sie bei diesem schönen Wetter sicherlich unter der Markise essen würden, wie Katharina annahm. Sie folgte ihrem Freund durch den Flur und hörte jetzt einen tiefen Bariton, den sie nur zu gut kannte: »Klar – bin schon hier draußen und genieße die Sonne!«

Ben kam ihnen nun entgegen, blieb aber in der geöffneten Terrassentür stehen, um seinen Zwilling in die Arme zu nehmen. Dann klopften sich beide jeweils auf die Schultern, und das war es mit der Begrüßung. Katharina mochte dieses Ritual der Brüder, das kaum zwei Sekunden dauerte, wortlos über die Bühne ging, aber trotzdem absolut herzlich war. Jetzt trat Ben auf Katharina zu und gab ihr ein Küsschen auf die linke Wange. Sie begrüßten sich auf diese Weise ausschließlich, wenn sie sich privat begegneten, und Katharina war es nach wie vor irgendwie unangenehm. Wobei »unangenehm« das falsche Wort war, dachte sie jetzt. Sie fand dieses Verhalten zwischen ihnen einfach merkwürdig und hätte gern auf diese Art der Begrüßung, die in der Regel von Ben ausging, verzichtet. Andererseits zeigte es ihr jedes Mal, dass Ben sie in diesen Momenten nicht als seine Kollegin ansah. Ach, es war und blieb schwierig, das konnte Katharina drehen und wenden, wie sie wollte, und sie war immer wieder froh, wenn die Begrüßung zwischen ihr und Ben im privaten Kreis vorüber war.

»Ihr Lieben, setzt euch, wir können gleich essen«, rief Sigrid Rehder jetzt, und Katharina war froh, aus ihren Gedanken gerissen zu werden. Gemeinsam mit Bene trat sie hinaus. Beide folgten Ben auf die Terrasse, wo Reinhard Rehder gerade dabei war, den Gasgrill zu entzünden. Wie immer war der Tisch reichhaltig gedeckt – in Katharinas Augen viel zu üppig. Doch die Mutter der Brüder war davon nie abzubringen, und inzwischen hatten sie es sich abgewöhnt, etwas dagegen zu sagen. Es endete meist damit, dass alle am Ende gefüllte Plastikdosen mit nach Hause nahmen, weil wieder so viel übrig geblieben war.

»Ich dachte mir, bei dem schönen Wetter schmeißen wir den Grill an«, erklärte Sigrid Rehder strahlend, während sie eine Platte mit Unmengen an Fleisch, Würstchen und Maiskolben auf dem Beistelltisch neben dem Grill platzierte. Auf dem ovalen Esstisch standen bereits drei große Salate, Gemüse und mindestens acht oder neun verschiedene Soßen.

»Vorweg gibt es aber noch eine kleine Vorspeise, sonst hätte ich ja gar nichts zu kochen gehabt«, erklärte die Mutter der Zwillinge nicht ohne Stolz und fügte hinzu, »und Nachtisch gibt es natürlich auch noch.«

Katharina stöhnte innerlich. Sie aß wirklich gern, und Sigrid war eine gute Köchin, doch im Grunde war die Kommissarin bereits bei der Ankündigung und dem Überfluss an Gerichten satt. Vermutlich würde sie sich heute Abend fühlen wie eine vollgestopfte Tonne. Wie gut, dass sie sich ohnehin von Frauke hatte überzeugen lassen, wieder häufiger zum Sport zu gehen. Gemeinsam mit den Brüdern setze sie sich an den Tisch und lächelte, als Sigrid Rehder ihr kurz darauf einen reichlich gefüllten Vorspeisenteller servierte.

»So, Kinder, nun esst. Reinhard, setz dich zu uns, dein neuer Gasgrill macht das doch fast von allein.«

Reinhard Rehder folgte der Aufforderung und rieb sich die Hände, als er sich am schmalen Tischende niederließ. »Das sieht wieder großartig aus, meine Liebe, ich habe jetzt auch wirklich Hunger.«

Bene grinste seinen Vater an: »Ach komm, Papa, du willst mir doch nicht erzählen, dass du heute nicht schon ordentlich gefrühstückt hast!«

»Sicher, zum Grillen gehört ein kühles Bier, und das kann ich ja wohl schlecht auf nüchternen Magen trinken«, schmunzelte Rehder Senior, griff sich die Flasche, die neben einem Glas vor ihm auf dem Tisch stand, und ließ sie aufploppen. »Prost!«

»Reinhard, kannst du nicht das Glas nehmen?«, bat Sigrid Rehder mit einem missbilligenden Blick auf ihren Mann, doch der antwortete nicht, sondern trank bereits genüsslich. Katharina wusste, dass Benes Mutter keine Antwort erwartete – auch dieses Glas-Flasche-Ritual gehörte beim Grillen in der Rehderschen Familie dazu. Katharina musterte Reinhard Rehder liebevoll von der Seite: Im Vergleich zu seinen Söhnen trug der Vater inzwischen einen stattlichen Bauch vor sich her. Katharina wusste von Bene, dass sein Vater, als er noch im aktiven Dienst als Streifenpolizist gearbeitet hatte, immer schlank und durchtrainiert gewesen war. Bene war nahezu erschrocken, als er vor einigen Jahren nach Lüneburg zurückgekehrt war und ihn das erste Mal wiedergesehen hatte. Doch seit der ältere Herr pensioniert war, genoss er es, sich von seiner Frau rund um die Uhr verwöhnen zu lassen – und zusammen mit der fehlenden Aktivität waren immer mehr Kilos dazugekommen. Katharina musste unwillkürlich zu Ben hinübersehen, der ihr gegenübersaß. Auch er zeigte seit einiger Zeit erste Anzeichen eines Bauchansatzes, was ihn im Gegensatz zu seinem Vater allerdings ärgerte. Bene schien da anders veranlagt zu sein, denn obwohl er in letzter Zeit auch nur noch wenig Sport machte, blieb er konsequent schlank. Vielleicht hatte es auch damit zu tun, dass er nur selten Alkohol trank, dachte Katharina. Heute trank er zwar – eher seiner Mutter zuliebe – ein Bier mit, das zum Grillen hier ungefragt an jedem Platz stand, doch ansonsten hielt er sich sehr zurück. Ben dagegen war ein Weinliebhaber und genoss am Abend ein oder zwei Gläser Rotwein. Eigentlich waren die Zwillinge überhaupt sehr verschieden, dachte Katharina zum wiederholten Mal. Optisch war die Ähnlichkeit nicht zu ignorieren, und bis heute hatten fremde Leute Schwierigkeiten, die beiden auseinanderzuhalten, wenn sie nebeneinanderstanden. Aber sonst ... Bene war spontan, lebensfroh, und er brachte Katharina oft zum Lachen, was ihr immer wieder guttat. Sie hatten wirklich viel Spaß zusammen, vor allem auch, weil er unkompliziert war und die meisten Dinge nicht so ernst nahm. Ganz davon abgesehen, dass er zärtlich und liebevoll war, ohne dass ihre Beziehung bisher auch nur ansatzweise in eine Routine abgeglitten war. Katharina hoffte, dass sich das nicht ändern würde, wenn sie jetzt zusammenzogen. Ein Restzweifel war doch noch in ihrem Kopf vorhanden, wie sie jetzt spürte, darum verdrängte sie schnell den Gedanken daran. Unauffällig wandte sie ihren Blick wieder Ben zu. Er wirkte ebenfalls nachdenklich. Überhaupt war das einer der großen Unterschiede zwischen den beiden. Während ihr Freund Benedict die Dinge einfach anpackte, schien sein Zwilling Benjamin oft zu grübeln und ähnlich wie sie selbst seinen ganz eigenen Gedanken nachzuhängen, die er mit niemandem teilte. Mit wem auch? Seit Katharina ihn kannte, war er allein. Bis auf die Frau, die er vor längerer Zeit bei Fraukes Geburtstag kennengelernt hatte. Ob zwischen den beiden …

»Mama, Papa, ich wollte euch noch etwas erzählen«, fiel Bene in ihre Gedanken. »Katharina und ich haben beschlossen, zusammenzuziehen.«

Katharina glaubte, ein kurzes Zucken im Gesicht von Ben auszumachen, bevor sie selbst überrascht in die Runde blickte. Sie hatte keine Ahnung gehabt, dass Bene ihren Entschluss heute gleich offiziell machen würde. Es wäre ihr lieber gewesen, wenn er vorher mit ihr darüber gesprochen hätte. Zu weiteren Überlegungen kam sie nicht, denn Sigrid Rehder war bereits von ihrem Stuhl aufgesprungen und umarmte die überrumpelte Katharina stürmisch.

»Wie schön, ich freu mich so!«, strahlte sie. »Das wurde aber auch langsam Zeit!«

Katharina stöhnte innerlich. Jetzt bloß keine Vorträge über allgemein gängige Lebensmodelle, die hatte sie öfter, als ihr lieb war, von ihrer eigenen Mutter zu hören bekommen. Doch die Mutter der Zwillinge schlug einen anderen Weg ein: »Herrlich, so langsam regelt sich doch alles irgendwie. Gerade erst die frohe Botschaft, dass Julie und Alex …« Erschrocken schlug sie die Hand vor den Mund. »Also, ich meine, es ist ja so schön, dass die beiden sich gefunden haben, vor allem für Leonie und …«

»Moment mal, Mama«, fiel Bene seiner Mutter ins Wort. »Dass Julie und Alex ein Paar sind, ist ja nun schon lange nichts Neues mehr. Raus mit der Sprache, was ist da los?«

Hilfe suchend blickte Sigrid Rehder zu ihrem Mann, doch der schüttelte nur grinsend den Kopf. »Tut mir leid, meine Liebe, die Suppe kannst du jetzt schön allein auslöffeln.«

Mit dieser Aussage hatte Reinhard Rehder es nun endgültig geschafft, dass auch Katharina und Ben seine Frau fragend ansahen.

»Ach, Kinder, nun guckt mich nicht so an. Ich kann nichts weiter sagen, mir ist das nur so rausgerutscht. Julie würde mir den Kopf abreißen.«

»Das wird sie auch tun, wenn wir sie fragen, was los ist, weil du solche Andeutungen gemacht hast«, antwortet Ben trocken. »Also los, raus mit der Sprache – wollen die beiden heiraten?«

Beschämt blickte die ältere Dame zu Boden. »Nein. Also, nicht, dass ich wüsste. Sie … sie bekommen ein Baby.«

Katharina konnte kaum glauben, was sie da hörte, und weder ihrem Freund noch ihrem Chef schien es anders zu gehen. Wieso wussten gerade Leonies Großeltern davon, aber weder Katharina als Julies beste Freundin noch Ben als engster Kumpel von Alexander oder auch Bene als Julies Ex und Leonies Vater?

»Ich kläre das mal ganz kurz auf«, mischte sich Reinhard Rehder nun doch ein, »bevor es hier am Ende noch böses Blut gibt. Leonie hat sich neulich durch einen dummen Zufall verplappert. Daraufhin hat eure Mutter mit Julie telefoniert und musste hoch und heilig versprechen, euch noch nichts zu sagen. Julie und Alex wollen euch selbst mit dieser Neuigkeit überraschen. So war zumindest der Plan.«

»Na, das dürfte dann ja wohl gründlich in die Hose gegangen sein«, bemerkte Bene, konnte sich ein leichtes Grinsen aber nicht verkneifen. »Es tut mir wirklich leid«, gab Sigrid Rehder schuldbewusst zu. »Ich hab mich einfach so gefreut für die beiden. Und jetzt noch die neue Nachricht, dass ihr zwei endlich ein gemeinsames Nest baut.« Katharina verdrehte reflexartig die Augen bei diesem Spruch und hoffte, dass es niemand bemerkt hatte. Ein gemeinsames Nest! Jetzt fehlte nur noch die Frage, wann sie denn Nachwuchs planten. Aber statt ein weiteres Enkelkind anzusprechen, wandte Sigrid Rehder sich nun an Ben. »Jetzt müssen wir nur dich noch an die richtige Frau bringen, Benjamin. Du bist schon viel zu lange allein. Und der Jüngste bist du schließlich inzwischen auch nicht mehr. Gibt es denn da niemanden?«

»Ich kümmere mich mal um den Grill«, gab Ben trocken zur Antwort, stand auf, warf seinem Vater einen eindeutigen Blick zu und griff zum Grillbesteck.

»Ganz recht«, antwortete Reinhard Rehder, »das Fleisch wird nicht besser, wenn es vor sich hingrillt, und umdrehen kann selbst der Gasgrill es nicht allein. Sigrid, ich denke, du solltest vielleicht noch mal Getränkenachschub aus der Küche holen, bevor wir alle bei der ganzen Sabbelei verdursten.«

Gute zwei Stunden später kamen Katharina und Bene in seiner Wohnung an.

»Was für ein Nachmittag«, stöhnte Bene gespielt, wobei er sich aber eher darüber zu amüsieren schien.

»So amüsant fand ich das eigentlich gar nicht«, sagte Katharina, während sie die Tür hinter sich schloss. »Du hättest ruhig mit mir abstimmen können, wann wir deiner Familie von unseren Plänen erzählen.«

Verwundert sah Bene sie an. »'tschuldigung, darüber hab ich mir keine Gedanken gemacht. Ich fand das einfach passend, so oft sind wir ja nicht alle zusammen. Außerdem ist das schließlich nicht weltbewegend, also zumindest nicht so wie ein Baby.«

»Jedenfalls hast du das ganze Thema durch deine Aussage überhaupt erst auf den Tisch gebracht«, setzte Katharina energischer als gewollt hinterher. »Deinem Bruder wäre es sicher auch lieber gewesen, wenn wir über andere Dinge gesprochen hätten.«

»Warum?«, fragte Bene. »Weil unsere Mutter die übliche Platte abgespielt hat? Ich bitte dich, Katharina, da steht Ben ja wohl drüber. Was meinst du, wie oft er sich das in den letzten Jahren schon anhören musste. Gerade dir muss ich doch nicht erklären, wie Mütter da ticken.« Plötzlich grinste er: »Apropos, wann soll denn deine Mutter erfahren, dass wir zwei jetzt ›ein gemeinsames Nest bauen‹?«

»Das ist nicht witzig, Bene«, fuhr Katharina auf. Als sie seinen verletzten Blick sah, merkte sie, dass sie überreagiert hatte, aber irgendwie fühlte sie sich immer noch von seiner offiziellen Ankündigung überrumpelt, und ihr stand auch keinesfalls der Sinn danach, ein Gespräch wie heute in Kürze mit ihrer Mutter zu wiederholen. Doch das war nicht Benes Schuld. Sie trat auf ihn zu und legte ihre Hände auf seine Brust: »Tut mir leid, aber für mich war das heute, glaub ich, einfach ein bisschen zu viel Familie. Du weißt, ich kann damit nicht gut umgehen. Ich mag deine Eltern wirklich gern, aber …«

»Aber du bist erwachsen, unabhängig und lässt dir ganz sicher nicht von deinen zukünftigen Schwiegereltern das Leben erklären«, ergänzte Bene lachend.

Katharina warf ihm einen gespielt bösen Blick zu. »Mach dich nicht lustig über mich, du weißt doch, was ich meine. Und das mit Ben meine ich ehrlich. Er hat mir vorhin fast leidgetan.«

»Jetzt übertreib mal nicht«, sagte Bene und nahm sie in den Arm. »Mein lieber Bruder kommt schon nicht zu kurz, glaub mir. Und wäre er mal ein bisschen lockerer und nicht immer so verschwiegen bei solchen Themen, dann würde er sich auch nicht solche Sprüche anhören müssen.« Er gab Katharina einen sanften Kuss. »Ich spring schnell unter die Dusche. Ich hab bis eben in der prallen Sonne gesessen, so verschwitzt möchte ich nicht mit dir ins Bett gehen. Bin gleich wieder da.«

Er verschwand im Badezimmer, bevor Katharina noch irgendetwas erwidern konnte. Was hatte er gemeint mit der Aussage, Ben würde schon nicht zu kurz kommen? Gab es doch eine Frau im Leben ihres Chefs? War es wirklich diese Freundin von Frauke? Wusste Bene einfach nur mehr als sie? Katharina verspürte einen kurzen Stich. Sie versuchte, sich die hübsche Blondine in Erinnerung zu rufen, mit der Ben sich damals auf der Geburtstagsparty der Gerichtsmedizinerin so gut unterhalten hatte. Tatsächlich hatte Ben an diesem Abend sehr gelöst gewirkt. Selten hatte Katharina ihn so viel lachen gesehen. Außer vielleicht bei Alex oder Julie, aber das war etwas anderes. Hatte sie ihn unterschätzt? Lief da vielleicht längst etwas, aber er hatte es nicht für nötig gehalten, ihr davon zu erzählen? Katharina schalt sich selbst. Benjamin Rehder war ihr Chef und der Bruder ihres Freundes, mehr nicht. Das war schon kompliziert genug. Warum also sollte er ausgerechnet ihr davon erzählen, wenn er sich neu verliebte. Erneut spürte Katharina ein leichtes Zwicken. Verliebt. Wer sagte denn, dass Ben sich überhaupt ernsthaft verliebt hatte, vielleicht war es ja auch eher eine Affäre, möglicherweise nur Sex. In Gedanken schüttelte sie den Kopf. Nein, so tickte er nicht. Ben würde nicht leichtfertig irgendetwas anfangen. Wenn, dann waren bei ihm sicher von Anfang an ernstere Gefühle im Spiel. Sie versuchte, sich ihren Chef an der Seite dieser Frau vorzustellen, doch so wirklich gelang es ihr einfach nicht. Erst als Bene nur mit einem Handtuch um die Hüften hinter sie trat und sie umarmte, waren die Gedanken an dessen Bruder im Nu verflogen.

16.03 Uhr

Langsam lockerten sich seine Gesichtszüge, und die Maske fiel von ihm ab. Er saß in seinem Wagen. In Kürze würde er auf die Landstraße kommen und das Gaspedal durchdrücken können. Gleich war es soweit, dennoch klopfte er ungeduldig mit Zeige- und Mittelfinger auf das Lenkrad. Er wohnte nicht weit entfernt, wollte aber noch einen kurzen Abstecher in die Heide machen, um dort bei einem Spaziergang wieder runterzukommen. Während der letzten Tage hatte er wieder einmal den Starken spielen müssen, obwohl ihm so gar nicht danach zumute gewesen war. Jetzt fühlte er sich leer und völlig ausgelaugt. Deswegen war er auch früher als geplant aufgebrochen und würde gleich versuchen, seine Akkus wieder aufzuladen, wenn er in seiner geliebten Landschaft mit sich allein war. Er musste an sie denken. Der Zufall hatte sie ihm in die Hände gespielt und mit ihr Leon. Zugegeben, so ganz zufällig war ihre erste Begegnung nicht gewesen. Sie hatten beide etwas gesucht und waren dabei geplant vorgegangen – und dann hatte das Schicksal sie zusammengeführt, seine persönliche Suche fürs erste beendet und ihm Leon geschenkt. So sah er es nach wie vor trotz des schrecklichen Vorfalls. Er schluckte. Immer wieder fragte er sich, wie Leon jetzt wohl aussah. Aber es war zu riskant, ihn sehen zu wollen. Nicht, weil man es vielleicht gar nicht zulassen würde, das würde er sicher irgendwie hinbekommen. Nein, vielmehr weil er seine eigene Reaktion nicht abschätzen konnte, wenn er seinen Kleinen noch einmal sehen würde. Er glaubte nicht daran, dass er sich im Griff haben würde. Er würde mit ziemlicher Sicherheit in Tränen ausbrechen, und das ginge natürlich nicht. Und selbst wenn ihm das noch als tiefe Trauer oder Empathie ausgelegt werden könnte, würde er sich möglicherweise auf andere Weise verraten. Wodurch wusste er nicht, aber sein Gefühl sagte ihm, dass er es nicht riskieren durfte. Dennoch: Zu gern wüsste er, ob sie Leon nach der Untersuchung bereits wieder so hübsch zurechtgemacht hatten, wie er es getan hatte. Den Heidekranz hatten sie sicher weggelassen, weil er für sie ohne Bedeutung war. Er hatte den Kranz selbst geflochten. Seine Mutter hatte ihnen gezeigt, wie es geht, als sie noch Kinder waren. Ihm hatte es immer Spaß gemacht, aus der Heide, die er so sehr liebte, ein Schmuckstück zu machen. Eigentlich waren die Kränze für die Tür oder auch den Tisch gedacht. Doch einmal hatte seine Mutter ihm aus Spaß einen auf den Kopf gesetzt. Er hatte sich im Spiegel betrachtet und das erste Mal im Leben Gefallen an seinem Äußeren gefunden. Daran erinnerte er sich, als wäre es gestern gewesen, obwohl er damals vielleicht gerade einmal acht Jahre alt gewesen war. Er war dann den ganzen Tag mit dem Kranz auf dem Kopf herumgelaufen und hatte ihn schließlich von seiner Mutter geschenkt bekommen – für die Tischdekoration hatte sie bereits einen neuen gebunden. So war sie eben gewesen, seine Mutter, seine Mamuschka, wie er sie genannt hatte, weil ihre Vorfahren Russlanddeutsche gewesen waren. Sie war die Liebe und das Verständnis in Person. Nicht nur ihren Kindern, sondern aller Welt gegenüber. Und genau das war Henry zum Verhängnis geworden. Trotzdem gab er seiner Mutter nicht die Schuld. Sie hatte einfach in jedem Menschen nur das Gute gesehen. Auch in ihm, dessen Namen er nicht einmal denken konnte und den er sowieso immer nur Krake nannte. Der Krake hatte sich nach dem Abgang des Vaters erst in das Leben von Mamuschka und dann in das von ihnen, ihrer Kinder, geschlichen. Eben wie ein Krake hatte er sich ausgebreitet und seine Tentakeln unmerklich ausgestreckt. Man hatte noch nicht einmal gemerkt, wie sie einen gefangen hatten. Erst, wenn man sich aus ihrer immer enger werdenden Umarmung lösen wollte, hatte man festgestellt, dass man sich nicht mehr daraus befreien konnte. So war es zunächst seiner Mutter und dann seinem Bruder gegangen, dem eigentlichen Ziel der Begierde des Kraken.

Nach der Beerdigung hatte seine Mutter sich nie wieder geschminkt. Sie hatte sich die Schuld am Tod ihres Sohnes gegeben und ihre Trauer um ihn nicht übertünchen wollen, wenigstens das sei sie ihm schuldig. Als sie dann kurz darauf feststellte, dass sie vom Kraken schwanger war, dem inzwischen der Prozess gemacht wurde, hatte er heimlich ihre Schminksachen an sich genommen. Er hatte nicht gewollt, dass sie wegen der Freude über das Baby in ihrem Bauch Henry vergaß. Bei dem Gedanken daran lief ihm eine Träne über die Wange. Er verlangsamte sein Tempo und hielt schließlich den Wagen in einer kleinen Straßenbucht an. Dann beugte er sich vor, öffnete das Handschuhfach, holte einen Frottee-Kulturbeutel heraus, entnahm ihm einen Lippenstift und schminkte sich den Mund. Es war ein dezentes Rot, das kaum auffiel, die Lippen jedoch ebenmäßiger und gut durchblutet erscheinen ließ. Nachdem er sich auch noch die Wimpern mit einer Mascara aus dem Beutel getuscht und Rouge aufgelegt hatte, verstaute er alles wieder im Handschuhfach, startete sein Auto und fuhr in die Richtung zurück, aus der er eben gekommen war. Er hatte es sich anders überlegt. Er würde morgen in der Heide Kraft sammeln, jetzt würde er zu der Hütte fahren, in der Leon für immer eingeschlafen war.

16.04 Uhr

Sie stand mit einem aufgesetzten Lächeln in ihrer Einfahrt. Der Wagen, dem sie hinterher geschaut hatte, war schon lange aus ihrem Blick entschwunden. Trotzdem stand sie noch wie angewurzelt da. Anja Buse hatte widerstreitende Gefühle. Einerseits hatte sie sich gefreut, in dem großen Haus nicht allein zu sein, andererseits war sie froh, dass ihr Besuch nun wieder weg war, da sie ihn nicht mochte. Vielleicht, weil er André so ähnlich sah und sie bei jedem Blick an ihren verstorbenen Mann erinnerte. Vielleicht aber auch, weil er sie immer dominieren wollte, und sie sich bei ihm wie ein kleines Dummchen vorkam. André hatte sie nie so behandelt, sein Bruder seit jeher. Sie fühlte sich von ihm ständig durchschaut, und das hatte ihr nie gefallen. Damals, kurz vor ihrer Heirat mit André, hatte sie eine Auseinandersetzung der Brüder belauscht. Philippe hatte André vor ihr gewarnt und behauptet, dass sie es lediglich auf dessen Geld und seinen guten Namen als Architekt abgesehen hätte. André war daraufhin wütend geworden. Er hatte seinem Bruder vorgeworfen, dass die jungen Kerle, die Philippe umgarnten und ihm »ihren Hintern darboten« – so hatte André es tatsächlich ausgedrückt –, vielleicht so dachten, er das aber nicht auf Anja übertragen solle. Dann hatte André seinen Bruder hinausgeschmissen. Sie hatten damals noch in der Hamburger Neustadt gelebt, und die wenigen Wände in ihrem Penthouse mit Loftcharakter waren recht dünn gewesen. Dennoch hatte sie sich nichts vor André anmerken lassen, als sie aus dem Bad gekommen war. Sie hatte lediglich gefragt, wo Philippe abgeblieben sei, und André hatte einsilbig geantwortet, dass dieser überraschend zu einem Termin habe aufbrechen müssen. Nicht mehr und nicht weniger. Die nächsten zwei Tage war André ihr gegenüber einsilbig gewesen und hatte sie immer wieder gemustert, wenn er glaubte, sie würde es nicht merken. Sie hatte gespürt, dass André über ihre Motivation, ihn zu heiraten, ins Grübeln gekommen war. Tatsächlich liebte sie ihn, dennoch hatte Philippe auch ein Stück weit die Wahrheit gesagt. Das Renommee und Vermögen von André hatte ihre Liebe durchaus beflügelt. Sie hatte deswegen einen Entschluss gefasst und ihren Freund später, als er erschöpft von seinem Arbeitstag auf dem Sofa saß, wie nebenbei darüber informiert, dass sie auch nach der Heirat ihren Mädchennamen behalten wolle, damit sie keinen Vorteil aus ihrer Ehe schlagen könnte, zumindest, wenn jemand nicht wusste, dass sie mit ihm verheiratet war. Auf seinen verblüfften Blick hin hatte sie ihm erklärt, dass sie gern möglichst aus eigenem Können heraus berufliche Lorbeeren sammeln wolle. Außerdem hatte sie ihn, während sie sich liebevoll an seine Schulter lehnte, gefragt, ob er schon einmal über einen Ehevertrag nachgedacht habe. Sie hatte hinzugesetzt, dass es ihr wichtig war, ihn wissen zu lassen, dass sie ihn trotz ihres enormen Altersunterschiedes aufrichtig liebte und es nicht auf sein Vermögen abgesehen hatte. André hatte sie von sich geschoben, ihr tief in die Augen geblickt und nichts gesagt. Sie hatte schlucken müssen und für einen Moment gedacht, dass ihre Strategie nicht aufgehen würde. Dann hatte er sie jedoch geküsst und seine distanzierte Haltung ihr gegenüber nicht mehr an den Tag gelegt. Über einen Ehevertrag hatten sie nie wieder gesprochen, ihren Mädchennamen hatte sie allerdings tatsächlich behalten. Das war durchaus in ihrem Sinne gewesen, denn sie war schon damals viel zu stolz gewesen, um nur »die Frau von …« sein zu wollen. Ihr Ehrgeiz hatte sie angetrieben, und über die Jahre war es ihr gelungen, sich selbst einen Namen in der Branche zu machen. Natürlich weit von dem Erfolg entfernt, den ihr Mann gehabt hatte. Sie hatte ein ganz anderes Klientel und deutlich kleinere Projekte, wie hätte es auch anders gehen sollen mit einem kleinen Kind. Es war vor allem André gewesen, der sich ein gemeinsames Kind gewünscht hatte. Anja hatte sich schließlich von ihm überzeugen lassen, dass eine starke Frau wie sie in der Lage sei, Beruf und Kind unter einen Hut zu bekommen und somit auch nicht auf ihre Karriere verzichten müsste. Als sie zwei Jahre nach der Heirat noch immer nicht schwanger gewesen war, hatte sie sich untersuchen lassen, um zu erfahren, dass sie nicht in der Lage war, ein Kind zu bekommen. Anja war unglücklich gewesen, weil sie sich unzulänglich gefühlt hatte und es generell nicht mochte, wenn sie Entscheidungen nicht selbst treffen konnte. Für André dagegen war eine Welt zusammengebrochen, weil er sich so sehr ein Kind gewünscht hatte. Er war es auch gewesen, der einige Wochen später mit dem Vorschlag einer Pflegschaft auf sie zugekommen war. Zuerst hatte Anja diese Idee vehement abgelehnt, doch André ließ ihr keine Ruhe. Immer und immer wieder hatte er das Thema angesprochen, bis sie endlich zugestimmt hatte, zumindest ein paar Informationen einzuholen. In diesem Zuge hatten sie dann auch die Möglichkeit einer Adoption ins Auge gefasst, doch man hatte ihnen wenig Hoffnung darauf gemacht, ein Baby adoptieren zu können, und Anja Buse hatte sich nicht vorstellen können, ein schon älteres Kind zu sich zu nehmen. Somit war die Entscheidung dann tatsächlich für eine Pflegschaft gefallen. Anja Buse lächelte bei dem Gedanken daran, wie sie Leon zum allerersten Mal im Arm gehalten hatte. Auch wenn sie es bis dahin nicht für möglich gehalten hatte – es war Liebe auf den ersten Blick gewesen. Dieses kleine unschuldige Bündel Mensch sollte ab sofort zu ihr gehören. Sie hatte es genossen, diesen kleinen Jungen nach ihren Maßstäben zu formen und ins Leben zu begleiten. Auch André hatte Leon sofort ins Herz geschlossen, doch da er so viel unterwegs war, verbrachte vor allem sie viel Zeit mit dem Kleinen. Und nach Andrés plötzlichem Tod hatte sie sich voll und ganz auf den Jungen konzentriert – Leon war ihr Rettungsanker, ihr einziger Halt geworden. Auf Außenstehende mochte das anders gewirkt haben, denn sie arbeitete zugleich mehr als zuvor und war außerdem nicht der Typ Frau, der seine Gefühle in die Welt hinausposaunte. Sie hatte nie gelernt, ihre Emotionen zu zeigen, und scheute sich davor. Sie glaubte, sich dadurch verletzlich zu machen, Schwäche zu zeigen, angreifbar zu sein. Gleichzeitig hatte sie jedoch alles dafür getan, Leon ein schönes Leben zu bieten, ihn in allen Bereichen, zu denen er Neigungen verspürte, gefördert, eine gute Ausbildung für ihn geplant und ihm jeden Wunsch erfüllt. Alles hatte perfekt sein sollen. Nun war niemand mehr da, der sie brauchte. Mehr denn je wurde Anja Buse bewusst, was für ein einsamer Mensch sie im Grunde war. Familie hatte sie keine mehr, ihr Schwager war der einzige Mensch, zu dem sie noch so etwas wie eine familiäre Bindung hatte, auf die sie aber gern verzichten konnte. Freundinnen gab es schon lang nicht mehr, sie hatte alle engeren Beziehungen zuerst für André und ihre Arbeit vernachlässigt, später für Leon. Natürlich kannte sie die eine oder andere Mutter seiner Schulkameraden, aber auch hier hatte sie jeglichen engeren Kontakt stets vermieden, sodass bald niemand mehr nach ihrer Gesellschaft gefragt hatte. Eine der wenigen Personen, die sie häufiger sah, war ihr Nachbar, aber von »Beziehung« würde sie auch in diesem Fall nicht sprechen. Er war hilfreich gewesen, wenn sie mal wieder Job und Kind organisieren musste, menschlich lag ihr nichts an ihm. Dieser Gedanke war ihr bereits vor einigen Wochen durch den Kopf gegangen. Leon war zunehmend eigenständiger geworden, hatte seine Freunde treffen wollen. Er war beliebt und hatte auch auf der neuen Schule sofort Freundschaften geschlossen. Die Zeiten, in denen er zufrieden damit gewesen war, seine Pflegemutter als einzigen Bezugspunkt um sich zu haben, hatten sich dem Ende genähert. Es war Anja Buse nicht leicht gefallen, sich dieser Realität zu stellen, doch gleichzeitig hatte sie zugeben müssen, dass auch sie Bedürfnisse hatte, die sie lange Zeit unterdrückt oder verdrängt hatte. Sie war nicht mehr so stark wie früher, auch wenn sie es ungern zugab – ihre Energie schien erschöpft. So sehnte auch sie sich immer häufiger nach einer Schulter zum Anlehnen, einem Ratgeber, einem offenen Ohr und auch nach der körperlichen Nähe eines Mannes. All diese Dinge hatte Leon ihr nicht geben können. Aus diesem Grund hatte sie vor geraumer Zeit kurz entschlossen etwas getan, was sie zuvor niemals für möglich gehalten hatte …

18.21 Uhr

Katharina kurbelte zum wiederholten Mal das Lenkrad bis zum Anschlag und fluchte leise vor sich hin. Der Wagen hinter ihr hatte sie dermaßen zugeparkt, dass es ihr kaum möglich war, ihren kleinen Sportwagen aus der Lücke zu bugsieren. Und selbst, falls sie es schaffte – wenn sie nachher zurückkommen würde, käme sie zumindest nicht wieder hinein. Wobei sie nicht davon ausging, dass die Lücke nachher überhaupt noch frei sein würde. Hier in Lüneburg wimmelte es von kleinen Wagen wie Smart, Mini oder Fiat 500, die nur auf einen solchen Parkplatz warteten. Es war ein reines Glücksspiel, in der Altstadt einen zu finden, und zu Benes Wohnung gehörte nur ein Stellplatz, auf dem dessen eigener Wagen stand, welchen er nur selten bewegte. Es grenzte fast an ein Wunder, dass sie vorhin, als sie von Benes Eltern zurückgekommen waren, eine Parklücke entdeckt hatte, die nicht nur Anwohnern vorbehalten war – und das an einem Sonntagnachmittag! Eigentlich hatte Katharina gleich bei Bene bleiben wollen, doch dann war ihr eingefallen, dass sie noch ein paar Sachen aus ihrer Wohnung brauchte. Das würde in Kürze einer der großen Vorteile sein, wenn sie zusammenzogen: Kein ewiges hin und her mehr, weil man garantiert immer irgendwas in der Wohnung gelassen hatte, in der man sich gerade nicht aufhielt. Sie hätte zu Fuß gehen können – von der Grapengießerstraße bis in die Münzstraße war es nur etwas mehr als ein Katzensprung – aber nachdem sie gewusst hatte, dass sie ohnehin noch einmal losmusste, hatte sie beschlossen, noch einen beruflichen Abstecher mit einzubinden. Bene hatte den

Kopf geschüttelt, weil sie mit ihren Gedanken selbst am Sonntag bei ihrem Job war, doch sie hatte sich nicht von der Idee abbringen lassen, noch einmal zu Anja Buse zu fahren. So lenkte sie nun endlich aus der Parklücke ohne Kratzer herausgekommen, ihren Wagen auf die Strecke in Richtung St. Dionys. Plötzlich kam ihr das Gesicht von Ben in den Sinn, als sein Bruder verkündet hatte, er würde mit Katharina zusammenziehen. Es war nicht mehr als eine winzige Regung gewesen, die keineswegs deutlich gemacht hatte, was er dachte, doch Fakt war, dass ihr Chef sich dazu auch in keinster Form geäußert hatte. Während Sigrid Rehder in ihrer überschwänglichen Art sofort aufgesprungen war und ihr Mann grinsend ein »Na, dann ist ja alles bestens« vor sich hin gemurmelt hatte, war von Benjamin Rehder kein einziger Ton gekommen. Katharina fragte sich, ob es sein konnte, dass er ein Problem damit hatte. Sollte sie ihn gleich morgen früh im Kommissariat darauf ansprechen? Schnell verwarf sie den Gedanken. Zum einen war das Büro nicht der richtige Ort für dieses private Thema, zum anderen konnte es ihr doch auch egal sein, was ihr Chef darüber dachte. Eigentlich würde sich für ihn ja nichts ändern, sie und Bene planten ja keine Hochzeit oder gar Familiennachwuchs … Sofort wanderten Katharinas Gedanken zu Julie – eigentlich war das die wirkliche Überraschung des Tages gewesen. Vielleicht fühlte Ben sich ja auch nur einsam? Sie zog mit seinem Bruder zusammen, sein bester Kumpel Alexander – noch bis vor Kurzem ein eingefleischter Junggeselle – gründete mit Julie eine neue Familie … Alle knüpften engere Bande, nur Ben war nach wie vor allein. Katharina schüttelte innerlich den Kopf. So ein Unsinn, sie wusste doch im Prinzip nur wenig über Bens Privatleben. Vielleicht lief da ja tatsächlich was mit der hübschen blonden Freundin von Frauke. Oder mit irgendeiner anderen. Warum machte sie sich überhaupt Gedanken darüber? Sie war froh, als sie nun das Ortsschild von St. Dionys passierte und nicht länger ihren Gedanken folgen konnte. Jetzt musste sie sich voll auf ihren Job konzentrieren, und das war ihr im Moment wesentlich lieber.

Die Kommissarin stand an der Haustür und klingelte zum wiederholten Mal. Sie war hier, weil sie gehofft hatte, den Schwager von Anja Buse möglicherweise noch anzutreffen, um ihm noch einmal auf den Zahn fühlen zu können, doch sein Wagen stand zumindest nicht mehr in der Auffahrt. Nachdem niemand auf ihr Klingeln reagierte, mutmaßte Katharina, dass Anja Buse mit ihrem Schwager zusammen in dessen Wagen unterwegs war. Schließlich hatte Katharina ihren Besuch nicht angemeldet, und es gab für die Pflegemutter von Leon keinen Grund anzunehmen, dass die Kripo am frühen Sonntagabend noch einmal bei ihr aufschlagen würde. Katharina zog das Handy aus der Hosentasche und wählte die Telefonnummer von Anja Buse. Sie vernahm das Klingeln des Anschlusses, doch niemand hob ab, bevor nach dem fünften Klingeln der Anrufbeantworter ansprang. Katharina war verwundert, dass sie das Klingeln hier vor der Tür so deutlich hören konnte, und blickte sich um. An dieser Seite des Hauses waren alle Fenster geschlossen. Eventuell saß Anja Buse hinten im Garten und hatte deshalb weder Telefon noch Türklingel gehört. Katharina ging um das Haus herum, bis sie an die großzügige Terrasse gelangte, auf der moderne Lounge-Möbel standen. Doch sie waren leer, hier war niemand. Katharina blickte in den Garten, konnte Anja Buse aber auch dort nicht entdecken. Als sie sich umdrehte, bemerkte sie, dass eine der Terrassentüren aufstand. Ein Schreck fuhr der Kommissarin durch die Glieder. Konnte es sein, dass jemand sich Zutritt zum Haus verschafft hatte? War hier etwas passiert? Katharina fasste sich automatisch an die Seite, aber sie hatte ihre Waffe nicht dabei. Sie war ja offiziell gar nicht im Dienst. Vorsichtig trat sie an die offene Tür und blickte in das Wohnzimmer, woraufhin sie eine Welle der Erleichterung durchlief: Anja Buse saß mit dem Rücken zum Garten an ihrem Esstisch. Auf den Ohren ein Paar Kopfhörer. Katharina klopfte noch einmal bewusst laut an die Scheibe, trotzdem reagierte die andere Frau auch jetzt in keinster Weise. Die Kopfhörer leisteten offensichtlich ganze Arbeit und ließen keinerlei Außengeräusche ans Ohr. Katharina trat in den großen Raum und näherte sich dem Esstisch. Als sie noch ungefähr zwei Meter hinter Anja Buse stand, erkannte die Kommissarin, was die Aufmerksamkeit von Leons Pflegemutter so fesselte: Vor Anja Buse auf dem Tisch stand ein kleiner Laptop. Auf dem Bildschirm sah Katharina ein typisches Chatfenster, daneben ein großes Foto eines nicht unattraktiven Mannes und oben am Bildschirmrand das deutliche Logo einer bekannten Dating-Plattform. Natürlich war nichts dabei, über einen solchen Weg Kontakte zu suchen, doch irgendwie brachte Katharina das nicht mit Anja Buse zusammen. Die Kommissarin trat noch einen Schritt dichter heran und berührte Anja Buse mit der Hand leicht an der Schulter, was dieser einen erschrockenen Schrei entlockte.

Kind, wo bist du hin gewesen?
Kind, sage dus mir!
»Nach meiner Mutter Schwester,
wie wehe ist mir!«

Kind, was gaben sie dir zu essen?
Kind, sage dus mir!
»Eine Brühe mit Pfeffer,
wie wehe ist mir!«

Kind, was gaben sie dir zu trinken?
Kind, sage dus mir!
»Ein Glas mit rotem Weine,
wie wehe ist mir!«

Kind, was gaben sie den Katzen und Hunden?
Kind, sage dus mir!
»Eine Brühe mit Pfeffer,
wie wehe ist mir!«

Kind, was machten denn die Katzen und Hunde?
Kind, sage dus mir!
»Sie starben in derselben Stunde,
wie wehe ist mir!«

Kind, was soll dein Vater haben?
Kind, sage dus mir!
»Einen Stuhl in dem Himmel,
wie wehe ist mir!«

Kind, was soll deine Mutter haben?
Kind, sage dus mir!
»Einen Stuhl in der Hölle,
wie wehe ist mir!«

(Volkslied)

7. KAPITEL:

MONTAG, 14.08.2017

09.02 Uhr

Die Besprechungsrunde im Büro des Hauptkommissars war heute größer als sonst. Benjamin Rehder ließ seinen Blick über die Köpfe schweifen. Kriminalrat Mausner saß neben Staatsanwalt Bent-Ove Friedberg, der neben Frauke Bostel und die wiederum neben Bodo Schmitt aus der KTU. Vivien und Martin Bünz, einer ihrer Kollegen aus dem Dezernat für Sexualstraftaten, hatten auch gerade Platz genommen genauso wie Katharina und Tobi. Der Besprechungstisch war damit recht eng besetzt, aber Ben hatte nicht in einen anderen Raum ausweichen wollen und entschied daher, stehen zu bleiben. Ohnehin würde er durch die Besprechung führen und die meiste Zeit an der Glaswand stehen, die sein Büro vom Nebenraum trennte. Hier waren die Fotos von Leon und allen Personen angebracht, die mit dem Fall bisher in Zusammenhang standen. Daneben waren die jeweiligen Namen vermerkt und mit Pfeilen in Beziehung zu Leon sowie zueinander gesetzt worden.

»So, wir sind vollzählig, dann lasst uns mal anfangen«, sagte Ben in das Gemurmel seiner Kollegen hinein, die leise miteinander plauderten. Sofort war es schlagartig still, und alle Augen waren auf den Hauptkommissar gerichtet, der jetzt fortfuhr: »Guten Morgen allerseits. Wir haben ja vor dem Wochenende noch ein paar Dinge angeleiert, und ich gehe davon aus, dass wir heute einige Ergebnisse zu hören bekommen. Von mir gleich das erste: Bianca Guntram und ihr Lebensgefährte Steffen Giesing haben für die Tatzeit ein wasserdichtes Alibi. Als Leon ermordet worden ist, waren sie tatsächlich wie angegeben auf der Erotikmesse. Die Kollegen vor Ort haben das überprüft. Sie haben mir eine E-Mail geschickt und daran auch noch den Ausschnitt einer Videoaufzeichnung vom Messe-Eingang angehängt, die die Aussage von Frau Guntram und Herrn Giesing eindeutig belegt. Die beiden fallen also als Tatverdächtige aus.«

»Zumindest was den Mord angeht«, ergänzte Vivien Rimkus in die eingetretene Stille hinein, und ihr Kollege Martin Bünz nickte dazu.

Ben wandte sich direkt an die beiden: »Schön, dass du Vivien begleitet hast, Martin. Vivien hat mir eben schon einmal grob angedeutet, was du herausgefunden hast. Ich denke, es passt an dieser Stelle ganz gut. Magst du …?«

Martin Bünz räusperte sich. Vivien wusste warum: Ihr Kollege war in ihrem Dezernat für die Internetrecherche zuständig und somit in der Regel hinter seinem Computer verschanzt, darüber hinaus galt er auf dem Kommissariat als Computerspezialist schlechthin. Meldungen gab er an seinen nächsten Kollegen weiter, aber selten ans gesamte Team – er war es also schlichtweg nicht gewohnt, seine Ergebnisse vor versammelter Mannschaft zu präsentieren, und dass jetzt auch noch der Kriminalrat und der Staatsanwalt anwesend waren, machte die Sache für ihn vermutlich nicht leichter. Wenn jemand dafür vollstes Verständnis hatte, dann war es Vivien, denn sie kannte das Gefühl nur zu gut, auch wenn sie selbst damit inzwischen keine so großen Probleme mehr hatte, wie am Anfang. Aufmunternd nickte sie ihm deswegen zu, woraufhin Martin erst einmal umständlich eine Mappe mit Fotos aus seiner Laptoptasche, die vor ihm auf dem Tisch lag, herausnahm. Während er die Fotos in die Runde zur Ansicht reichte, erklärte er zunächst etwas unsicher, dann jedoch mit fester Stimme: »Ich erspare es uns allen, die verschiedenen Videos zu zeigen. Deswegen habe ich ein paar Screenshots gemacht, auf denen Leon Guntram in eindeutigen Posen zu sehen ist. Ich hab auch eine Gesichtsanalyse durchgeführt, die keinen Zweifel daran lässt, dass es wirklich Leon ist. Mit dem Jungen wurde definitiv pornografisches Material gedreht, da gibt es keinen Zweifel, auch wenn ein weiterer Akteur fehlt, der den Jungen … also ihr wisst schon … Es sind die Posen, die Leon hier einnimmt oder einnehmen musste, eindeutig, zumal er nackt ist. Es kann auch noch nicht allzu lange her sein. Kinder in diesem Alter verändern sich schnell, und Leon sieht so aus wie auf den aktuellen Fotos, die wir von ihm haben.«

»Konntest du die Quelle der Videos zurückverfolgen?«, fragte Ben.

»Ja«, war die knappe Antwort des Mannes. Am liebsten hätte Vivien jetzt das Wort ergriffen und erzählt, wie schwierig es für ihren Kollegen gewesen war, die Quelle des Materials ausfindig zu machen. Es war Martin nur durch einen kleinen Fehler oder besser gesagt eine Unaufmerksamkeit der Urheber der Videos möglich gewesen, diesen auf die Spur zu kommen, und er hatte seinem Ruf im Dezernat für Sexualdelikte damit alle Ehre gemacht: Martin Bünz fand die Fehler, die die Kriminellen im Netz machten – seine Aufdeckungsquote war erstaunlich. Das alles hätte Vivien ihren Kollegen jetzt gern noch einmal ins Gedächtnis gerufen, doch sie ließ es bleiben. Martin mochte diese Lobhudelei über seine Arbeit nicht. Stattdessen erläuterte sie, wie sie es vorher mit dem Computerspezialisten abgesprochen hatte: »Martin hat herausgefunden, wer das Material von Leon ins Netz gestellt hat, und es wird keinen von euch wundern, wenn ich sage, dass es Steffen Giesing gewesen ist. Durch Martin wissen wir es jetzt aber mit Bestimmtheit.«

»Sehr gut, Bünz«, lobte Stephan Mausner, und erst da fiel Ben auf, dass der Kriminalrat sich entgegen seiner sonstigen Art bisher extrem zurückgehalten hatte. Auch jetzt fragte er nur kurz und knapp: »Wurde dieser Giesing schon festgenommen?«

»Nein, der Chef … ähm, ach nee, das sind ja Sie – also Malte, ich meine, Hauptkommissar Brückner meint, wir sollten noch warten, um die Meute nicht wachzurütteln. Wir glauben, dass Giesing nur ein kleiner Fisch ist und mit diesem Pornoring, an dem wir schon länger dran sind, in irgendeiner Form zusammenarbeitet. Wenn wir ihn jetzt schon festsetzen, werden die Hauptakteure vielleicht unruhig. Das wär dann wie ein Stich ins Wespennest und …«, erklärte Martin Bünz stockend.

»Jaja, verstehe«, winkte der Kriminalrat ab. »Hauptkommissar Brückner weiß in der Regel, was er tut. Und wir wissen jetzt wenigstens, dass dieses offensichtlich skurrile Pärchen zumindest nichts mit dem Mord zu tun hat. Oder glaubt hier irgendjemand, dass zwischen den Aufnahmen des Jungen und seinem Tod ein Zusammenhang besteht?«

»Na ja, dass der Mord ein sexuelles Motiv hat, ist zumindest eine Richtung, der wir nachgehen, oder, Frauke?«, wandte Katharina ein und blickte zur Gerichtsmedizinerin, die dazu nickte und erklärte: »Auf jeden Fall ist er direkt vor seinem Tod sexuell missbraucht worden. Ob das gleichzeitig das Mordmotiv war, steht auf einem anderen Blatt.«

»Und Personen, die sich solche Aufnahmen ansehen, sind ebenfalls sexuell motiviert«, gab die Kommissarin zu bedenken. »Allerdings haben wir hierzu niemanden konkret in Verdacht. Oder kommen wir an die Leute heran, die sich dieses Zeug von Giesing im Netz anschauen?«, schaltete Ben sich ein.

Martin Bünz schüttelte den Kopf, und Ben verzog den Mund bevor er sagte: »Schade, das hab ich mir gedacht. Dann müssen wir also weiter überall herumstochern und hoffen, dass wir jemanden aufscheuchen, denn ich bin fest davon überzeugt, dass Leon kein zufälliges Opfer war. Zwischen ihm und dem Täter bestand irgendeine Verbindung. Schließlich können wir davon ausgehen, dass der Täter den Jungen irgendwie aus dem Haus gelockt hat, und dann auch noch der Heidekranz und das geschminkte Gesicht ...« Er unterbrach sich selbst und blickte in die Runde: »Okay, was haben wir sonst noch?«

»Ich bin gestern noch einmal bei Anja Buse vorbeigefahren«, informierte Katharina die Kollegen. »Ich hatte gehofft, ihren Schwager dort erneut anzutreffen, aber Philippe Picu war schon wieder weg. Ich werde heute direkt zu ihm fahren, um ihn nach seinem Verhältnis zu seiner Schwägerin und vor allem zu Leon zu befragen. Vivien, hast du inzwischen etwas zu ihm herausgefunden, was nicht offensichtlich ist?«

»Was ist denn bisher offensichtlich?«, fragte der Staatsanwalt nach, und Ben dachte im ersten Augenblick, es sei eine provokante Frage, erkannte dann jedoch an Friedbergs Gesichtsausdruck, dass er sie ernst meinte. Auch Mausner schaute Katharina neugierig an.

»Dass er Geld hat und schon relativ alt ist, genauer gesagt knapp über 70, was man ihm jedoch nicht ansieht«, antwortete Katharina, woraufhin Vivien sofort fortführte: »Weniger offensichtlich ist dagegen wohl, dass er homosexuell ist.«

»Ach«, sagte Katharina ehrlich überrascht. »Das ist ja mal eine Neuigkeit! Woher weißt du das?«

»Na, du hattest mich doch gebeten, über ihn ein bisschen im Netz zu recherchieren. Philippe Picu hatte bis vor etwa zehn Jahren eine gut laufende Designagentur für Verpackungen. Nachdem er die verkauft hat, hat er sich als Berater in der Branche etabliert. Er wird sowohl von Herstellern als auch von Agenturen herangezogen. In einem Artikel, der in einer Fachzeitschrift über ihn erschienen ist, stand, dass er nicht nur als Experte berät, sondern nach wie vor auch selbst Hand anlegt, und das ganz zeitgemäß am Computer und nicht, wie für seine Generation üblich, mit Stift und Zettel. Nötig hätte er das wohl alles nicht, da der Verkauf seiner Agentur ihm ordentlich Geld eingebracht hat, aber anscheinend kann er nicht ohne seine Arbeit.«

Vivien machte eine kleine Pause, in die Tobi hineinfragte: »Und wie kommst du jetzt darauf, dass er auf kleine Jungs steht?«

»Das habe ich nicht gesagt. Ich habe gesagt, dass er homosexuell ist«, entgegnete Vivien sofort.

»Ich sehe da keinen großen Unterschied«, murrte Tobi.

»Doch, ich schon, denn nur weil ein Mann das eigene Geschlecht bevorzugt, heißt das noch lange nicht, dass ihn auch Minderjährige erregen. Oder stehst du etwa auf kleine Mädchen, nur weil du Frauen magst?«, ereiferte Vivien sich, und Ben beschloss, die beiden auszubremsen. Allem Anschein nach hatte Tobi einen wunden Punkt bei der Kollegin getroffen.

»Hey, hey, hey«, sagte Ben deswegen beschwichtigend, »bleiben wir bei den Fakten. Also, Vivien, woher weißt du, dass Philippe Picu homosexuell ist?«

»Weil er vor fünf Jahren den Mann geheiratet hat, mit dem er seit zwölf Jahren zusammen ist – der ist übrigens sogar noch zwei Jahre älter als Picu«, sagte Vivien und konnte sich ein leichtes Grinsen in Tobis Richtung nicht verkneifen.

»Und ob er ein Alibi hat, weißt du wahrscheinlich auch, oder?«, schob Tobi noch einmal hinterher, erwartete jedoch offenbar keine Antwort, da er seine Aufmerksamkeit direkt Ben zuwandte und meinte: »Okay, wenn ich jetzt mal erzähle?«

In dem Moment, in dem Ben ihm zunickte, sagte Vivien: »Ja, weiß ich.«

»Ach«, rutschte es Katharina heraus.

»Also, wenn man den sozialen Medien glauben kann, dann war er zur Tatzeit in München. Zumindest hat das jemand auf Facebook gepostet. Ich nehme an, es ist ein Kunde, den Picu derzeit berät – jedenfalls wurde öffentlich ein Foto gepostet, auf dem Philippe Picu markiert wurde, und das ungefähr zur besagten Zeit«, erklärte Vivien.

»Na ja, aber es heißt ja nicht, dass das Foto direkt nach seiner Entstehung bei Facebook hochgeladen worden ist, das kann ja auch schon früher geknipst und nur zufällig jetzt erst eingestellt worden sein«, warf Katharina ein.

»Oder bewusst«, stimmte Tobi ihr zu.

»Darum werden wir sein Alibi auch noch überprüfen. Katharina, du wolltest doch sowieso noch zu Picu, dann kannst du das übernehmen. Was für einen Eindruck hattest du eigentlich von Anja Buse, als du gestern bei ihr warst, um nach ihrem Schwager zu fragen?«, erkundigte sich Ben.

»Tja, wenn ich ehrlich bin, werde ich aus dieser Frau nach wie vor nicht ganz schlau, oder nein, das ist falsch ausgedrückt: Von Mal zu Mal stelle ich deutlicher fest, dass sie mindestens zwei Gesichter hat«, begann Katharina vorsichtig, und Ben ahnte, dass sie sich so überlegt ausdrückte, weil Mausner und der Staatsanwalt mit am Tisch saßen.

»Meinst du das im medizinischen Sinne?«, erkundigte sich Frauke Bostel.

»Ob ich an eine Persönlichkeitsstörung denke? Nein, so weit würde ich nicht gehen. Ich würde sie nicht gleich als psychisch krank einstufen, aber ich bin ja auch keine Ärztin. Darüber hinaus erleben wir Anja Buse natürlich gerade in einer Extremsituation, nachdem sie zum zweiten Mal einen der wichtigsten Menschen in ihrem Leben verloren hat. Dass man da, wie soll ich sagen, irgendwie neben der Spur ist, halte ich für vollkommen nachvollziehbar, und wir alle wissen ja, dass jeder Mensch in solchen Situationen anders reagiert. Aber nein, das meine ich nicht. Anja Buse ist manchmal einfach so cool und unnahbar, und in diesen Momenten scheint sie auch alles im Griff zu haben. Irgendwie schwingt da meines Erachtens auch eine gewisse Berechnung mit. Und dann wiederum wirkt sie plötzlich total verletzlich und … und ja, irgendwie einsam. Ich meine mit sich selbst und nicht, weil sie jetzt faktisch allein in ihrem großen Haus sitzt«, versuchte Katharina, ihren Eindruck von Leons Pflegemutter in Worte zu fassen. Sie merkte wohl selbst, dass es ihr nicht recht gelungen war, und blickte Hilfe suchend zu Ben, der nun seinerseits einen Versuch unternahm, Katharinas Gefühl sachlich auf den Fall anzuwenden: »Wenn ich dich richtig verstehe, fragst du dich immer noch, ob Anja Buse nicht doch etwas mit dem Tod des Jungen oder seinem Missbrauch zu tun hat. Glaubst du, sie wusste von den Aufnahmen, die Steffen Giesing und Bianca Guntram von ihm gemacht haben?«

»Nein, das glaube ich auf keinen Fall, dann hätte sie das zur Anzeige gebracht. Schließlich wäre das ihre große Chance gewesen, Leon ganz bei sich behalten zu können. Aber wer sagt uns, dass die älteren Missbrauchsspuren wirklich ausschließlich von Giesing stammen? Die bereits fast verblassten Hämatome konnten wir ja gar nicht mehr zuordnen. Sie können ebenso von Anja Buse stammen, oder vom Nachbarn oder ja, auch vom Schwager oder jemand ganz anderem, den wir noch überhaupt nicht auf dem Zettel haben. Und es kann genauso gut sein, dass

Frau Buse darüber Bescheid wusste«, erwiderte die Kommissarin resigniert.

»Womit wir wieder ganz am Anfang der Ermittlungen stünden, liebe Frau von Hagemann, zumindest, wenn der Tod des Jungen mit all dem zusammenhängt, wovon man wohl ausgehen muss. Mir scheint, dieser Fall besteht aus lauter losen Fäden, die sämtlich ins Leere führen«, fasste Kriminalrat Mausner mit genervtem Unterton zusammen.

»Immerhin wissen wir inzwischen, dass der Fundort des Jungen auch der Tatort war und vor allem, dass Marcel Windisch tatsächlich der leibliche Vater von Leon ist«, versuchte Bodo Schmitt aus der KTU die Aussage von Mausner etwas zu mildern und erntete sofort die volle Aufmerksamkeit seiner Kollegen.

»Ach, das wisst ihr schon?«, fragte Ben überrascht. »Ich hab gedacht, das dauert länger!«

»Wir haben den Vaterschaftstest direkt angesetzt, nachdem wir die DNA bekommen haben«, erklärte Schmitt. »Wir wussten ja, wie dringend das ist. Und das Ergebnis ist eindeutig positiv.«

»Kann mich mal jemand aufklären?«, bat nun der Staatsanwalt. »Wieso wurde ohne mein Wissen ein DNA-Test veranlasst?«

»Wir wollten Sie nicht übergehen, Herr Friedberg«, bezog Ben sofort Stellung. »Der Test bot sich an und ist mit dem Einverständnis von Marcel Windisch geschehen, es hat also alles seine Richtigkeit.«

»Gut, dann will ich nichts gesagt haben«, erwiderte Bent-Ove Friedberg und lehnte sich wieder zurück.

»Marcel Windisch ist also definitiv der Vater von Leon Guntram«, stellte Tobi fest, während Ben an der Glaswand den Pfeil, der von dem Foto von Marcel Windisch zu dem von Leon führte, *VATER!* in Großbuchstaben schrieb.

»Falls er der Mörder ist, warum hätte er den Jungen ausgerechnet jetzt töten sollen? Oder glaubt ihr, er könnte auch derjenige gewesen sein, der sich an ihm vergangen hat?«, hakte Vivien nach.

»Keine Ahnung«, gab Katharina zu. »Vielleicht hatte er gerade jetzt aus irgendeinem Grund Angst davor, dass seine Frau von seinem unehelichen Sohn erfahren könnte, ist durchgedreht und hat den Jungen erwürgt. Das würde auch zur Todesursache passen. Frauke, du sagtest doch, dass es auch ein Unfall gewesen sein könnte, es muss ja nicht im sexuellen Rausch geschehen, sondern könnte auch im Zorn passiert sein.«

»Ja, ich ziehe das als Möglichkeit Betracht. Allerdings denke ich, dass ihr Marcel Windisch wieder aus dem Kreis der Verdächtigen ausschließen könnt, es sei denn, er hatte einen Komplizen. Wenn es Windisch gewesen wäre, dann hätten wir das anhand der DNA gesehen, eine solche Übereinstimmung wie bei Vater und Sohn wäre bereits aufgefallen, als wir die DNA vom Täter an Leon kurz nach seinem Auffinden sichergestellt haben«, informierte die Gerichtsmedizinerin die Runde mit einem bedauernden Gesichtsausdruck.

»Stimmt«, bestätigte Katharina, »daran habe ich nicht gedacht. Dann stehen wir tatsächlich genauso da wie vor fünf Tagen. Wir haben keine einzige heiße Spur.«

»Hm, vielleicht doch«, sagte Tobi. »Ich habe doch das Konto von Bianca Guntram mal unter die Lupe genommen, und siehe da: Die gute Frau hat seit knapp zehn Jahren, also ungefähr seit Leons Geburt, regelmäßige Geldeingänge zu verzeichnen. Sie bekommt konsequent jeden Monat 500 Euro überwiesen. Und nun ratet mal, von wem!«

11.48 Uhr

»Wer fährt?«, fragte Tobi und hielt den Schlüssel des Dienstwagens in die Höhe.

»Immer der, der fragt«, erwiderte Katharina und schnappte sich ihre Lederjacke. Ben hatte sie nach der Besprechung gebeten, mit Tobi nach Lüdersburg zu fahren, um die Sache mit den Kontobewegungen zu klären. Ben selbst würde, anders als zuvor geplant, sowohl zum Schwager von Anja Buse als auch zu ihrem Nachbarn fahren, um noch einmal eingehender mit den Männern zu reden und außerdem von beiden eine DNA-Probe zu nehmen. Staatsanwalt Friedberg hatte dafür die Erlaubnis erteilt. Tobi hoffte inständig, dass der DNA-Abgleich sie weiterbringen würde, wobei sie die Ergebnisse bestenfalls in zwei, eher in drei Tagen haben würden. Es wurmte den jungen Kommissar, dass er mit Steffen Giesing als Täter die ganze Zeit in die falsche Richtung gedacht hatte. Ben hatte ihn genau davor gewarnt und recht behalten. Das eindeutige Alibi von Bianca Guntram und ihrem zwielichtigen Lebensgefährten ging ihm seit der Besprechung einfach nicht aus dem Kopf. Er war sich absolut sicher gewesen, dass zumindest Steffen Giesing mit dem Mord an Leon zu tun hatte. Doch an dem per Video belegten Aufenthalt des Pärchens in einer anderen Stadt zur Tatzeit war nicht zu rütteln. Und dass die beiden jemand anderen beauftragt hatten, hielt auch Tobi für unrealistisch.

»Offensichtlich habe ich mich wirklich getäuscht, was die Guntram und den Giesing angeht«, sprach er jetzt seine Gedanken laut aus.

»Na ja, wie man es nimmt«, antwortete Katharina. »Es bleibt ja dabei, dass die beiden mehr als genug Dreck am Stecken haben. Die Erpressung, Drogen und jetzt noch die pornografischen Aufnahmen von Leon. Also unschuldig sind die nun wirklich nicht.«

»Schon klar«, stimmte Tobi zu, »aber zumindest den Mord können wir ihnen nicht anhängen, ähm, nachweisen. Dabei war ich mir so sicher.«

»Wir alle haben uns schon mal an einem falschen Verdächtigen festgebissen, Tobi«, sagte die Kommissarin. »Mach dir deswegen keinen Kopf. Ab jetzt müssen wir halt ganz klar in andere Richtungen weiter ermitteln. Und jemanden so eindeutig ausschließen zu können, ist doch auch schon was.«

»Trotzdem«, erwiderte Tobi. »Ich hab das Gefühl, wir fangen jetzt wieder bei null an, und gerade in diesem Fall macht mich das wahnsinnig. Ich will dieses Schwein …«

»Das wollen wir alle, Tobi«, unterbrach Katharina ihn, und Tobi beschloss, nicht weiter darauf einzugehen. Er merkte selbst, dass er schon wieder laut geworden war, was nicht unbedingt dafür sprach, dass er mit der Situation zurechtkam. Stattdessen sagte er: »Du hast ja recht. Umso gespannter bin ich, was uns in Lüdersburg erwartet.«

»Oh ja, allerdings«, bestätigte Katharina und wechselte plötzlich das Thema, indem sie nach Mia fragte, wofür Tobi ihr dankbar war und sofort darauf einstieg: »Ich hatte ja ehrlich gesagt befürchtet, dass ich zwangsläufig zum Spießer mutiere, wenn ich erst einmal Vater bin, aber ich kann dir sagen – mit einem Kind im Haus wird es niemals langweilig. Niemand bringt mich so sehr zum Lachen wie meine kleine Mia.«

Schon während er antwortete, merkte er, wie er sich langsam entspannte, und während der nächsten 30 Minuten erzählte er mit einer Leichtigkeit, die ihn selbst überraschte, einige Anekdoten aus der letzten Zeit. Er kam aus dem Erzählen gar nicht mehr heraus und war verblüfft, als sie plötzlich das Ortsschild mit der Aufschrift *Lüdersburg* passierten.

»Wow, schon da? Ich dachte, das wäre weiter«, wunderte er sich und sah Katharina fragend an: »Wohin? Du warst doch schon mal hier.«

Katharina wies ihm den Weg, und kurz darauf parkten sie den Wagen direkt vor dem Bauernhaus der Familie Windisch.

»Wie sollen wir es machen?«, wollte Tobi wissen.

»Wenn es dir recht ist, überlasse ich dir das Fragenstellen«, schlug Katharina vor. »Ich würde gern die Reaktion beobachten. Außerdem hast du die Kontobewegungen überprüft, du bist im Zweifel bei dem Thema besser informiert.«

»Kein Problem«, stimmte Tobi zu, bevor sie beide ausstiegen. Seite an Seite gingen sie auf die Haustür zu, die mit einem sommerlich dekorierten Kranz geschmückt war, und Katharina betätigte die Klingel. Als nach einer halben Minute noch immer niemand reagiert hatte, klingelte Katharina erneut.

»Hallo? Wollen Sie zu mir?«, hörten sie plötzlich eine Stimme von der Seite und drehten sich um. Eine hübsche Frau, die etwa in Katharinas Alter war und ihre brünetten Haare zu einem sportlichen Pagenkopf geschnitten hatte, lugte um die Hausecke. Sie hielt eine kleine Gartenschaufel in der Hand.

»Sind Sie Susanne Windisch?«, fragte Tobi und ging ein paar Schritte auf die Frau zu.

»Wer möchte das wissen?«, kam es prompt zurück.

»Tobias Schneider, Kripo Lüneburg, und das ist meine Kollegin Katharina von Hagemann. Wir würden Sie gern einen Moment sprechen«, sagte Tobi und zeigte seinen Dienstausweis.

»Sicher, wenn es sein muss. Ich habe allerdings nicht viel Zeit, ich muss gleich meine Töchter aus der Schule abholen«, antwortete Susanne Windisch mit einer Mischung aus Verunsicherung und Abwehr.

»Wenn Sie uns klar auf unsere Fragen antworten, wird es nicht lange dauern«, erklärte Tobi knapp. »Wir können das direkt hier erledigen. Ist Ihr Mann auch da?«

»Nein, ist er nicht. Und im Übrigen wäre es mir lieber, wenn wir ins Haus gehen«, entgegnete die Frau eilig und trat an den beiden Kommissaren vorbei zur Haustür. Sie zog den Haustürschlüssel aus der Hosentasche und öffnete. »Bitte, geradeaus geht es ins Wohnzimmer.«

Die beiden Kommissare gingen wie angewiesen voraus. Die Frau von Marcel Windisch folgte ihnen.

»Was wollen Sie von mir und meinem Mann?«, fragte

Susanne Windisch, nachdem sie sich als Einzige in dem geräumigen Zimmer an den Esstisch gesetzt hatte.

»Wir würden gern wissen, in welchem Verhältnis Sie zu Bianca Guntram stehen«, fragte Tobi. Er hätte genauso gut direkt die Zahlungen ansprechen können, doch er hatte bewusst diese Frage vorangestellt.

»Wer soll das sein? Ich kenne niemanden mit diesem Namen«, sagte die Frau von Marcel Windisch etwas zu schnell.

»Das ist merkwürdig«, erwiderte Tobi scharf, »dann wüssten wir gern, warum Sie dieser Frau, die Sie angeblich nicht kennen, während der letzten zehn Jahre monatlich Geld überwiesen haben. Insgesamt dürften es rund 60.000 Euro gewesen sein. Viel Geld für einen Menschen, den Sie nicht kennen.«

Susanne Windisch errötete schlagartig und senkte den Kopf, eine Antwort blieb jedoch aus.

»Frau Windisch?«, hakte Tobi nach. »Im Gegensatz zu Ihnen haben wir jede Menge Zeit. Wenn Sie also keinen Wert darauf legen, mit uns aufs Kommissariat zu fahren, sollten Sie jetzt am besten die Wahrheit sagen.«

»Ich … ich kann das erklären. Diese Frau … ich wollte einfach nur, dass sie ihren Mund … Dass niemand etwas erfährt«, stammelte Susanne Windisch und vermied es, den beiden Kommissaren ins Gesicht zu sehen.

»Was sollte niemand erfahren?«, hakte Tobi nach. »Dass Ihr Mann während Ihrer Ehe ein Kind mit einer anderen Frau gezeugt hat? Noch dazu mit einer Dame aus recht zweifelhaftem Milieu?« Tobi merkte, wie zynisch er klang, doch er konnte nicht anders. Susanne Windisch hob nun den Kopf und warf ihm einen wütenden Blick zu: »*Dame*, dass ich nicht lache! Dieses Flittchen hat meinen Mann damals gnadenlos ausgenutzt, weil er in einer schwierigen Lebenssituation war. Nie und nimmer hätte er sich sonst mit einer … mit so einer … abgegeben.«

Die gutbürgerliche Maske von Susanne Windisch war nun endgültig gefallen, und Tobi fand geradezu Vergnügen daran, sie noch weiter zu provozieren. Er wollte gerade erneut ansetzen, doch Katharina kam ihm dazwischen.

»Frau Windisch«, begann sie sachlich, »Ihr Mann hat uns gesagt, dass Sie nichts von seinem damaligen Verhältnis zu Frau Guntram wissen, geschweige denn von dem Kind. Können Sie uns das erklären?«

»Sie haben mit meinem Mann gesprochen?«, fragte Susanne Windisch verunsichert, sammelte sich dann jedoch, sah auf ihre Armbanduhr und fuhr mit entschlossenem Blick auf die Kommissare fort: »Ich muss erst kurz telefonieren. Meine Kinder warten sonst vor der Schule auf mich. Danach erkläre ich es Ihnen.« Katharina nickte, und Susanne Windisch ging hinaus in den Flur.

Tobi nutzte ihre Abwesenheit, um Katharina anzusprechen: »Was sollte das eben? Ich dachte, ich soll die Fragen stellen?«

»Ehrlich gesagt hatte ich das Gefühl, dass sie dichtmacht, wenn du sie weiter so scharf angehst«, erwiderte Katharina.

»So scharf? Entschuldige mal …«

»Tobi, beruhige dich. Wir wollen doch schließlich was über die Hintergründe herausfinden. Oder glaubst du ernsthaft, dass diese Frau Leon getötet hat?«

»Nein«, brummte Tobi kaum hörbar. Seine Kollegin

hatte recht, er war taktisch nicht unbedingt klug vorgegangen. Als sie nun beide schwiegen, konnten sie hören, wie Susanne Windisch am Telefon offenbar eine andere Mutter bat, ihre Töchter mit von der Schule abzuholen. Kurz darauf kam sie zurück ins Wohnzimmer und setzte sich wieder an den Esstisch. Als sie nicht von selbst zu reden begann, forderte Tobi sie diesmal sachlich und in ruhigem Ton auf: »Nun, Frau Windisch, wir hören: Wie haben Sie von dem Verhältnis Ihres Mannes erfahren?«

Die Frau seufzte, lehnte sich zurück, als gäbe sie jeden Widerstand auf, und berichtete: »Eine Freundin von mir hat Marcel damals mit dieser Frau gesehen und mir davon erzählt. Bis dahin hätte ich geschworen, dass ich den treuesten Mann der Welt habe.« Sie lachte zynisch auf. »Es ging ihm zu diesem Zeitpunkt nicht gut, was auch zu ein paar kleinen Spannungen zwischen uns geführt hatte, mehr aber auch nicht. Dachte ich zumindest. Auf jeden Fall wurde ich nach diesem Hinweis meiner Freundin misstrauisch. Als er wieder einmal einen Geschäftstermin am Abend angekündigt hatte, bin ich ihm gefolgt. Da habe ich ihn mit dieser … diesem Flittchen gesehen. Allerdings weiß mein Mann das bis heute nicht.«

»Klingt, als führten Sie eine harmonische und aufrichtige Ehe«, konnte sich Tobi nicht verkneifen und erntete dafür einen mahnenden Blick von Katharina, die das Gespräch prompt wieder übernahm: »Das heißt, Sie haben Bianca Guntram bezahlt, damit sie Ihren Mann in Ruhe lässt?«

»Nein«, erwiderte Susanne Windisch. »Ich wünschte, das hätte ich, dann würde es den kleinen Bastard gar nicht geben.«

Tobi musste sich sehr zusammenreißen, um auf diesen Ausspruch nicht laut zu reagieren. Er atmete tief durch, bevor er sagte: »Ihnen ist schon klar, dass der kleine Junge, von dem Sie hier gerade so abwertend reden – der Sohn Ihres Mannes – tot ist?«

Der Kopf von Susanne Windisch schoss hoch, und in ihrem Blick war Überraschung zu lesen.

»Tot?«, fragte sie erschrocken. »Aber wieso … ich meine … Hatte er einen Unfall? Sind Sie etwa deshalb hier?«

»Prinzipiell schon«, bestätigte Tobi. »Wir ermitteln im Fall des Mordes an dem Jungen.«

»Mord …?« Der Blick der Frau huschte zwischen den beiden Kommissaren hin und her. Dann senkte sie ihn. Frau Windisch schien allmählich mit den Nerven am Ende zu sein. Tobi musterte die Frau und musste Katharina spätestens jetzt zustimmen: Wollte er noch mehr aus der Frau herausbringen, sollte er sensibler mit ihr umgehen.

»Ja, der Junge wurde vor einer Woche getötet. Davon wussten Sie nichts?«, fragte er.

»Nein.« Susanne Windisch schüttelte den Kopf. »Woher auch? Ich habe ihn nie gesehen und hatte seit damals auch nie wieder Kontakt zu seiner Mutter. Ich weiß noch nicht einmal, wie er heißt. Die Überweisungen sind per Dauerauftrag von meinem privaten Konto abgegangen. Ehrlich gesagt waren die Einträge auf den Auszügen das Einzige, was mir diese leidige Geschichte immer mal wieder in Erinnerung gerufen hat. Ansonsten habe ich das erfolgreich verdrängt. Ich wusste ja nicht mal, ob diese Frau mit ihrem Bas… mit ihrem Kind überhaupt noch hier lebt, und es hat mich auch nicht interessiert. Ich habe sie damals nur ein einziges Mal getroffen, um sie um Stillschweigen zu bitten. Sie wollte Geld dafür, das habe ich ihr regelmäßig überwiesen, und sie hat Wort gehalten.«

»Sie wussten nicht, dass Leon bei einer Pflegefamilie gelebt hat?«, fragte Tobi.

Erneut stand der Frau pures Erstaunen ins Gesicht geschrieben. Langsam sagte sie: »Leon, so heißt er also. Hat er geheißen … Er … er ist nicht bei seiner Mutter aufgewachsen? Das heißt … das bedeutet, ich habe ihr Monat für Monat Geld gezahlt, obwohl sie das Kind weggegeben hat?«

»Sie hat ihren Sohn nicht freiwillig weggegeben«, erklärte nun Katharina. »Frau Guntram hatte ein Drogenproblem, und so hat das Jugendamt bereits kurz nach der Geburt des Kindes entschieden, dass es in einer Pflegefamilie besser aufgehoben ist.«

»Drogen, ja, das habe ich ihr damals irgendwie angesehen«, sagte Susanne mehr zu sich selbst.

»Davon aber mal ganz abgesehen«, ging Tobi nicht weiter darauf ein, »Sie wollen uns jetzt nicht erzählen, dass Ihre Zahlung dem Kind zugutekommen sollte. Das war doch wohl eher Schweigegeld, oder nicht?«

Susanne Windisch rieb sich die Stirn. Ihr Gesicht hatte in den vergangenen Minuten zusehends an Farbe verloren. Jetzt schaute sie Tobi direkt in die Augen: »Was für eine verkorkste Geschichte … Aber was soll's. Ja, natürlich war es Schweigegeld. Ich habe meinen Mann damals noch ein paar Mal mit der Frau beobachtet. Dann war er ganz plötzlich vollkommen verwandelt, war wieder viel zu

Hause … Alles schien sich doch zum Guten zu wenden, bis …« Sie machte eine kurze Pause. »Bis ich diese Frau einige Monate später hochschwanger in der Stadt gesehen habe. Zeitlich passte es, und ich hatte sofort das sichere Gefühl, dass nur Marcel der Vater sein konnte. Natürlich hätte es auch ein anderer sein können, ich kannte die Frau ja nicht, aber am Ende wollte ich es nicht darauf ankommen lassen, zumal diese Guntram mir immer wieder versichert hat, das Marcel der Vater ist. Sie meinte, wenn ich wollte, könnte ich ruhig einen Vaterschaftstest machen lassen.«

»Und was haben Sie dann gemacht?«, wollte Katharina wissen.

»Ich bin ihr bis zu ihrer Wohnung gefolgt. Da habe ich sie zur Rede gestellt«, erklärte Susanne Windisch. »Ich habe ihr angeboten, ihr monatlich Geld zu überweisen, wenn sie verspricht, dass niemand erfährt, wer der Vater des Kindes ist. Das Geld dafür habe ich von meinen Eltern erhalten und auf ein Konto gelegt, von dem mein Mann nichts weiß. Auch meine Eltern wissen nicht, wofür ich es verwende. Ich bin ihr einziges Kind, und es ist ein vorzeitig ausgezahltes Erbe … sie haben damals glücklicherweise keine großen Fragen gestellt.« Sie stockte für einen Moment, bevor sie fortfuhr: »Ich hab mich gewundert, dass es so einfach war. Diese Frau … sie ist sofort auf meinen Vorschlag eingegangen, obwohl die 500 Euro ja nicht gerade viel sind.«

»Das hat vielleicht damit zu tun, dass Ihr Mann sie ebenfalls großzügig ausgezahlt hat, wenn auch einmalig und nicht wie Sie über viele Jahre«, nannte Tobi eine weitere Tatsache, die der Frau von Marcel Windisch bisher offenbar unbekannt war. Ungläubig sah Susanne Windisch erst ihn, dann Katharina an.

»Es stimmt«, bestätigte Katharina. »Ihr Mann hat damals 75.000 Euro an Bianca Guntram gezahlt, als er von der Schwangerschaft erfahren hat. Sie hat ihn erpresst. Danach hat er den Kontakt komplett abgebrochen, bis …«

»Bis?«, entfuhr es Susanne Windisch ängstlich. »Hatte er später wieder Kontakt zu ihr?«

»Nicht direkt, also er hat ihn nicht gesucht«, sagte Tobi. »Bianca Guntram war vor drei Tagen hier, um ihn ein zweites Mal zu erpressen. Wenn wir Ihrem Mann glauben können, dann war das das erste Zusammentreffen der beiden nach mehr als zehn Jahren.«

Nachdem Tobi und Katharina wieder im Auto saßen, schwiegen sie beide für eine Weile. Katharina schaute aus dem Fenster und schien ihren eigenen Gedanken nachzuhängen, genauso wie er selbst. Er dachte an seine Heiratspläne und hoffte, dass er und Jana sich niemals in derartige Heimlichkeiten verstricken würden. Auch Marcel Windisch hatte mit Sicherheit nicht ansatzweise geahnt, was seine Untreue alles nach sich ziehen würde. Und dann Susanne Windisch: Ob sie es über die Jahre geschafft hatte, ihrem Mann wieder vertrauen zu können? Zum Teil verstand er die Frau sogar. Sie hatte versucht, Ehe und Familie vor dem großen Bruch zu bewahren, hatte dafür jedoch in seinen Augen das falsche Mittel gewählt. Konnte Schweigen wirklich besser sein, als miteinander zu reden und dabei eventuell auch die ein oder andere unliebsame Wahrheit zu hören zu bekommen?

Tobi wusste es nicht und schwor sich in diesem Moment, Jana niemals in eine solche Lage zu bringen. Er liebte sie aufrichtig, wie sehr, das hatten ihm die vergangenen Tage deutlich vor Augen geführt. Auch wenn er sie bewusst nicht in seine beruflichen Probleme einbezog, die Abende mit ihr taten ihm gut, und die gemeinsamen Gespräche lenkten ihn ab.

»Was denkst du über Susanne Windisch?«, fragte Katharina plötzlich von der Seite.

»Sie tut mir leid«, antwortete Tobi spontan.

»Hmm«, machte Katharina, und Tobi glaubte, Zustimmung herauszuhören.

17.42 Uhr

»Wow, ist das schön hier. Und direkt am Wasser!«, sagte Katharina und nahm Benes Hand.

»Ja, nicht wahr?«, erwiderte Bene glücklich, während er die Frau ansah, die er liebte. Er hatte heute einen freien Tag, und Katharina hatte ihn überrascht, als sie bereits gegen 17.00 Uhr bei ihm in der Wohnung aufgetaucht war. Sie hatte erklärt, dass sie momentan in ihrem Fall auf der Stelle traten und erst Ergebnisse aus der KTU abwarten mussten, sodass sie einen pünktlichen Feierabend genießen konnte.

»Perfektes Timing also, da du auch einen freien Abend hast«, hatte Katharina Bene entgegen gelacht, »da habe ich mir gedacht, den verbringen wir dann doch am besten zusammen.«

»Und wo du recht hast, hast du recht«, hatte Bene fröhlich entgegnet und ihr vorgeschlagen, das schöne Wetter zu nutzen, um irgendwo hinzufahren, wo man draußen sitzen und eine leckere Kleinigkeit essen konnte.

»Zwei Seelen, ein Gedanke«, hatte Katharina sofort zugestimmt, »so etwas habe ich mir nämlich auch gedacht. Aber bitte nicht hier in Lüneburg, nicht dass uns da noch lauter Bekannte begegnen, die sich spontan zu uns setzen. Du weißt, wie hoch das Risiko hier ist, für dich ja noch mehr als für mich. Heute möchte ich dich ganz für mich haben. Wir könnten schon einmal überlegen, wann ich denn nun bei dir einziehe, welche Möbel ich mitbringe und welche du rausschmeißt …«

Automatisch hatte Bene bei ihren letzten Worten an sein Sofa gedacht, das seine Freundin stets als typischen Männer-Single-Diwan betitelte, womit sie nicht ganz unrecht hatte. Er hatte dieses Sofa gekauft, als er gerade zurück nach Lüneburg gekommen war. Dabei war es ihm gleichgültig gewesen, dass es eigentlich zu groß für sein Wohnzimmer war, er hatte einfach immer schon einmal ein solches Teil besitzen wollen, und damals war der Zeitpunkt perfekt gewesen. Aber Zeiten änderten sich, und so sagte er grinsend: »Du meinst mein Ledersofa? Es wird mir mein Herz brechen, aber wenn ich dich dafür bekomme, kannst du es ja wieder kitten. Dann lass uns mal gleich losfahren, ich weiß auch schon wohin.«

Nun waren sie gerade im Elbkantinchen am Strandweg in Tesperhude angekommen und hatten zu ihrem Glück noch einen schönen Platz in der Abendsonne ergattert. Das kleine Bistro lag direkt an der Elbe und bot leckere hausgemachte Speisen ohne viel Schnickschnack – genau das Richtige, um einen Sommertag in trauter Zweisamkeit entspannt ausklingen zu lassen. Bene hatte gewusst, dass Katharina noch nie hier gewesen war, und umso mehr freute er sich jetzt über ihre Begeisterung.

»Lass uns nach der Tagesempfehlung fragen, da können wir hier nichts falsch machen«, sagte er und lächelte Katharina an, die erwiderte: »Du machst das schon, ich habe da vollstes Vertrauen in deinen guten Geschmack.« Dann nahm sie mit der freien Hand die Sonnenbrille ab, um ihren Kopf in den Nacken zu legen, die Augen zu schließen und sich von der Sonne bestrahlen zu lassen.

»Herrlich«, sagte sie und streichelte sachte mit ihrem Daumen über Benes Handrücken, der diese Liebkosung mit einem sanften Druck erwiderte. So ist das Leben auszuhalten, dachte er bei sich, lehnte sich ebenfalls zurück und genoss die Wärme auf seinem Gesicht.

»Hallo, wisst ihr schon, was ihr wollt?«, hörte Bene plötzlich neben sich eine Stimme. Er öffnete die Augen, hob seinen Kopf und richtete den Blick auf eine junge Frau, die in T-Shirt und Shorts vor ihm stand und ihn abwartend anstrahlte.

»Ja, wir hätten gern zwei Weißweinschorlen. Und was ist heute eure Tagesempfehlung?«, gab Bene zur Antwort.

»Fischfrikadellen mit Kartoffelsalat und Remoulade, alles hausgemacht mit Zutaten aus der Region«, antwortete die junge Frau wie aus der Pistole geschossen.

»Zweimal«, kam es jetzt entspannt von Katharina, die noch immer ihr Gesicht der Sonne entgegenhielt und sich sichtlich wohlfühlte.

Die Kellnerin blickte Bene fragend an, und er bejahte Katharinas Kommentar mit einem Nicken. Zufrieden sagte die junge Frau »Okay«, wandte sich ab und stolzierte auf ihren braun gebrannten Beinen, die Bene an ein Reh erinnerten, in Richtung Küche. Er konnte nicht anders, als ihr hinterherzugucken …

»Hey, ich dachte, wir wollten über meinen Einzug bei dir sprechen, oder hast du dich gerade umentschlossen?«, unterbrach Katharina seine Gedanken.

Bene fühlte sich ertappt: »Ich, ähm, Quatsch, alles gut, ich hab nur grad gedacht … bald ist auch Leonie in dem Alter wie die Kellnerin und, also ganz ehrlich, ich würde ihr verbieten, so herumzulaufen, egal, wie warm es ist.«

»Na dann mal viel Spaß«, grinste Katharina ihn an, »ich glaube kaum, dass Leonie sich das verbie…« Sie stockte mitten im Satz und machte große Augen. Bene verfolgte ihren Blick und sah, wie ein Paar nach draußen in den Garten trat. Er kannte den Mann, und als er gerade den Mund öffnete, um das Katharina gegenüber zu erwähnen, schloss er ihn verwundert wieder. Warum schaute Katharina plötzlich so auffällig in eine andere Richtung? Außerdem rückte sie sich die Sonnenbrille wieder auf die Nase und band sich ihre offenen Haare mit dem Haargummi, das sie stets um ihr Handgelenk trug, zu einem Dutt zusammen. Wollte sie nicht erkannt werden? Ein kurzer Stich der Eifersucht durchfuhr Bene, und er konnte nicht anders, als zu fragen: »Wenn ich es nicht besser wüsste, würde ich jetzt denken, dass dir der Typ da vorn nicht fremd ist, ich das aber nicht merken soll. Kennst du ihn? Ich nämlich schon, und ich weiß, dass der kaum etwas anbrennen lässt!«

Fuchs, du hast die Gans gestohlen,
Gib sie wieder her
Sonst wird dich der Jäger holen
Mit dem Schießgewehr.
Seine große, lange Flinte
Schießt auf dich den Schrot
Dass dich färbt die rote Tinte
Und dann bist du tot.

(Volkslied, Text: Arno Anschütz)

8. KAPITEL:

DIENSTAG, 15.08.2017

08.30 Uhr

Zum wiederholten Mal in diesen Tagen fuhr Katharina ihr Auto in die Einfahrt zum Haus von Anja Buse. Den vagen Entschluss dazu, der Frau heute erneut einen Besuch abzustatten, hatte sie bereits gestern Abend gefasst. Als sie heute Morgen gleich nach dem Aufstehen wieder daran denken musste, hatte sie Ben kurz per SMS benachrichtigt, dass sie noch nach St. Dionys fahren würde, bevor sie ins Kommissariat käme. Sie hatte nicht geschrieben, warum, denn möglicherweise würde sich der Besuch auch als unnötig herausstellen, und sie wollte nicht im Vorhinein die Pferde auf dem Kommissariat scheu machen. Überprüfen wollte sie ihre Vermutung jedoch auf jeden Fall: Als Anja Buse gestern Abend mit einem Mann das Elbkantinchen betreten hatte, war Katharina tatsächlich bemüht gewesen, nicht erkannt zu werden. Doch im Gegensatz zu Benes Befürchtung war Anja Buse der Grund dafür gewesen. Sie hatte einfach von der Frau nicht gesehen werden wollen und sich deswegen hinter ihrer Sonnenbrille und durch den für sie unüblichen Haarknoten versteckt, um die Frau und deren Begleitung unauffällig betrachten zu können. Als Bene dann auch noch geäußert hatte, dass er den Mann an Anja Buses Seite kannte, war Katharina zunehmend neugieriger geworden. Als sie sich jedoch wieder herumgedreht hatte, hatte das Paar – wahrscheinlich aus Ermangelung an freien Plätzen draußen im Garten – im Wintergarten Platz genommen. Nachdem klar war, dass sie die Begleitung von Anja Buse dort nicht in Augenschein nehmen konnte, hatte sie sich wieder ihrem Freund zugewandt, ihm ihr Verhalten kurz erklärt und ihn nach dem Mann gefragt.

»Seinen Namen kenne ich nicht«, hatte der ihr erklärt. »Aber ich habe ihn schon einige Male bei mir in der Bar gesehen. Zu unterschiedlichsten Uhrzeiten und vor allem jedes Mal mit einer anderen Frau.«

»Könnten das geschäftliche Termine gewesen sein?«, hatte Katharina sich erkundigt.

»Nein, auf keinen Fall«, hatte Bene widersprochen. »In der Regel wurden Cocktails oder Sekt bestellt, und es wirkte immer eindeutig privat. Wenn du mich fragst, waren das ›Blind Dates‹, darum habe ich ja eben so blöd reagiert, als ich dachte, du kennst ihn.«

Katharina war sofort das Dating-Portal eingefallen, das sie vor Kurzem auf Anja Buses Bildschirm gesehen hatte. Sie hatte im Kopf bereits eins und eins zusammengezählt und Bene deswegen gefragt: »Wie kommst du auf ›Blind Dates‹?«

»Na ja, der scheint in schöner Regelmäßigkeit Frauen zu daten. Ich kann mich nicht erinnern, ihn schon mehr als einmal mit derselben gesehen zu haben. Also gehe ich davon aus, dass er sie im Internet kennenlernt und dann die auserwählten Damen persönlich trifft. Wie man das heutzutage halt so macht«, hatte Bene geantwortet.

»Macht man das so, ja?«, hatte Katharina amüsiert gefragt.

»Na ja, nicht jeder kann so viel Glück haben wie ich und seiner Traumfrau rein zufällig mitten in der Nacht am Bartresen einer runtergekommenen Spelunke in die Arme laufen«, hatte er grinsend erwidert und ihr über den Tisch hinweg einen Kuss gegeben. Katharina hatte den Kuss nur zu gern erwidert und sich daran erinnert, weswegen sie mit ihrem Freund eigentlich im Elbkantinchen war. So hatten sie, wie geplant, noch einen schönen Abend zu zweit verbracht und ein paar erste Pläne für ihren Einzug gemacht. Als sie Arm in Arm das Elbkantinchen verließen, waren Anja Buse und ihr Begleiter bereits gegangen. Dennoch hatte die Kommissarin in ihr Benes Beobachtungen nicht beiseiteschieben können, denn Fakt war, dass es offensichtlich doch noch einen Mann im Leben von Leons Pflegemutter gab, was wichtig für die Ermittlungen wäre. Oder hatte die Architektin den Mann gestern Abend zum ersten Mal gesehen? Beides war möglich, und genau das wollte Katharina heute Morgen klären. Allerdings gab es noch etwas, was sie Anja Buse mitteilen wollte, und was sie dankbar als Vorwand nutzen würde, obwohl sie das auch am Telefon hätte erledigen können. Inzwischen stand Katharina vor der Haustür und war gerade im Begriff zu klingeln, als bereits geöffnet wurde. Anja Buse stand vor ihr und lächelte, doch das Lächeln erreichte nicht ihre Augen: »Hallo, Frau von Hagemann. Ich hab Sie schon von der Küche aus kommen sehen … gibt es etwas Neues? Haben Sie Leons Mörder?«

»Nein, leider nicht«, erwiderte Katharina. »Darf ich trotzdem für einen Moment reinkommen?«

Anja Buse schien davon nicht begeistert, trat aber kommentarlos zur Seite, um die Kommissarin ins Haus zu lassen. Katharina ging direkt durch in das große offene Wohnzimmer, wo sie neben dem Esstisch stehen blieb, auf dem, wie schon bei ihrem letzten Besuch, der Laptop von Anja Buse stand. Er war geöffnet, doch Katharina sah nur einen Standard-Bildschirmschoner.

»Möchten Sie sich setzen?«, fragte Anja Buse mehr höflich als aufrichtig freundlich.

Katharina lehnte ab: »Danke nein, es wird nicht lange dauern.« Sie räusperte sich kurz, bevor sie zuerst ansprach, was sie gestern Mittag von Frauke Bostel erfahren hatte. »Frau Buse, ich wollte Ihnen mitteilen, dass die Rechtsmedizin die Leiche … Leon, freigegeben hat. Das heißt, er kann nun bestattet werden. Die Mitteilung ist gestern auch bereits an das Jugendamt erfolgt, da dort ja offiziell die Vormundschaft liegt. Ich muss ehrlich gestehen, dass ich nicht genau weiß, wer in einem solchen Fall zuständig oder berechtigt ist, die weiteren Schritte einzuleiten, zumal es ja auch noch die leibliche Mutter gibt.«

Katharina vernahm ein leises, aber eindeutig verächtliches Schnauben von Anja Buse, ging aber nicht näher darauf ein. »Am besten setzen Sie sich mit dem Jugendamt in Verbindung, um da Klarheit zu bekommen.« Die Kommissarin schluckte kurz, nachdem ihr erst jetzt wirklich bewusst wurde, wie verworren die Lage war. Die Frau, die ihr gegenüberstand, hatte sich fast sein ganzes kurzes Leben lang um Leon gekümmert, hatte die Rolle der Mutter vollkommen eingenommen und verfügte vielleicht nun über keinerlei Rechte. Im schlimmsten Fall würde das Jugendamt eine sehr unpersönliche Beerdigung ausrichten. Oder aber – was aus Katharinas Sicht zwar nachvollziehbar, aber zugleich noch komplizierter wäre – Bianca Guntram würde den Anspruch erheben zu bestimmen, wie der Junge beigesetzt werden sollte. So oder so konnte es dabei noch zu unschönen Situationen kommen. Während ihr diese Gedanken durch den Kopf gingen, blieb Katharinas Blick an einer Blumenschale hängen, die auf dem Esstisch stand. Sie war aus irgendeinem Flechtmaterial, eine Art Korb, und passte nicht in dieses sonst so durchgestylte Haus, in dem klare Formen und schlichte Farbtöne vorherrschten. Auch die Heidepflanzen darin wirkten absolut fehl am Platz. Ein deutliches Räuspern von Anja Buse riss Katharina aus ihren Überlegungen, und sie wandte sich der Frau zu. Deren Gesicht war unverändert kühl. Anja Buse schien ihre Emotionen wieder fest im Griff zu haben, zumindest nach außen hin.

»War das jetzt alles?«, fragte sie knapp.

»Nein, nicht ganz«, erwiderte Katharina. »Ich habe noch eine Frage an Sie.« Die Kommissarin überlegte eine Sekunde, bevor sie entschied, ohne Umschweife zum Punkt zu kommen: »Wer war der Mann, mit dem Sie gestern Abend in Tesperhude zum Essen waren?«

Jetzt war durchaus eine Regung im Gesicht der anderen Frau zu sehen, sie war eindeutig überrascht und offensichtlich auch verärgert, was ihre Worte bestätigten: »Stehe ich etwa unter Beobachtung? Anstatt mir zu folgen, sollten Sie vielleicht endlich herausfinden, wer meinen Jungen getötet hat, meinen Sie nicht?«

»Wir beschatten Sie nicht, Frau Buse«, erklärte die Kommissarin besänftigend. »Es war reiner Zufall, dass ich selbst gestern Abend dort war und Sie gesehen habe – in Begleitung eines Mannes, von dem Sie uns bisher nichts gesagt haben. Also, wer ist der Mann?«

»Ich weiß zwar absolut nicht, was das eine mit dem anderen zu tun hat, aber bitte«, antwortete Anja Buse mit fester Stimme. »Ich habe diesen Mann vor einigen Monaten kennengelernt und ab und zu getroffen. Gestern haben wir uns seit längerer Zeit zum ersten Mal wiedergesehen.«

»Haben Sie ihn im Internet kennengelernt?«, ging Katharina in die Offensive. »Ich konnte neulich auf Ihrem Bildschirm das Logo eines Dating-Portals erkennen.«

»Ja und?«, kam es barsch zurück. »Ist das vielleicht verboten? Ob Sie es glauben oder nicht, ich habe mir durchaus gewünscht, nicht mein Leben lang allein zu bleiben, nachdem ich meinen Mann so früh verloren habe. Natürlich hatte ich Leon an meiner Seite, aber das ist …«

Katharina unterbrach die Frau: »Frau Buse, niemand macht Ihnen einen Vorwurf, weil Sie sich eine Beziehung wünschen, darum geht es nicht. Aber wir müssen im Zuge unserer Ermittlungen mit allen Personen, vor allem Männern, sprechen, die Kontakt zu Leon hatten. Also, bitte: Wie heißt dieser Mann, und hat er Leon gekannt?«

Nun stand Anja Buse eine deutliche Beunruhigung ins Gesicht geschrieben. Sie zog sich einen Stuhl heran und setzte sich. Leise sagte sie: »Ja, er hat Leon ein paar Mal gesehen. Nicht oft, in der Regel haben wir uns irgendwo in einem Restaurant getroffen so wie gestern. Aber ein paar Mal ist er auch hierhergekommen. Er kam gut mit Leon klar, unkompliziert. Das war einer der Punkte, die mir an ihm gefallen haben.«

»Der Name, Frau Buse, ich brauche den Namen«, hakte Katharina ungeduldig nach. »Und am besten auch die Adresse.«

Wortlos nahm Anja Buse einen Block zur Hand, der auf dem Tisch lag, und notierte darauf einen Namen. Dann hielt sie Katharina den Zettel hin. »Seine genaue Adresse kenne ich nicht, wir haben uns nie bei ihm getroffen, und ehrlich gesagt habe ich auch nie danach gefragt. Aber er hat gesagt, dass er in Amelinghausen wohnt. Er hat irgendeinen kreativen Beruf, meine ich, so genau erinnere ich das nicht, das war kein wirkliches Thema zwischen uns. Und er hat mal erzählt, dass er ehrenamtlich eine Jugendgruppe betreut oder so etwas in der Art. Für mich war das die Erklärung dafür, dass er sich auf Anhieb gut mit Leon verstand und Interesse an ihm zeigte.« Sie sah Katharina an: »Es ist nicht gerade leicht, jemanden kennenzulernen, wenn man ein Kind hat. Mehr als einmal haben die Männer, die ich online kennengelernt habe, die Kommunikation sehr schnell abgebrochen, wenn sie erfahren haben, dass ich einen Sohn habe. Bei ihm war das nicht so, allerdings hat er sich nach mehreren Treffen nicht mehr gemeldet. Plötzlich war Funkstille. Ich dachte mir, dass er eine andere Frau kennengelernt hat, die ihm besser gefällt. So ist das eben, wenn man über eine Partnerbörse nach einem Partner sucht, da sind womöglich immer zeitgleich mehrere im Spiel, bis man merkt, mit wem man zusammenpassen könnte. Also zumindest sehe ich das so.«

Katharina hatte darauf nicht viel zu erwidern. Sie wusste, dass Anja Buse mit dieser Aussage richtig lag, obwohl sie selbst in dieser Hinsicht keinerlei Erfahrung hatte. Sie hatte das schon häufiger gehört, genauso, wie den Umstand, dass eine alleinerziehende Mutter für einige Männer ein No Go war.

»Und wie kam es dann zu Ihrem Treffen gestern?«, wollte Katharina wissen. Sie sah Leons Pflegemutter an, dass sie mit sich rang. Natürlich war das hier alles ein sehr privates Thema, aber es war wichtig. Das schien auch Anja Buse zu verstehen, die jetzt sagte: »Er … er hat sich vor ein paar Tagen gemeldet und gestern auch wieder. Wir haben uns für das Elbkantinchen verabredet. Er hat gesagt, er hat das … die Sache mit Leon in der Zeitung gelesen. Die hat zwar keine Namen genannt, sondern nur die Initialen geschrieben, aber das in Verbindung mit dem Alter und Wohnort hat ihn eins und eins zusammenzählen lassen. So hat er es wenigstens begründet … Es hat mir gut getan, mit ihm über Leon … über alles zu reden. Mit jemandem, der nicht von der Polizei ist, und dem ich irgendwie glaube, dass es ihn interessiert, wie es mir damit geht.«

Die Kommissarin blickte auf den Zettel und zog einen Kugelschreiber aus ihrer Jackentasche. Sie vermied es bewusst, auf den letzten Satz einzugehen, auch wenn sie die Gefühle der Frau durchaus nachvollziehen konnte.

»Okay, haben Sie denn eine Telefonnummer für mich?«, fragte sie stattdessen.

»Nein«, erklärte Anja Buse. »Bislang haben wir immer nur über den Chat miteinander kommuniziert.«

»Gut«, sagte Katharina bedächtig, »dann brauche ich aber zumindest noch den Profilnamen, den er online verwendet.«

»Hermann«, antwortete Leons Pflegemutter, ohne zu

zögern, während sie über den Pflanzkorb strich, der auf dem Tisch stand. »Hermann Löns.«

Kurz darauf saß Katharina wieder in ihrem Wagen. Nachdem sie den Motor gestartet hatte, steckte sie sich eine Zigarette an. Erst dann fuhr sie los und machte sich auf den Weg ins Kommissariat. Sie schob das Handy in die Halterung und wollte gerade die Nummer von Vivien Rimkus wählen, als es klingelte. Das Display zeigte eine Hamburger Festnetznummer an, die ihr spontan nichts sagte. »Von Hagemann?«, meldete sie sich.

»Katharina? Hier ist Markus. Markus Wiechmann.«

Sofort bereute Katharina, dass sie den Anruf nicht einfach weggedrückt hatte. Was wollte ihr Halbbruder schon wieder von ihr? Sie hatten doch neulich erst klar vereinbart, dass sie sich bei ihm melden würde, wenn sie Zeit für ein Treffen hätte.

»Hallo«, sagte sie beinahe schroff. »Es tut mir leid, ich bin im Dienst, ich hab echt überhaupt gar keine Zeit.«

»Schon gut, ich störe nicht lange. Ich wollte dir nur mitteilen, dass Henning, also dass unser Vater … er ist im Krankenhaus.«

Katharina durchfuhr es wie ein Blitz. Sie atmete einmal tief ein und aus, bevor sie mit erzwungen ruhiger Stimme fragte: »Was ist passiert? Hatte er einen Herzinfarkt? Wie schlimm ist es?«

»Nein«, kam es beruhigend von der anderen Seite zurück. »Er ist gestürzt und hat sich die Schulter gebrochen. Und, na ja, er ist nicht mehr der Jüngste und muss operiert werden. Und so eine Vollnarkose in seinem Alter … Ich dachte nur, dass du das wissen solltest. Henning weiß nicht, dass ich dich informiere.«

Und er würde es sicher auch nicht gutheißen, dachte Katharina im Stillen für sich, sagte dann aber: »Danke, Markus. Pass auf, ich kann jetzt leider echt nicht. Ich melde mich heute Abend oder morgen noch mal bei dir, okay? Jetzt muss ich wirklich Schluss machen.« Ohne die Antwort ihres Halbbruders abzuwarten oder sich zu verabschieden, beendete Katharina das Gespräch. Sie wusste, dass sie sich ihm gegenüber nicht gerade fair verhielt, aber sie hatte sich nach wie vor nicht an die Tatsache gewöhnt, plötzlich einen kleinen Bruder in ihrem Leben zu haben. Und gerade jetzt hatte sie schlichtweg auch nicht den Kopf dafür. Sie seufzte und versuchte, die aufsteigenden Gedanken an ihren Vater, den sie zuletzt während der Trennung ihrer Eltern vor knapp zweieinhalb Jahren gesehen hatte, zu verdrängen. Dann tat sie das, was sie ursprünglich vorgehabt hatte, und rief Vivien an, um ihr den Namen von Anja Buses Begleiter durchzugeben, der Kollegin kurz zu erklären, worum es ging, und sie zu bitten, dessen Adresse herauszufinden. Als sie auch dieses Gespräch beendet hatte, versuchte Katharina mit aller Kraft, sich ausschließlich auf den Verkehr zu konzentrieren.

09.44 Uhr

Kommissarin Vivien Rimkus legte den Telefonhörer auf. Die Aufgabe, die Katharina ihr übertragen hatte, war erledigt. Sie mochte Schreibtischarbeit nicht besonders, wusste aber auch, wie wichtig sie oft war. So hatte sie auch gleich heute Morgen schon mit dem Kunden von Philippe Picu telefoniert, der das Foto bei Facebook gepostet hatte. Philippe Picu hatte ein Alibi – sein Kunde hatte Vivien dessen Anwesenheit in München zum Todeszeitpunkt von Leon bestätigt, und es gab keinerlei Grund, diese Aussage anzuzweifeln. Es war also genauso, wie Picu angegeben hatte, als Benjamin Rehder gestern bei ihm gewesen war, um von ihm eine DNA-Probe zu nehmen. Der Hauptkommissar hatte außerdem auch gleich bei Philippe Picus' Ehemann einen Abstrich gemacht – beide hatten wohl lediglich mit den Schultern gezuckt und nichts dagegen eingewendet. Schon zu diesem Zeitpunkt war Ben sich ziemlich sicher gewesen, dass keiner der beiden Männer etwas mit dem Mord an Leon zu tun hatte, wie er Vivien erklärt hatte, aber dennoch hatte er sie gebeten, das Alibi von Picu zu überprüfen.

Nachdem sie in der Früh kurz im Morddezernat vorbeigeschaut hatte, war sie in ihr eigenes Büro gegangen, das sie sich im Dezernat für Sexualdelikte mit drei weiteren Kollegen teilte. Telefonieren und recherchieren konnte sie auch hier, und wenn zwischendurch ihr direkter Vorgesetzter, Malte Brückner, etwas von ihr wollte, wäre sie auch gleich zur Stelle. Vivien hob gerade wieder den Hörer auf, um Benjamin Rehder über Picu zu informieren, als die Bürotür aufging und Katharina den Raum betrat. Vivien legte den Hörer wieder auf.

»Und«, fragte Katharina, »hast du die Adresse?«

»Nein, oder sagen wir es mal so, ich habe sieben Personen mit dem Namen, den du mir vorhin durchgegeben hast, in ganz Deutschland gefunden und auch die jeweiligen Adressen dazu. Von den sieben Personen sind drei alte Männer von Ende 80 bis Mitte 90, zwei sind wiederum erst fünf und sieben Jahre alt, und die restlichen drei wohnen nicht ansatzweise im Umkreis. Einer wohnt im Saarland, zwei in Baden-Württemberg«, antwortete Vivien und schob ihrer Kollegin ein Papier über den Schreibtisch zu: »Hier, ich habe dir die Personen mit Altersangabe, Adressen und Telefonnummern aufgeschrieben. Allerdings war ich so frei, die drei Männer, die vom Alter her infrage kommen, anzurufen. Ich habe vorgegeben, dass wir auf der Suche nach einem möglichen Zeugen sind, ohne nähere Angaben zu machen. War vermutlich nicht ganz sauber, aber mir fiel nichts Besseres ein.«

»Klasse, danke! Und dass du das mit der Suche nach einem Zeugen erklärt hast, ist völlig okay. Im Moment ist es ja ehrlich gesagt nicht mehr als ein Bauchgefühl, ein recht starkes, aber eben nur das«, sagte Katharina, woraufhin Vivien trocken erwiderte: »Dem man in deinem Fall ja meistens trauen kann.«

Katharina lächelte, wurde aber sofort wieder ernst und ging nicht näher auf die Bemerkung der Kollegin ein: »Jetzt spann mich nicht so auf die Folter, was ist bei deinen Anrufen herausgekommen?«

»Bei dem ersten aus dem Saarland, genauer gesagt wohnt er in St. Ingbert, ist die Ehefrau rangegangen. Boah, ich hab die kaum verstanden, die hatte vielleicht einen Dialekt, und dann hat sie auch noch superschnell gesprochen … na, auf jeden Fall habe ich herausgehört, dass ihr Mann schon länger im Krankenhaus ist. Irgendwas mit einem Autounfall und gebrochenem Kiefer oder so. Ich hab dann trotzdem gefragt, wo er zum Tatzeitpunkt war, und stell dir vor, das war genau der Tag, an dem er den Unfall hatte, und zwar in St. Ingbert«, informierte Vivien Katharina, die dies mit einem Schulterzucken kommentierte und ungeduldig fragte: »Okay, Haken dran, und der Nächste?«

»Der ist Lehrer. Auch ihn habe ich nicht persönlich gesprochen. Seine Frau hat mir die Telefonnummer seiner Schule gegeben, und die Schulsekretärin hat mir bestätigt, dass er am Tag des Mordes in der Schule war. Nicht nur laut Stundenplan, er war definitiv da, denn keine seiner Stunden sind von einem Kollegen vertreten worden«, antwortete Vivien und kniff für einen Moment ihre Lippen aufeinander, um zu demonstrieren, dass es zu diesem Mann nicht mehr zu sagen gab.

»Und der Nächste ist auch nicht immer mal wieder auf Geschäftsreise hier im Kreis Lüneburg oder hat hier Verwandte, im besten Fall sogar in Amelinghausen, sondern ist sogar gerade auf Weltreise, stimmt's?«, merkte Katharina sarkastisch an. Vivien sah ihr an, dass sie enttäuscht war, konnte jedoch nichts an den Tatsachen ändern, und so sagte sie: »Fast. Er ist nicht auf Geschäftsreise, aber in Heilbronn bei seiner Mutter lediglich gemeldet. Leben tut er woanders, und zwar seit zweieinhalb Monaten auf Bali. Dort arbeitet er auch. Irgendwas Kreatives mit dem Internet. Seine Mutter konnte mir das nicht richtig erklären, ich glaube, sie versteht selbst nicht, was genau ihr Sohn macht.«

»Okay, lässt sich nicht ändern. Damit ist zumindest klar, dass unser Mann unter falschem Namen unterwegs ist. Entweder er ist verheiratet und will nicht Gefahr laufen, dass die Frauen, die er im Internet aufreißt, bei ihm vor der Tür stehen oder er hat tatsächlich so richtig Dreck am Stecken. Wie auch immer, ich will jetzt wissen, wer dieser Kerl ist. Wir müssen anders vorgehen. Kannst du noch etwas für mich tun?«, fragte Katharina.

»Klar, kein Problem«, meinte Vivien und schaute ihre Kollegin aufmerksam an.

»Dann stell doch bitte eine Anfrage bei diesem Dating-Portal«, bat Katharina. »Unser Mann nennt sich dort Hermann Löns.« Sie reichte Vivien den Zettel, auf dem die Angaben von Anja Buse vermerkt waren. »Die sollen uns den Echtnamen geben und im besten Fall seine Adresse. Irgendwie müssen wir den Kerl doch ausfindig machen.«

»Mach ich gern, aber wenn die überhaupt kooperativ sind, dann wird das meiner Erfahrung nach ein paar Tage dauern, und falls die auf einem Bescheid vom Staatsanwalt bestehen, müssen wir noch länger drauf warten«, gab Vivien zu bedenken. Dann blitzten ihre Augen auf, und sie sagte mit verschwörerisch gesenkter Stimme: »Wir könnten aber parallel auch noch einen anderen Weg einschlagen, nur der ist nicht unbedingt ganz legal …«

Katharina schmunzelte, was Vivien als Aufforderung ansah, mehr dazu zu sagen: »Das kostet dich einen Kakao und ein Stück Kuchen vom Bäcker unten, nicht aus der Kantine. Interessiert?«

»Aber hallo, nun sag schon, bleibt auch unter uns«, forderte die ältere Kommissarin sie auf, was Vivien sich nicht zweimal sagen ließ: »Martin Bünz ist ziemlich fit im Knacken von solchen Seiten. Es wird zwar auch etwas dauern, aber sicher nicht so lange wie eine Anfrage beim

Betreiber. So was ist für ihn eine sportliche Herausforderung, hat er mal gesagt. Und für ein Stück Bienenstich …«

13.09 Uhr

Er hatte gedacht, es würde ihm gut tun und die wiedergekehrten Dämonen verscheuchen, wenn er Zeit mit Anja verbrachte und mit ihr über seinen Kleinen sprach. Sich Auge in Auge gegenüberzusitzen war doch etwas anderes, als sich bloß zu schreiben. Zu Beginn ihres Treffens war es auch so gewesen. Sie hatten sich zufällig bereits auf dem Schotterparkplatz vor dem Elbkantinchen getroffen. Anja hatte sich sofort in seine Arme geworfen und sich an ihn geschmiegt. Ihm war das nicht angenehm gewesen, doch er hatte es geschehen lassen. Er wusste, dass sie einfach nur Trost bei ihm suchte, schließlich hatte er sie deswegen wieder kontaktiert. Wegen des Trosts, den auch er so dringend brauchte. So hatte er sie erst nach einer kleinen Weile sanft von sich geschoben und ihr den kleinen Korb mit Heide überreicht. Sie hatte ihn nur dankbar angelächelt, war zurück zu ihrem Auto gegangen, um das Geschenk hineinzustellen, und dann waren sie gemeinsam in das Bistro gegangen. Irgendwie hatte er es ihr da schon übel genommen, dass sie die Heide nicht mitgenommen, sondern einfach in ihrem Auto weggeschlossen hatte. Natürlich wusste diese Frau nicht, was für eine Bedeutung Heide für ihn hatte, aber er war dennoch verletzt. Nachdem sie sich jedoch in den Wintergarten gesetzt und Anja über Leon ins Schwärmen geraten war, war er wieder versöhnt gewesen. Und als sie ihre Erinnerungen an Leon mit ihm geteilt hatte, hatte sein Herz sich geöffnet und ihn für einen Moment wieder glücklich gemacht. Dann hatte sie ihm von den schrecklichen Tagen der Suche nach Leon erzählt. Und von der Zeit danach. Wie die Polizei immer wieder in ihrem Haus auftauchte, sie ausfragte und trotzdem keine einzige Spur zu Leons Mörder hatte. Dabei waren Tränen über Anjas Wangen gerollt. Sie hatte ihm nicht leidgetan, das war es nicht gewesen, aber sie hatte ihn an seine eigene Mutter erinnert. In ihm hatte sich ein dichter Nebel breitgemacht, der seine Gedanken umhüllt und seinen Kopf schwer gemacht hatte. Er hatte dadurch auch nicht mehr richtig zuhören können – Anjas Worte waren nur noch dumpf zu ihm durchgedrungen, und bald darauf hatte es in seinem Kopf nur noch gerauscht. So hatte er sich recht überstürzt von ihr verabschiedet. Sie hatte verwundert und irgendwie enttäuscht reagiert, aber das hatte ihn nicht gekümmert. Er hatte sowieso bereits beschlossen, sie nie wieder zu treffen. Es tat zu weh, selbst wenn es im ersten Moment schön gewesen war.

Es tat immer noch weh. Die Dämonen hatten ihn fester als zuvor in ihren Klauen. Sie zerrten und zupften an ihm und sahen alle aus wie Henry. Henry, wie er lachte, wie er weinte, wie er nachdachte, wie er wütend war, wie er sich ängstigte, und Henry mit leerem, totem Blick und blasser Haut. Es war genau das gleiche Gesicht wie damals, als er Henry gefunden hatte. Er hatte Angst vor seinem reglos daliegenden Bruder bekommen und war davongelaufen. Er würde sich das nie verzeihen, denn bis heute beschlich ihn das sichere Gefühl, er hätte helfen können, weil Henry vielleicht zu diesem Zeitpunkt noch am Leben gewesen war. Er hatte damals noch nicht einmal irgendjemandem Bescheid gegeben. Stattdessen hatte er sich auf sein Bett gelegt und war eingeschlafen. Sie hatten Henry erst vier Tage später gefunden, und da war er definitiv tot gewesen. Auch jetzt lag er auf seinem Bett. Er hatte sich geschminkt. So wie er sich immer schon geschminkt und es auch bei Leon getan hatte. Er hatte es zum ersten Mal bei seinem Bruder gesehen, als dieser im offenen Sarg gelegen hatte. Nachdem er dann seiner Mutter die Schminke weggenommen hatte, hatte er sie sich hin und wieder selbst aufgelegt. Bis heute hatte er immer nur diese benutzt, nie neue gekauft. Irgendwie hatte er das Gefühl, diese Schminke würde ihm ewiges Leben geben.

Er drehte sich auf die Seite und griff nach seinem Laptop, der neben dem Bett stand. Dann setzte er sich aufrecht hin, klappte den Laptop auf und startete ihn. Mit der integrierten Kamera machte er ein Foto von sich, legte es in dem Ordner ab, in dem die Bilder von Henry und Leon waren, und begann, diese nacheinander zu öffnen. Doch das setzte ihm noch mehr zu. Er vermisste beide dermaßen stark, dass er meinte, sein Herz würde in Flammen stehen, während es gleichzeitig mit einem zweischneidigen Schwert durchstoßen wurde, so sehr schmerzte es. Ohne sich die Motive noch einmal anzuschauen, schloss er die Datei.

Du brauchst Ablenkung, einen Ersatz für Henry und jetzt auch für Leon, formte sich der Gedanke in seinem Kopf, der schon seit Tagen versuchte, sich bei ihm Gehör zu verschaffen. Er hatte ihn immer wieder unterdrückt, doch heute war er aufgrund seiner überwältigenden

Trauer geschwächt, und diese Idee konnte sich in ihm ausbreiten – er schaffte es einfach nicht, der Versuchung zu widerstehen. Er rief die Dating-Portalseite auf, meldete sich an und schrieb der Frau, die sich den Profilnamen »Single-Mom« gegeben hatte.

17.03 Uhr

Benjamin Rehder beobachtete von seinem Schreibtisch aus, wie Katharina und Vivien die Köpfe zusammengesteckt hatten und sich austauschten. Die beiden Frauen hatten ihn am Vormittag über ihren Plan informiert. Ben war alles andere als begeistert gewesen, weil er es am Ende sein würde, der gegenüber Mausner und dem Staatsanwalt dafür geradestehen musste. Zumindest wenn ans Licht kommen würde, dass sie das Profil eines Mannes hackten, ohne auch nur einen einzigen handfesten Beweis zu haben, dass er der Täter war. Letztlich hatte er die Aktion aber dann doch abgenickt, denn wie Vivien wusste auch er längst, dass Katharinas Vermutungen häufig ins Schwarze trafen. Obendrein hatten sie keinen weiteren Ansatz. Alle Männer, die bisher in Betracht gekommen waren, etwas mit Leons Tod zu tun zu haben, hatten stichhaltige Alibis liefern können. Gegen Steffen Giesing und Bianca Guntram wurde zwar weiter ermittelt, und es war klar, dass hier aufgrund der Erpressung und vor allem des pornografischen Materials eine Anklage folgen würde. Gegen Steffen Giesing hatten sie zudem auch noch die Fingerabdrücke auf Leons Rücken in der

Hand, aber das alles war bereits komplett an die Kollegen übergeben und nicht mehr Sache der Mordkommission. Als jetzt die Tür geöffnet wurde, wandte Ben seinen Kopf gespannt dorthin – hatte Martin Bünz inzwischen das Profil geknackt? Doch statt des Computerspezialisten betrat Tobi das Gemeinschaftsbüro und ging direkt zu den beiden Frauen. Eigentlich sind die drei zusammen ein perfektes Team mit ihren sehr unterschiedlichen Charakteren und ebenso verschiedenen Kompetenzen, dachte der Hauptkommissar. Bei Katharina war es das besondere Gespür, das er schätzte, auch wenn es sie manchmal zu Alleingängen verleitete, die ihm weniger recht waren. Diese Tendenz schien Vivien zu teilen, nachdem sie sich inzwischen als Jüngste sowohl bei der Zusammenarbeit mit der Mordkommission als auch in ihrem eigenen Dezernat bestens integriert hatte. Die anfängliche Unsicherheit, die Ben in der Vergangenheit ab und zu an Vivien aufgefallen war, hatte sich gelegt, und sie hatte enorm an Selbstvertrauen gewonnen – dies gepaart mit ihrer strukturierten Vorgehensweise war viel wert bei den Ermittlungen. Tobi war zu den beiden Kommissarinnen die perfekte Ergänzung. Mit ihm arbeitete Ben am längsten zusammen, und er schätzte dessen geradlinige, ehrliche Art. Und seit der Kommissar seine kleine Familie hatte, war er in Bens Augen gereift. Aber schon immer hatte Tobi die Dinge angepackt und war – zumindest bisher – stets recht emotionsfrei und neutral an jeden Fall herangegangen. Dass gerade die eigene Vaterschaft den jüngeren Kollegen für den aktuellen Fall offensichtlich sehr empfindsam gemacht hatte, konnte Ben menschlich nur allzu gut nachvollziehen. Benjamin Rehder warf einen letzten Blick auf die drei. Er hatte wirklich eine tolle Truppe am Start und wollte auf keinen seiner Mitarbeiter verzichten. Wenn er ehrlich war, zählte er Vivien irgendwie schon mit zu seinem Team. Gern würde er sie ganz ins Morddezernat holen, aber er wusste, dass Mausner ihm keinen weiteren festen Kommissar zugestehen würde. Darum hoffte er umso mehr, dass sie auch in Zukunft auf Viviens Unterstützung als eine Art Springer zählen konnten, so wie er es auch jetzt zur Ergänzung der SOKO erbeten hatte. Die Kombination dieses Gespanns funktionierte einfach und gab Ben das gute Gefühl, dass sie auch diesen heiklen Fall bald gemeinsam lösen würden. Mit diesen Gedanken stand Hauptkommissar Benjamin Rehder auf und trat zu den anderen in das Gemeinschaftsbüro.

»Hat der Kollege schon gemeldet, wie weit er ist?«, fragte er in die Runde.

»Nein, noch nicht«, antwortete Vivien. »Und es ist auch nicht besonders ratsam, ihn zwischendurch zu stören.«

»Klingt, als hättest du da bereits Erfahrung«, unkte Tobi, der inzwischen ebenfalls erfahren hatte, dass Martin Bünz versuchte, das Profil von Anja Buses Internetbekanntschaft zu knacken.

»Allerdings«, bestätigte Vivien. »Er möchte am liebsten ganz für sich sein, wenn er vor dem Computer sitzt, ein Stück Kuchen und ein Becher Kakao dazu, und dann läuft es bei ihm.«

»Scheint so ein Männerding zu sein, das mit dem Kuchen, meine ich«, lachte Katharina und grinste Tobi dabei an.

»Wenn's denn hilft, wo ist das Problem?«, erwiderte Tobi lachend. »Auf jeden Fall wird mir der Kollege zunehmend sympathischer. Mal ganz davon abgesehen, dass ich echt Respekt habe, wenn jemand …«

Das Klingeln von Katharinas Handy unterbrach das Gespräch, und sie hob entschuldigend die Hand, während sie mit der anderen das Mobiltelefon aus ihrer Hosentasche zog. Sie ging ein paar Schritte in Richtung Fenster, bevor Sie den Anruf annahm: »Hey du, was gibt es?«

Ben ging davon aus, dass es sich bei dem Anrufer um seinen Bruder handelte und wollte sich schon abwenden, als er bemerkte, dass Katharina ihre Stirn krauste und konzentriert wirkte.

Erwartungsvoll sah er sie an, als sie mit den knappen Worten »Danke! Wir sind unterwegs« das Gespräch beendete und wieder auf ihre Kollegen zutrat, und fragte gespannt: »Unterwegs wohin?«

»Das war Bene«, erklärte Katharina. »Unser Mann sitzt seit fünf Minuten in der Bar vom Hotel Heideglanz. Wenn das kein glücklicher Zufall ist!«

»Moment, woher weiß Bene, nach wem wir suchen?«, fragte Ben und versuchte erst gar nicht, seine Verwunderung zu verbergen. Es war nicht Katharinas Art, interne Informationen auszuplaudern, auch nicht an seinen Bruder, das wusste und schätzte er.

»Das erkläre ich dir unterwegs«, sagte Katharina und band sich bereits ihr Holster um, als Martin Bünz plötzlich in der Tür zum Gemeinschaftsbüro stand. Mit gerötetem Gesicht und unverhohlenem Stolz in der Stimme sagte er: »Ich hab's geknackt!«

Ben überlegte einen kurzen Moment, bevor er entschied: »Katharina, du fährst mit Tobi ins Heideglanz und holst den Mann hierher, bevor er uns entwischt. Vivien und ich lassen uns in der Zwischenzeit von Martin zeigen, was er gefunden hat. Sobald etwas dabei ist, was ihr wissen müsst, informieren wir euch.«

Tobi und Katharina eilten aus dem Raum, während Ben Martin Bünz und Vivien in sein Büro bat. Der Kollege und Computerspezialist setzte sich mit seinem Laptop an den Besprechungstisch, öffnete ihn und präsentierte den beiden auf dem Bildschirm die ermittelten Informationen.

»Also«, begann er, »den Klarnamen habe ich nicht, noch nicht, aber dafür sämtliche Aktionen, die der Typ hier in dem Portal getätigt hat.«

»Das heißt?«, fragte Ben gespannt nach.

»Alle Kontakte, den gesamten Chatverlauf mit diesen Kontakten …«

»Und, ist dir dabei etwas aufgefallen?«, fragte Vivien ungeduldig.

»Absolut. Ich hab das Ganze zwar erst mal nur überflogen, weil ich euch direkt informieren wollte, aber so wie ich das sehe, hat der Mann gezielt Frauen kontaktiert, die Kinder haben, genauer gesagt, Söhne.«

Du lieblicher Stern
Du leuchtest so fern
Doch hab' ich dich dennoch
Von Herzen so gern
Wie lieb ich doch dich
So herzinniglich
Dein funkelndes Äuglein
Blickt immer auf mich
So blick ich nach dir
Sei's dort oder hier
Dein freundliches Äuglein
Steht immer vor mir
Wie nickst du mir zu
In fröhlicher Ruh
O liebliches Sternlein
O wär ich wie Du

(Volksweise, Text: Hoffmann von Fallersleben)

EPILOG:

MITTWOCH, 16.08.2017

00.03 Uhr

Dieses Schwein! Er hatte mehr oder minder sofort gestanden, als sie ihn in der Hotelbar aufgefordert hatten, sie zu begleiten, und seit er im Vernehmungsraum saß, jammerte Leons Mörder nahezu ununterbrochen. Inzwischen waren Katharina und Ben dabei, die grausigen Details zu erfragen. Aus den Augenwinkeln schielte Tobi zu Vivien hinüber, die wie er hinter der verspiegelten Glasscheibe das Verhör verfolgte. Kriminalrat Stephan Mausner und der Staatsanwalt waren ebenfalls anwesend. Genau wie Tobi regte sich keiner, sie alle hörten fassungslos den Schilderungen des Täters zu. Tobias Schneider fühlte sich plötzlich an seine Kindheit erinnert: So wie jetzt hatte er die Stimmung immer empfunden, wenn er mit seinen Eltern zusammen ferngesehen hatte und sich plötzlich eine Kuss- oder viel schlimmer noch eine Bettszene auf dem Bildschirm abgespielt hatte. Er hatte dann starr dagesessen und hätte sich am liebsten vor Scham in Luft aufgelöst. Hier war es keine Scham, sondern das Grauen und das Unverständnis für den Mann im Nebenraum, das ihnen allen die Sprache verschlagen hatte und für diese betretene Stille sorgte.

Der Mann, der sich im Netz Hermann Löns nannte und der Leon missbraucht und getötet hatte, hieß Mirko Hartfeld. Er war nur drei Jahre älter als Tobi und würde morgen 41 Jahre alt werden. Doch statt ihn im Kreise von Freunden zu feiern, würde er ihn in der Untersuchungshaft erleben. Sie hatten in der Kürze der Zeit einiges an Fakten zusammengetragen – Hartfeld schien fast erlöst, nicht länger schweigen zu müssen, und war überaus redselig.

Bereits im Hotel Heideglanz war Tobi verwundert gewesen, als sie den Mann angesprochen und keine fünf Minuten später abgeführt hatten. Er hatte sich einen Typen, der sich an einem Kind verging und es tötete, einfach anders vorgestellt, obgleich er als Polizist wusste, dass der Schein oft trog. Mirko Hartfeld war äußerlich eine angenehme, wenn nicht sogar attraktive Erscheinung mit seiner stattlichen Größe und seiner sportlichen Figur. Er wirkte sehr gepflegt und durchaus intelligent. Für Tobias passte das nicht zusammen, und es machte ihn noch wütender, dass ein Mann, der offensichtlich nicht dumm war und sicher keine Probleme hatte, soziale Kontakte zu knüpfen, eine solche Tat beging. Wie krank war das bitte? Wenn jemand seine Mia … Schnell stoppte Tobi diesen Gedanken, um nicht noch wütender zu werden. Schon vor einigen Minuten war es ihm nur schwer gelungen, seinen Zorn im Zaum zu halten. Da hatte Katharina Hartfeld nach seinem Motiv befragt. Der Mann war in Tränen ausgebrochen und hatte von seiner großen Zuneigung zu Leon gefaselt und davon, dass er den Kleinen totgeliebt hätte, ohne es zu wollen. Tobi wäre am liebsten durch das Fenster auf den Mann zugesprungen, hätte ihn geschüttelt und ihm ins Gesicht geschrien, was für ein mieses Stück Scheiße er war. Totgeliebt – was für eine paradoxe Ausdrucksweise! Jetzt berichtete der Mann von seiner eigenen Kindheit, erwähnte seinen größeren Bruder, der genauso schön gewesen sei wie Leon … Tobias hielt es hier nicht länger aus, ihm war übel, und er spürte, dass er seine unbändige Wut nicht mehr lange im Zaum halten konnte. Er fragte sich, wie Katharina und Ben es schafften, dermaßen ruhig neben diesem widerlichen Arschloch zu sitzen. Der Kommissar überlegte nicht mehr länger, flüsterte Vivien ins Ohr, dass er frische Luft bräuchte, und verließ den Raum. Draußen auf dem Gang atmete er tief durch. Es war zwar eine Erleichterung, diese Visage nicht mehr sehen und das selbstmitleidige Geflenne nicht mehr hören zu müssen, dennoch bekam Tobi seine Gefühle nicht gezügelt. Das kleine Gesicht seiner Tochter erschien immer wieder vor seinen Augen, und die erneute Vorstellung, jemand würde sich an diesem unschuldigen Kind vergehen, trieb seinen Herzschlag erneut in die Höhe. Tobi beschloss, nicht zurückzugehen und sich weiter anzuhören, wie dieser Kerl seine Tat im Detail beschrieb und auf seine kranke Weise sogar noch rechtfertigte. Es würde schlimm genug werden, später das Protokoll zu lesen. Tobis Meinung nach konnten die Strafen für Menschen wie Mirko Hartfeld gar nicht hoch genug sein, aber darauf hatten die Kommissare ohnehin keinen Einfluss. Vermutlich würde ein findiger Anwalt auf einem psychiatrischen Gutachten bestehen, das dann die Folgen der schweren Kindheit beschreiben und dem Mann zu einer milderen Strafe verhelfen würde. Tobi hatte das oft genug erlebt, von Kollegen gehört oder in der

Presse davon gelesen. Kurz entschlossen griff er in seine Hosentasche und fand darin, was er suchte: Er hatte den Autoschlüssel des Dienstwagens, mit dem er und Katharina Hartfeld vorhin zum Kommissariat gebracht hatten, noch immer bei sich. Ohne zu zögern, verließ er mit schnellen Schritten das Gebäude und steuerte den Wagen an. Es würde ihm helfen, runterzukommen, wenn er ein bisschen durch die Gegend fuhr. Mitten in der Nacht war hier nicht viel Verkehr, eine Fahrt durch die stille Dunkelheit würde seine Wut mildern. Danach würde er wieder zurückkehren und sich von den Kollegen berichten lassen, was er noch wissen musste. Nach Hause konnte er in dieser Verfassung ohnehin noch nicht, das wollte er Jana nicht antun. Sie war seine Rückendeckung, die Frau, die seine Stimmungen klaglos aushielt, wenn er nach einem harten Tag oder einem besonders schlimmen Mord nicht wie üblich schnell zu seiner fröhlichen Art zurückfand. Nie hatte sie sich beschwert, im Gegenteil, sie fand immer den richtigen Weg, ihm zu zeigen, was im Leben wirklich zählte. Erst durch sie hatte Tobi gemerkt, dass er zuvor zwar häufiger mal verliebt gewesen war, aber nie wirklich geliebt hatte. Sie hatte ganz neue Gefühle in ihm wachgerufen, und dafür war er Jana dankbar. Und sie hatte ihm Mia geschenkt, das wohl größte Glück, das er sich je hatte vorstellen können. Tobi lenkte den Dienstwagen aus der Stadt heraus auf die Landstraße. Nach den Gedanken an sein Familienglück ging es ihm schon etwas besser. Er würde jetzt noch einmal nach St. Dionys fahren, an den Rand des Waldstücks, in dem sie Leon gefunden hatten. Tobi hoffte, damit auch Abschied von diesem Fall nehmen zu können, jetzt, nachdem sie den

Täter endlich überführt hatten. Dann würde er ins Kommissariat zurückkehren, und wenn dort für heute alles durch war, wollte er nach Hause fahren und Jana sagen, wie viel sie ihm bedeutete. Und er würde seine Tochter in die Arme schließen und wissen, wo er hingehörte. Mia und Jana würden ihn erden.

Tobi spürte regelrecht, wie er ruhiger wurde. Er dachte an den wunderschönen Moment, der noch gar nicht lange her war und in dem er Jana gebeten hatte, seine Frau zu werden. Er würde ihr ein guter und treuer Ehemann sein, und wenn es nach ihm ging, dann würde Mia noch mindestens ein Geschwisterchen bekommen. Die Vorstellung an ein weiteres Kind ließ Tobi lächeln, als auf der sonst vollkommen unbefahrenen Straße plötzlich Scheinwerfer von hinten näher kamen. Er blickte in den Rückspiegel. Scheinbar war es ein Kleintransporter, aber verdammt, warum drosselte der sein Tempo nicht? War der Fahrer betrunken oder was? Tobi fuhr jetzt auf eine Kurve zu, von der er wusste, dass sie eng war, und nahm das Gas leicht zurück, als der Wagen ihn überholte. Erleichtert atmete der Kommissar durch, sah dann jedoch fassungslos, wie der Transporter wieder nach rechts in seine Fahrbahn schwenkte und eine Vollbremsung vollzog. Tobias Schneider trat mit all seiner Kraft auf die Bremse und versuchte, seinen Wagen im Griff zu behalten, doch das Auto geriet ins Schleudern und er verlor die Kontrolle. Dann vernahm er einen dumpfen, lauten Knall, bevor alles um ihn herum in Dunkelheit versank.

Im ENDE wohnt stets ein ANFANG.

DANKSAGUNG

Dieses Mal halte ich mich kurz (ja, das kann ich auch!): Claudia, du bist die beste Schreibpartnerin, die man sich vorstellen kann, vor allem, weil du mich aushältst! Genauso wie meine Freunde und das Wichtigste für mich, meine Familie mich aushalten müssen, wenn ich aus den Manuskriptseiten auftauche, um zwischendurch mal wieder im wahren Leben mit all meinen Marotten mitzumischen. Ich danke euch allen für eure liebevolle, verzeihende und beratende Begleitung durch mein Leben – danke für euch!

Kathrin Hanke

Traditionen sind etwas Schönes, wenn sie aus Überzeugung leben, und so kommt es von Herzen, wenn ich eine neue Tradition schüre, indem mein erster Dank auch dieses Mal Kathrin gilt. Vor uns liegt nun schon unser achtes gemeinsames Buch, und ich kann mir keine bessere Schreibpartnerin wünschen. So viel Spannung, Aufregung, Kreativität, Nervosität, Spaß und Freude liegen nun schon hinter uns und ich freue mich wie immer schon jetzt auf die Fortführung dieser tollen Zusammenarbeit an unserem nächsten Projekt.

Der zweite und wohl persönlichste Dank geht an meinen Mann, ohne dessen Unterstützung, Rückhalt, Geduld, Ideen und ständige Motivation es mir nicht möglich wäre, an solchen wunderbaren Projekten zu arbeiten. Ich danke dir von Herzen!

Auch meiner Familie und meinen Freunden bin ich dankbar für ihre beständige Unterstützung und Geduld, wenn wieder einmal Stress und Zeitmangel herrschen und private Dinge weniger Raum haben als üblich. Eure kritischen Anmerkungen während der Arbeit oder nach dem Erscheinen eines neuen Projekts sind Gold wert – schön, dass es euch in meinem Leben gibt!

Claudia Kröger

Unser gemeinsamer Dank geht als Allererstes an unsere Leserinnen und Leser, ohne die es dieses Buch nicht geben würde. Schließlich gehört es zu einer Reihe. Natürlich können unsere Heidekrimis auch alle unabhängig voneinander gelesen werden, doch wie ihr alle wisst, läuft das Privatleben unserer so lieb gewonnenen Figuren stetig weiter – halt wie im echten Leben. Und würden unsere Heidekrimis im echten Leben nicht so gern und erfolgreich gelesen werden, könnten wir jetzt nicht schon den sechsten Band in unseren Händen halten. Bedanken möchten wir uns aber auch für das persönliche Feedback, das wir auf unseren Lesungen, auf Facebook oder per E-Mail bekommen – das ist immer pure Motivation.

Auch ihr alle vom Gmeiner-Verlag gebt uns immer das für Autoren so wichtige Gefühl, dass ihr an uns glaubt.

Und wir wären sicherlich nur halb so erfolgreich, wenn ihr nicht allesamt tagtäglich für uns und unsere Bücher so viel machen und in die Wege leiten würdet. Danke an alle in Meßkirch – Armin Gmeiner, du hast eine tolle Mannschaft!

Und auch deine spannenden Trailer, liebe Christine Maria Priebe, verhelfen sicherlich zu noch mehr Lust auf das Lesen unserer Krimis – wir sind ja selbst jedes Mal wieder begeistert, was du für uns in Szene setzt. Großartig!

Ganz abgesehen von den vielen schönen Lesungen, die wir inzwischen erleben durften, danken wir zudem all den Buchhändlern und Buchhändlerinnen, die sich mit unseren Büchern auseinandersetzen, sie präsentieren und weiterempfehlen – auch ihnen haben wir unseren Erfolg zu verdanken.

Last but not least möchten wir wie immer auch Dr. Hartmut Niefer und Hella Arnheim danken, die uns mit ihrem Wissen aus dem medizinischen beziehungsweise polizeilichen Berufsalltag nach wie vor so entspannt aus dem Hintergrund heraus beraten – wenn wir trotz dieser professionellen Unterstützung fachliche Fehler hineingeschrieben haben, liegt das einzig an uns.

Bücher machen ist Teamarbeit! Danke!

Kathrin Hanke & Claudia Kröger

K. HANKE / C. KRÖGER
Heideglut

978-3-8392-1857-0 (Paperback)
978-3-8392-4971-0 (pdf)
978-3-8392-4970-3 (epub)

BRANDHEISS In der Lüneburger Heide brennt es lichterloh. Zuerst sieht alles nach einem unglückseligen Zufallsbrand aus, entfacht durch pure Unachtsamkeit. Bei den Löscharbeiten wird jedoch eine verkohlte Leiche gefunden. Das ruft Kommissarin Katharina von Hagemann und ihre Kollegen auf den Plan – war es ein Unfall oder Mord? Die grausame Antwort lässt nicht lange auf sich warten, weitere Brände in der Umgebung folgen, doch der Täter ist kein klassischer Brandstifter. Der Feuerteufel ist mehr: Ein Serienmörder, der in jedem Feuer einen Menschen verbrennen lässt.

K. HANKE/C. KRÖGER
Eisheide

978-3-8392-1740-5 (Paperback)
978-3-8392-4743-3 (pdf)
978-3-8392-4742-6 (epub)

SCHLAFRAUBEND »So, Katharina, das Spiel beginnt. Du erhältst ab sofort täglich eine Frage von mir, die das Leben deines Kollegen Benjamin Rehder betrifft. Für jede falsche Antwort werde ich Benjamin bestrafen. Wie, das überlasse ich deiner Fantasie. Es sind noch zwölf Tage bis zum Heiligen Abend …«

Mitten im Weihnachtstrubel verschwindet Hauptkommissar Benjamin Rehder spurlos. Seine Kollegin Kommissarin Katharina von Hagemann ahnt, dass er sich in großer Gefahr befindet. Da bekommt sie plötzlich anonym eine Aufforderung zu einem makabren Spiel. Zwangsläufig beginnt sie in seinem Privatleben nachzuforschen und erfährt Dinge, die sie lieber nicht gewusst hätte. Wird sie es schaffen, Rehders Leben zu retten?

GMEINER SPANNUNG

WWW.GMEINER-VERLAG.DE
Wir machen's spannend

K. HANKE / C. KRÖGER
Heidegrab

978-3-8392-1597-5 (Paperback)
978-3-8392-4483-8 (pdf)
978-3-8392-4482-1 (epub)

MIT ALBTRAUMGARANTIE Mitten in den Vorbereitungen für das Lüneburger Stadtfest muss Katharina von Hagemann sich mit grausigen Funden auseinandersetzen: Menschliche Körperteile werden in und um Lüneburg entdeckt. Wer treibt hier sein sadistisches Spiel? Wird in der sonst so idyllischen Hansestadt jemand qualvoll zu Tode gefoltert? Ein Zufall bringt die Kommissarin auf eine verstörende Spur und lässt sie die verworrenen Zusammenhänge hinter diesem brutalen Fall erahnen. Doch kann sie ihn auch aufklären?